新高地军旅文学丛书

傅逸尘 主编

邱振刚 著

复北平

1938

南方传媒 花城出版社

中国·广州

图书在版编目（ＣＩＰ）数据

夜北平1938 / 邱振刚著. -- 广州 ： 花城出版社，
2023.12
（新高地军旅文学丛书 / 傅逸尘主编）
ISBN 978-7-5749-0059-2

Ⅰ．①夜… Ⅱ．①邱… Ⅲ．①长篇小说－中国－当代
Ⅳ．①I247.5

中国国家版本馆CIP数据核字(2023)第223871号

出 版 人：张　懿
丛书主编：傅逸尘
责任编辑：蔡　安
责任校对：李道学
技术编辑：凌春梅
封面设计：李晓玉

书　　名	夜北平 1938
	YE BEIPING 1938
出版发行	花城出版社
	（广州市环市东路水荫路 11 号）
经　　销	全国新华书店
印　　刷	佛山市浩文彩色印刷有限公司
	（广东省佛山市南海区狮山科技工业园 A 区）
开　　本	787 毫米 × 1092 毫米　16 开
印　　张	16　1 插页
字　　数	250，000 字
版　　次	2023 年 12 月第 1 版　2023 年 12 月第 1 次印刷
定　　价	48.00 元

如发现印装质量问题，请直接与印刷厂联系调换。
购书热线：020-37604658　37602954
花城出版社网站：http：//www.fcph.com.cn

"历史化"大叙事背影里的"个人化"想象

——"新高地军旅文学丛书"总序

傅逸尘　程士庆

一

因为战争本身的极端性与复杂性，以及对政治集团、民族国家甚至人类的生存发展走向起决定性影响，军事题材一直为文学叙事所青睐并不让人惊讶。但在世界文学的谱系里，军事题材始终是一个充满矛盾与魅惑的存在。战争本身可以说是冲突爆发的极端形式，敌对双方的立场与利益几乎无法调和，其目的往往也指向明确。但文学所关注的，或者说要表现的却是极其复杂丰富的存在与形态，它往往超越了战争本身二元对立的政治性诉求，在更为幽微的人性与哲学的向度上进行深入独特的探索与剖析。也因此，军事题材文学经典连绵不绝，既为不同时代的读者所钟爱，亦成为文学史不可或缺的重要一域。

中华人民共和国成立七十余年的当代文学史中，军旅文学始终是一个巨大的存在，在不同的社会历史阶段，或不同的文学思潮中从未缺席，甚至可以说一直引领时代精神之先与文学思潮之头，亦不为过。从长篇小说的角度论，中国当代军旅文学有两个比较重要的时期，共同建构起当代长篇小说重镇之形象。第一个重要时期便是20世纪五六十年代的革命历史小说，即"红色经典"中的军事题材作品。这些小说大都以抗日战争和解放战争为背景，以中国共产党领导下的革命武装为主体，书写的是艰苦卓绝、可歌可泣的战斗历程与流血牺牲的英雄人物，直接回应了新中国成立的合法性历史诉求，成为20世纪五六十年代的"主旋律"。

然而近年来，学术界尤其是文学史家的质疑和批判之声不绝于耳，"英雄主义模式的限制，使这类创作只是在数量与篇幅上得以增长，却没有造成艺术上多样化的局面"（陈思和语）。在我看来，"红色经典"中的"红色"并非当下学界对其诟病的根本症结，更重要的问题在于"十七年"的军旅长篇小说始终笼罩着一层深重的"现代性焦虑"，围绕着组织一个现代民族国家的政治诉求而展开的集体想象与国家认同，导致其"非文学"的因素过多：缺乏活跃的感官世界（"身体"的缺席和情爱叙事的稀薄），缺乏超越性的精神维度（二元对立的思维方式及日常道德宣教），缺乏丰满立体的人物形象（概念化、脸谱化的人物塑造方式），缺乏日常生活经验（极端化的生存状态简化了生命的内在矛盾）等。因此，"红色经典"的一枝独秀在创造了一个繁荣神话的同时，也暗伏了随后的文学危机（尤其是近年来，在高校教师主导编写的多种当代文学史中，"红色经典"中的军事题材作品乃至整个中国当代军旅文学的作家作品都被删除殆尽）。

第二个重要时期开启自20世纪90年代，"新历史主义"思潮影响下的"新历史小说"。"新历史小说"颠覆并解构了"红色经典"所描写的正统的、单向度的革命历史以及二元对立的意识形态立场，对战争情境中人的复杂性与历史的偶然性等因素进行了探索性的开掘，为以往单向度的革命历史增添了某种暧昧与不无吊诡的意味——已经"历史化"了的革命历史遭遇了来自文学的重构或曰重新阐释。随着商品经济大潮席卷中国社会，世俗化、娱乐化成为文化主流，失去了政治的"荫庇"，军旅文学不但逐渐退出了主流意识形态话语体系的核心，在文学领域也一再被边缘化。"农家军歌"无疑是20世纪90年代军旅文学的亮点，也可以说是"新写实小说"的军营别调，长期以来被宏大叙事所遮蔽的个体军人的现实生活与命运遭际开始被作家冷静客观地揭开。

进入21世纪，军旅文学没能沿着上述两个时期所建构的"文学传统"继续前行，而是堕入了世俗化与后现代主义混搭的，甚至是无厘头的欲望化叙事的泥淖。首先是"红色经典"在影视剧改编与重拍中"梅开二度"，随后而起的是抗战题材长篇小说热与抗战"神剧"热，这种热潮进而逐渐走向了迎合民族主义情绪与娱乐化消费心理的反智主义的极端。这些作品往往置常识于不顾，将英雄传奇妖魔化、反智化、戏谑化，严重损害和扭曲了革命历史小说的叙事本质与政治合法性诉求。消费时代的来临和大众文化的崛起，早已从根本上改变了当下文学的言说机制，自然也包括军旅文学创作。事实上，军旅影视剧的热播并不能表明军旅文学，尤其是军旅长篇小说的真正繁荣。21世纪的第二个十年，"新生代"军旅作家群开始整体崛起，以其独特的审美体验与视角，观照当代军人的生存境遇与情感状态，为和平时期的军旅文学写作开拓了新的空间与向度。然而遗憾的是，这批以中短篇小说出道且成绩优异的七〇后作家，在长篇小说领域还缺乏重量级、有代表性的力作，其社会影响力与前述两个时期的作品尚无法比肩。

在这样的历史坐标系和文学史背景下，军旅文学新的表现方式与叙事空间在哪里？这是一个极其迫切且无法回避的问题，也困扰着许多作家和批评家。花城出版社敏锐地发现了这一现象，并试图改变这一态势，以期重建中国当代军旅文学尤其是长篇小说的文学观念、叙事向度、话语方式以及美学风格。事实上，早在2006年，花城出版社就曾策划推出过"木棉红长篇小说丛书"，囊括了原广州军区十二位专业作家的十二部军旅长篇小说。当年的这套丛书，或以军营生活为中心，再现历史事件，记录时代风云，展示军人的精神世界；或以乡村都市为主题，描摹世道人情，绘写人生百态，凸显对民间的冷暖关怀，显示出一个创作集体自觉的使命感和审美追求，在军内外产生了广泛影响。十五个年头倏忽而逝，如今，曾经的部队专业文艺创作室已不复存在，军旅专业作家群体也已经风吹云散。改革强军的进程中，军旅文学正在经历低潮和阵痛，期待着换羽重生，重整旗鼓。在这样的情势和背景下，花城出版社又一次站了出来，以一种老牌文艺出版社所特有的使命感和敏感性，策划推出"新高地军旅文学丛书"，试图以此为中国当代军旅文学赋能，进而掀起一轮以长篇文体为标志的文学潮动。花城出版社这一雄心勃勃的想法得到了军队和地方诸多作家的积极响应，并在各自的新作中进行了独特的探索与尝试。"新高地"这个丛书名，寄寓了编者和作者之于新时代军旅文学的新观念与新方法，希冀着新时代军旅文学创作能坚守住这块承载着光荣传统的重要阵地，进而呈现一片新的文学风景，攀上新的文学高度。

二

检视当下的军旅长篇小说创作，无论从数量上还是质量上看，战争历史题材仍然占据主流。对此，一个通行的说法是这与长篇小说的文体特征有关，对生活的认知与经验的积累往往会导致创作的相对滞后。从小说叙述的角度论，包括正在发生的现实也已经成为历史，长篇小说从本质上讲就是历史叙事。在这样的逻辑前提下，当下的军旅长篇小说叙述或言说的就是历史本身，作家首先面对的是要对"历史化"进行一番祛魅。因为"历史化"是意识形态窄化的结果，换言之，是秉持某一意识形态立场与观念对历史认知进行的理性建构。也即，历史是由这一观念认知主体所描述和建构出来的，它并不与本真的历史存在严格对应，其间存在着诸多断裂与缝隙。这些断裂与缝隙恰恰为那些试图探寻历史本相的严肃作家提供了打捞历史丰富存在、发挥"个人化"想象的叙事空间。

历史当然不限于遗迹与文献的自然状态，很大程度上依赖言说或话语的操纵者，它是现实的折射，即克罗齐所谓"一切历史都是当代史"。福柯的"知识考古学"理论就不相信存在一个外在于历史的客观标准。福柯认为，历史的言说或话语是"权力"运作的结果。由于标准的不同，价值判断常常会变成立场与信仰的选择。批评家陈晓明认为，中国现代以来的文学获得了"历史化"的强大逻辑，革命历史叙事则是这样的历史化的最高体制。问题是，时间往往会消解"历史化"的意识形态，当意识形态的政治空间被打开时，历史便以我们不曾见过的姿态或面貌重新显现在人们的面前。所以，杰姆逊也试图用第三世界理论去解释中国现代文学的"民族寓言"，个人的力比多终究被"民族寓言"所压抑，而政治显然是这种文学中最活跃的、起决定性的因素。回过头再来看"红色经典"中的军事题材长篇小说，由于作家大都是所叙战争的亲历者，尤其是他们此前都不是专业作家，因而作品所反映的历史还是真实可信的。然而，小说叙事和人物塑造的单向度，以及缺乏对战争复杂存在的形而上哲学思辨等问题，无疑影响了作品的文学性价值，这一点在与世界战争文学名著的比较中是显而易见的。

历史叙事当属宏大叙事，尤其是当代中国革命历史叙事，有如一股巨大的洪流，裹挟着那些最为原初和本真的涓涓细水与沙粒，一路高歌而去。最终留下的是冷硬骨感的巨石，而那些富于生命温度和生活情态的细水与沙粒，则早已消弭无迹。从文学的角度论，宏大叙事当然是历史叙事的主体或主流，主导着社会思想和时代精神，并产生过许多经典的史诗性巨著，如《战争与和平》《静静的顿河》《生存与命运》，等等。不过，当我们仔细阅读这些名著的时候会发现，它们之所以成为经典，恰恰在于作品没有忽略那些普通人的个体生命存在，在于以细节的形式保留了大量战争中的日常生活经验，这使得宏阔诡谲的历史叙事有了可触摸、可感知的血肉。而"红色经典"中的军事题材长篇小说，何以至今仍为广大读者所青睐，也是因为作品中大量真实的生活细节。这些细节是历史的源头，丰富而真实；是积土与跬步，后来的高山与千里都来源于它们。也就是说，那些细水与沙粒可能更接近历史本相，或者说就是历史不可或缺的一部分。

中国革命历史尚未成为巨大的洪流时，或者已经成为巨大的洪流时，人的复杂性与历史的偶然性在革命历史的整体中都应该是巨大的存在，构成了革命历史的最初底色，也在某种程度上影响着革命历史的进程与走向。鉴于宏大叙事的某种缺失，"个人化"叙事，或叙事中的"个人化"想象，就尤其需要强调，不是反拨，而是丰富与拓展当下军旅长篇小说的叙事空间。这种"个人化"想象，不同于20世纪90年代的"私人化"叙事，强调的是以往英雄与传奇话语的背面，即更多地还原和展现"历史化"大叙事阴影下个体生命的生活与命运。

历史强调的是结果，即便有过程，也是概括性的。小说正相反，它要弥补的恰恰是历史所遗漏，或遮蔽的那些更为鲜活的细节。它们往往是被革命历史大潮裹挟着，或者随波逐流，或者搏击潮头，是多面的人生与故事。它们依照自身的逻辑在"革命"中翻滚，历史的不确定性，以及个体命运遭际的偶然性，构成了"革命历史"讲述中的"革命英雄传奇"的阴影部分，有如一枚硬币的背面。如果我们认可"所有的文学都是作家的自叙传"这句名言的话，那么"个人化"叙事，或叙事中的"个人化"想象，在小说的历史叙事中就具有无可争议的逻辑合法性。

历史与文学在中国文化传统中是截然不同的两个领域，有时甚至是对立的。历史是真实的存在，而文学则是虚构的文本。也因此，历史学家对作家写作的所谓历史小说常常是不屑的，他们诟病作家的时候也是义正词严，似一种居高临下的审问与批判。后结构主义历史学家海登·怀特认为：历史事件虽然真实存在，不过它属于过去，对我们来说无法亲历，因此它只能以"经过语言凝聚、置换、象征以及与文本生成有关的两度修改的历史描述"的面目出现。同样的历史事件，通过不同的情节编排，完全可能具有截然不同甚至相反的意义。虽然标榜"客观真实"的历史话语渴望与"科学"联姻，一再拒绝承认它和文学间的亲缘关系，然而在进行叙述建构时，它采用的却是以"虚构"为特征的文学创作中随处可见的"悲剧""喜剧""浪漫""讽刺"这些情节类型；在进行历史解释时，它使用的却是传统诗歌常见的"隐喻""换喻""提喻""反讽"这类语言表述模式。在海登·怀特的分析下，历史话语的文学性昭然若揭，历史和文学之间的界墙轰然倒塌。

鲁迅说《史记》是"史家之绝唱，无韵之离骚"，而且像《左传》等诸多历史著作中都有大量精彩的文学描写，有的干脆就是小说的虚构笔法。从这个角度论，当年关于余秋雨历史文化散文中小说化叙事过多的批评，似乎也陷入了历史与文学、真实与虚构的对立或暧昧之中了。就文学的本质而言，把真实作为标准，或将真实作为"现实主义"的同义词，显然是虚伪的，批评家没完没了地讨论、争辩作品的"真实性"或许也是虚妄的。进言之，当真实成为小说存在的前提的时候，文学性的意义就是无皮之毛了。

三

站在当今时代的立场，重建虚构叙事与战争历史的关系既是重要的，也是艰难的。事实上，对历史叙事真实性的强调已经在相当大的程度上转化为小说这一虚构文体中的纪实色彩，并在历史叙事中带动了跨文体写作时尚或风潮的兴起。毋庸置疑，在虚构叙事中增强纪实性的确是还原历史真实的一种简单直接且有力有效的手段。在这里，真实感与文学性似乎已成为某种难以超越的悖论。

由此想到了《保卫延安》和《红日》，这两部小说都选取了解放战争时期的著名战役，事件的真实性自不必说，其中的主要人物也都是真实的，但它们都没有受史实的束缚。作家充分发挥了小说的虚构性本质，展开文学性想象，既成功地还原了那两场著名战役，还塑造出诸多令人印象深刻的历史与文学人物形象。还有姚雪垠的历史巨著《李自成》，那不是在读历史，而纯粹是在看小说。人物形象与心理、细节、环境等文学性元素充盈在小说的所有空间，历史的进展似乎不再重要，重要的是人物的成长、命运的跌宕以至于生命的毁灭。不是说姚雪垠不重视史料，恰恰相反，姚雪垠在明史及清史史料的搜集与研究上是下了大气力的，为了增强写作时对环境描写的真实感，他甚至亲自考察了李自成率起义军与明、清官军征战的主要战场。但作者以"深入历史与跳出历史"的原则，成功地刻画了李自成、崇祯皇帝等一系列人物形象，使小说的文学性远远高于历史真实本身。而莫言的《红高粱家族》与"新历史主义"也不是一回事，多少受了点"寻根文学"的影响恐怕是事实。那是关于高密东北乡的一段尘封的历史记忆，莫言以其非凡的文学胆识与艺术想象力将其再现了出来。文学与艺术的本质就是虚构，真实并不是判断其水平高下的唯一标准，文学毕竟不可与历史画等号。真实性是某种前提，是基础，但绝非文学进行历史叙事的全部。不要说《史记》，连"二十四史"在多大程度上记录或曰复现了历史的真相都颇值得怀疑，何况一部以虚构为文体特性的长篇小说？也就是说，小说家首先应当沉入历史现场，最终又必须以文学性和想象力超越历史语法的束缚。在复现与超越这二重叙事伦理中间，文学的超越当然是小说家无须犹疑的唯一选择，亦是衡量战争历史叙事的终极标准。

从这个意义上，展开对新时代军旅长篇小说的某种瞻望与想象，或许包含如下关键词：现代性伦理、人生体验、独一无二的表现方法、一个不寻常的事情正在发生的幻觉、特别的尖锐性或目的论。理解这些关键词并不难，难的是创作主体对散落在"历史化"阴影中的历史碎片进行充分发掘、有效提炼与整体概括；难的是超越线性的历史观，让不同政治阵营中的人物在战争的极端情境和冲突中经受肉体、生活方式、价值判断、思想精神的互见与试炼；难的是创作主体基于现代性的写作伦理传递对历史更加全面的理解和更为深切的体认，进而呈表出新的文学趣味和气象；难的是在虚构叙事与现实真实的混沌关联中，用更加深刻、精准且有力的形而上思考建构起有意味的文学经验，最终以文学的方式超越历史的偏见和局限。

战争历史从来不是泾渭分明、光滑如镜的，实则是乱世求生、紊乱繁复的欲望之海。我们往往习惯于关注奔流到海的大河，而选择性地忽视了如毛细血管般从各个来路汇入大河的支流，人心和人性永远是看似平静的水面之下那汹涌起伏的暗流。一个复杂、立体且有深度的人物形象，既可能是力抗历史洪流的自由灵魂，是觉醒的自由人，不断追寻未知的未来，也可能是命运之神所掌控的玩偶。作家们要想象和探寻的正是这种极具魅惑感的可能性。在这种探寻之下，历史本身的"实感"或许不再是叙事的重点，意识形态的藩篱也是需要突破和重新审视的对象。以"现代性"的、个人化的立场重新反思、阐释和建构错综复杂的历史，历史的可能性和人的存在感都将得到极大的释放。

将个人经验、日常生活与大的时代变局交织缠绕在一起，使读者感到历史既是经由人对外在世界变化的自发反应而展开的，又是在一连串重大、公开的事件中呈现出来的。如此，历史将不再被局限于彼时彼地的特定时空，而成为一种可以被当下通约和共享的情境，承载着作家对战争、对历史、对人的省察与思辨。军旅长篇小说对战争历史的虚构将不再单纯强调"逼真"的幻觉和认知的功能，而人的命运和生命存在的诸种可能性会越发受到正视和尊重，进而生成另一重历史的意义。于是乎，军旅长篇小说便不再是单向度的叙事，"个人"将被从历史中拯救、解放出来，重构与"民族国家"的关联也便成为可能。

"'现代性'不是一个肯定的概念，但也不是一个否定的概念，它是一个反思的概念。"（李杨语）事实上，对于军旅文学而言，无论是大历史还是个人化，终究可以归结为精神的胜利；而政治的、阶级的、党派的差别和裂隙终将被灵魂、信仰、理想、情感的意义消融、弥合、超越，完成"现代性"意义上的对战争历史的反思与重构，进而达至英雄叙事的存在与理想之境。

2021年5月

目录

序
幕

在很多北平市民的记忆里，丁丑年这一年的腊月，是最冷的一个腊月。这年，日本兵打进了北平，占领了这座古都。

在这一年的五月廿九，也就是公历的1937年7月7日，驻扎在北平的日军进行夜间军事演习，地点选在了宛平县城外的卢沟桥附近。

在这次演习中，一名日本士兵失踪，日军以此为借口，要求进入宛平城搜查，被中国驻军严词拒绝，日军开始筹备攻城。这天深夜，这个士兵已自行归队，但日军仍然对宛平城发动进攻，后来，又从北平城的四面八方同时进攻。

抗日战争由此全面爆发。

7月17日，蒋介石发表了著名的庐山讲话。他一番慷慨激昂的演讲，随着电波传遍了全国，但这并不能阻挡哪怕一名日军的刺刀。

开战后，日军很快在多个方向击溃了北平守军。8月8日，日军在永定门等处举行入城式，大批日军耀武扬威进入北平。

北平，这座千年古都，从此进入了最耻辱最黑暗的历史一页。但是就在日军铁蹄的践踏之下，仍然有许许多多人，咬紧了牙关，昂起了头颅。他们在蓄力，在抗争，他们为了黎明的到来，献出了一切……

第一章 密电

多灾多难的丁丑年终于过去了。除夕夜，除了极少的人家，因为家里有人投靠了侵略者，获得了种种好处，兴高采烈地放起了鞭炮烟花之外，全城的老百姓都是沉默着度过了这一晚。这些响声和烟火在漆黑的夜空中消散后，整个城市显得越发苍凉沉寂。

除夕如此，初一、初二，直到初五，都是如此。按照北方民俗"正月里头都是年"，如果一切如常的话，到了初六，城里应该处处还是热热闹闹的年景。可如今到了这一天，城里仅有的一点过年味道，早已无影无踪了。

这天早上六点，天刚微亮，日军重兵把守的永定门城楼上，已经有一只只马靴重重踩踏着砖石，登上了城楼。

走在最前面的，是一个身材粗壮，挎着腰刀，身披军用大氅的军人。在他身后，是整整一个排的卫兵。城楼下，停着三辆轿车和两辆军用卡车，这几辆车都没有熄火，排气管都在寒风中喷着热气。八名士兵正端着步枪，排成整齐的圆圈，枪口朝外保卫着这几辆车。

偶尔有三两个早起遛鸟的市民，一看这阵势，也提心吊胆地低下头，快步远远绕开这里，仿佛这些凶神恶煞般的侵略者，看一眼就会生场大病似的。

能够这样肆无忌惮地消耗宝贵的汽油，还有自己的卫队，这些都说明了那个军人显赫的身份。这是一个习惯早起的男人。他上了城楼，原本端端正正站在那里的十几名士兵，马上举手敬礼。

"喜多将军！"他们又齐刷刷地往两侧一让，把城楼正前方的位置让了出来。这位将军扶着垛口，脸上浮动着踌躇满志的神情，嘴角露出了丝丝狞笑。他俯视着这座城市，就像是一只猫正在玩弄刚刚捉到手的老鼠。

他就是日本华北派遣军特务机关长喜多诚一。此时，北平城里已经成立了临时自治政府，但任何人都知道，这个临时政府里的各个要员，不过是一群傀儡，真正控制全城的，就是这个五短身材的日本军人。

在他的视线里，古城北平还在沉睡着，全城只有三两处地方闪动着还算连成片的灯光。其中最大的一片，在他的右前方。他知道，那里是东交民巷，各国驻华领事馆所在的地方。此时，距离日本突袭珍珠港、对英美等国家宣战还有将近四年的时间，这些国家对于日本侵华都在奉行中立政策。所以，日本没有去动这些领事馆，还有这些国家在北平居住的公民。

这些驻华官员也就得以在这座已经改变了主人的城市里，继续过着和从前一模一样的歌舞升平的日子。

鼠目寸光之辈！喜多诚一心里嘲弄着想。他相信，大日本帝国的军威，终究将把这些国家吞噬掉！

在他的正前方不远，顺着永定门下方的这条路，直着向北，不过一公里左右，是一个名叫珠市口的地方。来到中国十多年的喜多诚一，知道那里原本是北平城里最热闹的地方。但是令他恼怒的是，自从日军进城，城里像样些的商铺基本都关了，四处一片萧条，哪里有半点大东亚共荣圈的样子。他下令，一定要这些商铺恢复营业。可那个刚刚当上临时政府头头的王克敏，在民间毫无威信可言，那些商铺根本不听他指挥。

当然，这些事情都是小事，影响不了这位北平统治者的心情。其实，自从去年进城后，他非常喜欢这种感觉，那就是来到某个高处，俯瞰着这座臣服在自己面前的城市。

他曾经到过景山。在那里朝南望去，直接映入视野的就是中国的故宫。他很想带领大队人马闯进这座宫殿。毕竟，他早就从内部文件里，读到自己的同僚在占领中国的首都南京后，如何在南京城里为所欲为的信息。可是，故宫毕竟是一座世界级的古建筑，要闯进故宫的话，他还是不敢自作主张，必须发电报向东京大本营请示。令他沮丧的是，大本营在回电中，断然否定了他的提议。

后来，他在大本营的朋友告诉他，他的提议遭到否定，是因为日军刚刚攻陷北平后，那位被日本人扶持着登上满洲国皇帝宝座的溥仪，就急匆匆向东京哀求，一定要保护好故宫，否则自己无颜去见自己的列祖列宗，唯有自尽。

这件事也让他对这位清朝末代皇帝多了一点点敬意。不久前，他一手操办的临时自治政府成立大会举行了，行政委员会委员长王克敏、北平特别市市长江朝宗、内政总长王揖唐、治安总长兼华北治安军司令齐燮元……那些中国人长袍马褂地站在主席台上，一个个看上去志得意满、春风满面。他会面带笑容地和这些临时政府的首脑打交道，但心里却对他们鄙视至极。他尊重的，恰恰是那些拼命和自己对着干的人。他们在这座城市里，刺杀和自己合作的中国人，窃取军事、政治、经济情报，还炸毁军火库。当自己的特工抓住他们，即使打断了一根根皮鞭，用烙铁烫、放狼狗咬，他们都不肯吐露一丝秘密。也正是因为这些中国人的存在，北平的治安始终不能彻底安静下来，东京大本营要求他尽快在北平建立的"大东亚共荣秩序"，更是无从谈起。

想到这里，他心里又是一阵恼恨，不由得举起右手，伸向漆黑的夜色，仿佛要一把把这些不肯合作的中国人统统抓进手心。

这时，他身后传来一阵急促的马靴声。这人走得很快，脚步声很快到了身后，他听了出来，这是他的得力手下，情报课课长森本峤。

"将军，大本营密电！"

他猛地一挥手，城楼上的士兵纷纷转身，迈着正步离开了，到了城楼的另一侧。他正要伸手去接过密电，森本峤又说："将军，这是特一级密电！"

"特一级密电？"这意味着，他必须回到自己的办公室才能阅读这封密电。在他的军人生涯里，这还是第一次收到特一级密电。

当喜多诚一的车队离开永定门，飞驰穿过天桥、珠市口、前门时，这一带的街面上一个人影都没有。又过了半袋烟的工夫，珠市口天祥泰绸缎庄的门板，才被人从里面卸下来一道。一个瘦小的，裹着件灰棉袄，留着板寸头的伙计，先是探出头来飞快地扫了一眼大街，把一只脚伸过门槛，又厌恶地朝门侧插着的日本国旗吐了口唾沫。然后，他拎着一支大号扫帚从门板缝里出来，开始打扫店门前的这片地面。

扫着扫着，四周又有几家店铺也像他一样，一两块门板打开后，有伙计出来打扫自家门口。若是在往年的大年初六，正是各家店铺打开门重新营业的日子，可这一年，从前门到珠市口、天桥，却没几家店铺开始营业。

"行啊，双林哥，又是你最早。"

这个伙计正扫地，身后传来个甜软的女声。他不用回头就知道，这是天祥泰绸缎庄穆老夫人的贴身丫鬟袖儿，正要出门去不远处的二荤铺子会仙居买早点。

这伙计名叫周双林，是城南南池子五河庄人氏，今年三十四了，从他来到天祥泰当学徒算起，这已经是第十五年了。

因为毗邻京畿，五河庄的传统就是男丁长到十八九岁，就要照例被送进北平城里的某个字号里当学徒。去年日本兵进城后，天祥泰的伙计走了一大半，他念着东家一家人里，只剩下老太太和老爷、太太，两位少爷都不在，就和另外几个伙计留了下来。

周双林转过身，咧嘴笑笑，说："袖儿，你也挺勤快的，今天又是这么早，每回都是买第一锅的豆腐脑。"

"嘻，老太太好这口儿，无非就是图个她高兴。"袖儿叹口气，拿手绢儿抹了抹眼角，说，"昨儿晚上老太太又是一宿没睡着，断断续续哭了好几回。"

周双林说："又是想大少爷、二少爷想的？"

"除了这个事儿，还能因为什么？这两个少爷——唉！"袖儿摇摇头说。大少爷、二少爷终究是自己主子，纵有千般不是，也不是该自己一个丫鬟议论的。她端着食盒，叹着气，朝着鲜鱼口方向走去。

他们说的大少爷、二少爷，就是天祥泰绸缎庄的少东家穆兴科、穆立民。从道光七年到如今，天祥泰绸缎庄已经经营了一百一十八年，传了四代。如今的东家穆世轩，有两个儿子，长子穆兴科，次子穆立民。穆世轩的母亲穆老夫人也在世，只是常年吃斋念佛，连饭都不和别人一起吃，更不过问绸缎庄的事儿。

十年前，北伐军从广东起兵后，一路节节胜利，打到了北平。当时，穆兴科刚满十八岁，已经中学毕业，原本在好好学做生意，都已经把穆世轩的本事学了个二三成。那天，他也和城里的年轻人一起，挥舞着旗子去欢迎北伐军进城。当天晚上回到家里，一家人正吃着饭，他忽然把筷子撂下，说要去参军，说国民革命军是国家的希望，自己不想卖一辈子布，要去参军，以后轰轰烈烈干一番事业。

当时，北伐军赶跑了和日本人合作的奉系军阀，在北平城里正得人心。穆世轩看了看大儿子，说："兴科，你不懂军事，即使加入了国民革命军，也不过是当个普通士兵。你留在家里搞实业，一样是为国出力。"穆兴科说："爹，谁也不是天生就会开枪放炮，更何况好男儿志在四方，等到天下太平了，可再也没有建功立业的机会了。"穆夫人又说："如今北伐成功，军阀被打倒，国家统一了，你父亲打算再开一家织布厂、一家印染厂，到时你们把厂子经营好了，为国家做的贡献，不比参军入伍差。"

穆兴科不再说话，只是闷着头吃饭。他弟弟穆立民那年不过十来岁，还听不懂父母和哥哥在说些什么，但也听出他们话里有争论的意思，一声不吭地睁大眼睛看着他们，见他们不争了，这才低下头吃饭。

穆家的格局，是店铺在前，正坐落在珠市口大街上。而店铺的后门外，隔了一条胡同则是他一家人住的宅院。这处宅子，是北平殷实的商贾人家常用的三进四合院。这院子，外院是仆佣住的，中院一左一右两处厢房是兄弟俩住，穆老夫人和穆世轩、穆夫人则住在里院。

那天晚上，一家人吃过晚饭，穆兴科又去里院，陪奶奶说了好一阵子话才回房。但是到了第二天，穆兴科却不见了踪影。他的床铺收拾得整整齐齐，可见他是连夜离开的，觉都没睡。

穆家在北平，虽然算不上第一等的头面人物，但也有头有脸，尤其是在珠市口这一带，算得上商界领袖。这十年来，穆世轩不知道花了多少钱，托了多少人到处打听，可始终没有穆兴科任何消息。

穆家托的人，已经把当初到达北平的北伐军所有的连队都问到了，可愣是没人知道穆家这位大少爷。穆家还是不死心，继续花钱托人，可始终杳无音信。

穆家大少爷就这么一走了之，穆家只好把希望寄托在二少爷身上。

二少爷穆立民，本来一直平平安安上学。到了辛未年也就是民国二十年，日本人在东北挑事儿，三十万东北军愣是一枪一炮都没放，就把东北丢给了日本人。全中国民怨沸腾，各处学生游行示威不断，报纸上也天天骂国民政府，骂日本人。这种社会氛围下，这二少爷的书算是不好好读了，每天回到家，就给家人说在学校里听到的事情。全家人整天心惊肉跳地盯着他，生怕他学他大哥离家出走。

穆老太太给穆世轩说，要是这个二孙子也离家干革命，自己就一头撞死在穆家列祖列宗的灵位前。穆世轩无奈，穆立民每次一出家门，就派两个伙计紧紧盯着他。好歹过了三四年，二少爷算是慢慢安稳了下来。

可好景不长，到了民国二十五年，日本人占了整个东北还是贪心不足，要吞并全中国的迹象越来越明显。这一年，全家人的心思都在这个二少爷身上，全店里不让有一份报纸，谁也不能议论国是。本来他这一年中学毕业后，穆世轩计划让他和当时穆兴科一样，到店里学做生意。可他说对做生意没兴趣，自己想考大学了。穆老太太、穆世轩、穆夫人商量来商量去，觉得上大学终究也是好事，况且如果硬逼他学做生意，说不定他也一走了之。

于是，穆立民整天在家温书备考。转眼间到了十一月二十一，也就是公历的十二月十六日，这天从清早起，穆世轩就感觉不对劲。那天，一看就是大学生的年轻人在店门口的街面上，成群结队地走着，路上这样的人越聚越多，大部分学生还举着旗，喊着口号。

后来，人们知道，这一天有上万的学生先是在天桥聚集，又举行游行示威，步行经过珠市口、前门，一直到了天安门。学生的游行队伍在天祥泰绸缎店门口经过时，发出震耳欲聋的呐喊，喊着"打倒日本帝国主义""打倒汉奸卖国贼""停止内战，一致对外"之类。二少爷穆立民扔了书本，到了店里从门缝朝外面仔仔细细地看着。一开始，他还是光看，到了后来，他也跟着不停地挥着拳，跺着脚，嘴里反复嘟囔着爱国口号。

他说得最多的，是一句"华北之大，已经安放不下一张安静的书桌了"。

在他身后，穆世轩夫妇面面相觑，他们看得出来，自己的二儿子，人在店里，心早就飞到外面的游行队伍里了。

对于这天北平城里的情况，后来的新闻报道说得很准确，在长达半个月的"一二·九"学生运动中，十二月十六日这天的爱国大游行，是规模最大、影响最大、持续时间最长的。这场游行当天清晨在天桥开始，一万多名爱国学生、市民聚集起来后，一路向北前进，经过珠市口、大栅栏，到了前门后，游行队伍遭到反动军警的镇压。这场运动极大唤起了全国人民的爱国情感，点燃了国人团结一致、共同抗击帝国主义侵略的热血。

这天上午，穆家夫妇一直心惊胆战，幸好，学生们的游行队伍在店门口走过离开后，穆立民一句话也没说，更没提要离家的事儿，就安安静静地回到自己的房间里继续读书。一家人连续十多天对他严加看管后，逐渐有些放松了。终于，在元旦前的一个下午，穆立民借口去东安市场买书，也一去不返了。

就在袖儿侍奉穆老太太吃完早点的时候，喜多诚一已经回到了日军特务机关处在东城煤渣胡同的驻地，在自己的办公室读完了那封特一级密电。

在密电里，东京大本营命令他即刻筹集大批弹药，准备支援正在中国徐州北部作战的日军。目前，日军两个南下的精锐师团——板垣师团和矶谷师团在滕县、临沂一带，遭到中国第五战区司令长官李宗仁所指挥的第三、第二十二集团军的顽强阻击，还有大批中国军队正开赴此地。这两个师团如果不能及时获得支援，不但难以继续前进，还有被围歼的危险。电报里还附有一份清单，在这份清单里，包括了迫击炮、加农炮、轻重机枪、手榴弹等各种军火，这批弹药必须火速备齐，随时准备沿津浦线运往前线。

大日本帝国的军队里，也有这样的蠢货！滕县和临沂，这两个小小的地方都拿不下来！

喜多诚一露出轻蔑的冷笑，大步走到整面墙的华北军用地图前，目光从北平城一路向下，终于在地图的最下方，找到了徐州以北的山东、江苏交界一带。

他一向以满腹韬略、军事眼光高人一等自居，地图前的他一眼就看出，滕县、临沂，还有周围的台儿庄，这几个小小的地方，对于日军整个半年之内灭亡中国的战略计划，的确非同小可。研究了一番双方的作战态势后，他觉得，如果这场战役由他指挥，早就率领华北派遣军打败了李宗仁，和华东派遣军胜利会师，顺利打通了中国的陆地交通。到了那时，中国的华北华东一带，就像是被两只铁钳牢牢钳住的一块肥肉，等把这块肥肉撕下来，占领整个中国也就指日可待了。

尽管对自己没能指挥这场举世关注的大战极不甘心，他还是下令筹集军火。这一批军火，能否及时运抵前线，不但和这场大战的胜负密切相关，还左右着整个侵华战争的走势。想到这里，他又有些得意。

但是自入城以来，每天都有日本人或者和日本合作的中国人被暗杀，军粮被焚、弹药库被炸的情况也发生过。这说明，隐藏在北平城里的中国特工还为数不少，要完成密电中的任务，必须彻底消灭中国人的地下情报网。幸好，自己早已提前安排下一张巨网，如果行动顺利的话，国共两党在北平的地下组织很快就能够被一网打尽。

"通知森本峤来见我！"他朝自己的副官喊道。

他所说的这个人，就是他手下的特工头目、情报课课长。日军占领北平前，森本峤一直在东北活动，多年来一向以冷酷阴险、杀人如麻出名。他破获过多个国共两党在当地的地下组织，也是靠他搜集来的情报，日军才逮捕、杀害了多名抗日队伍的首脑。

现在，喜多诚一要把他叫来，把这个搜捕北平地下组织的计划，再仔仔细细地推敲一遍，确保万无一失。为了完成这个计划，他已经命令森本峤启动了一枚已经埋下多年的棋子，一名代号"佩剑"的特工。

"养兵千日，用兵一时"，这是他最喜欢的一句中国成语。如今，这个计划不仅关系到能否破坏国共两党的地下组织，也决定了能否把前线急需的军火安全送达，所以，那枚棋子也到了派上用场的时候。

"森本君，我们的那位'佩剑'已经完全做好出击的准备了吗？"喜多诚一对一名刚刚走进来的外形干瘦、面色惨白的军官说。

"请将军放心，我已经和'佩剑'重新推演了一遍整个计划，绝对万无一失！"森本峤低下头，恭恭敬敬地说。

"吆西，吆西。"喜多诚一得意地笑了，仿佛看到了自己抓获了大批国共两党的地下组织成员，城里各种各样的叛乱从此烟消云散。到了那时，他就可以确信，自己真正成了这座城市的主人。自己在天皇眼中的地位，也将达到前所未有的高度。

第二章 刺杀

这天早上，穆世轩吃罢了早饭，想起今天是大年初六，就走出家门，到了大街上。他发现，街面上比前一阵子更加冷清了。若在往年，珠市口这一带自然是极热闹的，可今时今日，穆世轩却希望整个珠市口越冷清越好。

他知道，北平个个商号都是有祖宗定下的规矩的，每年从正月初六开始，一定要开门迎客。但是他也知道，自己这一次没有打开店门正式营业，并不算违背祖训，因为祖宗们当年定规矩时，绝对不会想到如今的局面。他们万万想不到，这堂堂的北平城，竟然能让东洋人给占了！

庚子那年，数都数不过来的洋鬼子兵，打着各种各样的旗号进了北平——那时还叫北京，当年，自己刚刚学会看账本。那些说着不知道哪国话的洋鬼子，成群结队地在前门、大栅栏、珠市口这一带洗劫店铺，开着门的店铺，他们直接进去抢，没开门的，就拿枪托砸开门。店铺里的伙计，自然早就逃了，但天祥泰和别的店铺不一样，父亲平时待人仁义，店里的伙计谁也不肯走，都说要豁出命来保护东家。伙计们上了好几层门板，又把门板顶得紧紧的。最后还是让洋鬼子砸破了门板，闯进来把成千匹绸缎抢光了。后来，朝廷和外国签订了《辛丑条约》，从那之后，洋鬼子就能在北平城里城外驻扎着，翻遍史书，哪里有过这么丧气丢脸的事儿！

但是这回日本人占领了北平，看情况可和从前不一样。如今日本兵满城里到处都是，这阵势，明摆着是要长住下去。难道，这次中国真的要亡在日本人手里？

穆世轩这么想着，又盘算了一会儿自家的家底儿，觉得街面上的寒气有点重了，也就回到了自家院子。

也是从去年鬼子兵进城之后，每月初六，珠市口这一带几个大铺面的老板，都会轮流做东，大伙儿互相通通气，交流交流信息。大伙儿心里都明白，兵荒马乱的年月里，要是早点儿知道某一件事儿，说不定一家人的性命就得救了。所以，天祥泰绸缎庄、正和居饭庄、豫丰银楼、广顺源南货行、奎明戏院、永和车厂，珠市口一带拢共十来家大店铺的老板，都把这顿饭看得挺重。

这天晚上，大伙儿正好是在正和居饭庄吃这顿饭。酒席上，迟到了一个钟头的豫丰银楼的东家范长安说了一条爆炸消息。

日本人刚扶上来的临时政府行政委员会委员长王克敏，还没把那把官椅坐热乎，今天就险些被人刺杀！

当时，大家这顿饭吃得都很憋屈，几道正和居的拿手菜，扒熊掌、柴把鸭子、白切羊羔，都没人动筷子。十几位大老板，除了范长安，倒是都到了。但大家都是闷着头吸烟，议论了几句范长安为何迟迟未到，就再也没话可说了。

其实，非但他们这包间，整个正和居里，楼上楼下总共没几桌人。要是在往年，这正月时节正是一年里生意最好的时候。包间自然是要提前到腊月才订得上，就连散座儿也坐满了人。如今，北平城让日本人占了，自然谁也不会没心没肺地胡吃海喝。如果不是为了互通消息，在乱世里保住身家性命，这十几位老板，也没心思来这里吃饭。

这顿饭不尴不尬地吃了个把钟头，有一半人先告退了，席上只剩六七个人。穆世轩也正要告辞，忽然，原本冷冷清清、悄无声息的走廊上，响起一阵急促的脚步声。而且，从声音的方向来听，肯定是冲着这个包间来的。

桌旁的几个人迅速互相看了看，不知道是凶是吉。几秒钟后，包间的房门忽地被人推开，一个人影裹着一身寒气冲了进来。

众人定睛一看，此人正是范长安。在珠市口这一带，各家字号基本都是只有一家店铺，毕竟，这里已经是全北平一等一的繁华地界了，在这里把生意做好了，比别处开几十家分店都更赚钱。可这豫丰银楼在珠市口的店面太小，只好在东城的东安市场和西城的琉璃厂各开了一家分店。这天，正是范长安到两家分店巡店查账的日子。

虽说是正月寒冬，这范长安竟然一脑门子细汗，还一直喘着大气。众人正要问他怎么回事，他先开了口："老哥儿几个，今儿咱们这北平城里出了件大事，你们听说了吗？"

众人一起摇头，范长安正要开口，正和居老板潘广仁为人精细，他示意范长安别说话，转身又开了房门，先瞅了瞅走廊上有没有闲杂人等，接着把跑堂伙计叫进来，又给范长安加了几个菜，然后掩好了房门，这才回到座位上，朝范长安点点头。

范长安找了个座位坐下，从桌上拿起一块手巾把子擦擦汗，喘息声稍稍平定了一些，才说："老哥儿几个，我老范这条命，今儿差点丢在煤渣胡同。好家伙，那子弹，嗖嗖地擦着我的脖梗子飞过来飞过去。我老范活了这大半辈子，啥风浪没遇见过，今儿这种事儿，可真是第一次碰见！"

其余人不知道是何大事，让他别卖关子，有话赶紧说。他这才压低嗓门儿，说，这天下午，自己带了两个伙计去东安市场的分店查账，他坐了一辆洋车，两个伙计步行。仨人刚到东安市场外，就看到有前后两辆崭新漆黑的高档汽车开出了煤渣胡同。这时，有辆原本停在路边的汽车突然起步，蹿上马路，挡住了那两辆汽车。

开始范长安还有些纳闷儿，那两辆车一看车牌号码就知道，正是全北平城里名义上的最高长官王克敏的座驾。谁的胆子这么大，敢拦住他的车！

说是"名义上"，自然是因为王克敏的官衔，是靠着投靠日本人换来的，他的乌纱帽、他的小命，完全掌握在日本人手里。

那辆小车逼停王克敏的车队后，数名蒙面黑衣刺客跳下车，他们每人都是左右开弓，手持双枪，同时向两辆高档汽车开火。王克敏的司机、日语翻译，还有三名保镖，都身中十多枪，当场丧命。

"那王克敏呢？死没死？"奎明戏院的老板阮道谋是出名的急性子，还没等范长安说完就急不可待地问。

范长安叹口气，说："也真是邪门了，王克敏平时坐车，都是靠右坐，他的翻译靠左。可今儿也不知道王克敏哪根筋搭错了，他非要和翻译换个位置。结果是他的翻译给打成筛子，他虽然也中了两枪，可没一枪打中要害。他这条狗命，就这么保住了。"

众人一片叹息，有人还重重一拳砸在桌上。阮道谋摇摇头，说："真是好人不长命，祸害遗千年。对了，那几位行刺的好汉都脱身了吗？"

范长安说："这几位好汉，个个看来都是训练有素，他们每人打光了子弹，马上一扭脸，就上了汽车，开走了。"

广顺源南货店老板邹润德说："他们一共几个人，有人受伤吗？"

范长安说："开枪的一共四个，要是把车里的司机也算上，那就一共五个人。王克敏的保镖，临死前开过一枪，打中一个刺客的右胳膊了，还在地上滴了一摊血。"

阮道谋说："真是好汉！哎，出了这么大的事儿，怎么日本人没满城搜捕？"

范长安说："这几个人都蒙着面，别人根本看不出他们长什么样，凭什么搜啊？"

邹润德说："不是有人胳膊中了一枪吗？"

范长安说："他们那辆车，飞也似的就开跑了，往哪儿找去？"

"真是高手，这就叫神出鬼没。"几个老板纷纷感慨着。

说到这里，范长安的呼吸才平稳了些。他摸出一只烟斗，装上烟叶，重重吸了一口，说："这几个刺客，个个身手不凡，而且行动统一，计划周密，肯定不是一般的江湖好汉。"

阮道谋低头一寻思，说："那他们会不会是国民政府派来的？"

范长安还没回答，邹润德抢先说："打鬼子的，又不是只有老蒋。"他伸出手掌，摆出个"八"字，试探地看着范长安，嘴里说，"会不会是——"

阮道谋说："你觉得，他们是八爷？"

邹润德点点头，阮道谋说："何以见得？"

邹润德说："我也是胡乱猜的。对了，这王克敏这么大张旗鼓的，到煤渣胡同去干什么？"

范长安说："日本鬼子的特务机关，就在那儿，这王克敏啊，每天都要去见那个日本人的特务头儿喜多诚一，比见他亲爹还勤。"

邹润德说："这回行刺王克敏这汉奸头子没成功，让他有了提防，以后再想杀他，就更难了。"

范长安说："邹兄说得对，因为日本人如今正格外高看王克敏，再加上特务机关外面不远就发生这种事儿，日本人的面子也挂不住，马上把煤渣胡同、东华门那一带封锁起来，只许进不许出，我和两个伙计就被关在封锁线里面。幸好我们都带着证件，加上有分店里的伙计做证，日本人也找不出碴儿来。"

阮道谋说："那日本人到底有没有抓住那几个刺客？"

范长安摇摇头说："没有。这会儿封锁线里少说还有千把号人，要是抓着了，封锁线还不早就解除了。"

一听说刺客已然逃脱，包间里的气氛顿时轻松了不少。范长安说："那几位好汉，个个都是一身功夫。那个中了一枪的，虽然蒙着脸，但身高腿长，腰身挺拔，眼神里自始至终带着一股子狠劲儿。而且中了枪还临危不乱，跑起来在地上蹬得啪啪响，浑身上下不带打晃儿的，真有种！"

邹润德一拍脑门儿，说："那位好汉右胳膊中了枪，怪不得，刚才我来的路上，时不时就有巡警让年轻小伙子露出右胳膊来，敢情是在查找刺客。"

这时，跑堂伙计端着新加的四个菜——凉菜是醉鹅和醉蟹，热菜是翡翠虾仁、九珍烩肝腰——进来，又快步退出。等伙计去得远了，"只是——"范长安从酒桌上盘子里拈起虾仁儿，嚼了几下，有些欲言又止。

他这神情被旁人看到眼里，旁人都说："范老板，你还有什么话，尽管说。"

范长安说："要说是有点儿邪门。那个带头的好汉，一直蒙着脸，就露出一双眼来，可也怪了，那双眼，我总觉得在哪里见过。"

几个人陆续又给范长安敬酒压惊，这顿酒席，足足又吃了一个多时辰才吃完。

整个北平城的市民一觉醒来，发现大街已经贴满了通缉令，通缉令上的画像，正和范长安在正和居的酒桌上说得一模一样，是个高大健壮的年轻人，虽然蒙着面，但剑眉星目，长方脸形看起来颇为英俊。

通缉令上并没有说这个通缉犯具体犯了什么罪，只是笼统地说他在闹市行凶，杀伤无辜，右臂有伤，凡是给警方提供重要线索或者抓获了此人，都有五百元的悬赏可拿。

　　初七这天，正是天祥泰绸缎庄的穆老太太和穆夫人，按往年惯例，去城外卧佛寺进香还愿的日子。可如今兵荒马乱，城里城外人心惶惶，老夫人、夫人自然也不敢出城，就派了周双林带了香火钱，代她们去卧佛寺给佛爷磕头。

　　其实，周双林是绸缎庄的伙计，并非穆家的仆佣，照理儿说的话，穆家宅子里的事儿，自有男女仆佣办理，可如今穆家的仆人，只剩下五六个，各有各的事情要忙活，反正绸缎庄也没恢复营业，只好由周双林去了。

　　这天祥泰绸缎庄位于城南正中，而卧佛寺出了西直门，还有足足三十里，这三十里路都是在荒郊野外，平时人就少，这时候自然更没人了。但凡城里的汽车、洋车，基本上都不敢出城了。本来穆世轩不想让任何人去卧佛寺，早在腊月里，他就给自己母亲和夫人说，哪怕是自家的用人、伙计，都是父母生父母养的，仙佛鬼怪的事儿，终究不可信，犯不着为了还愿，让人冒这么大风险。

　　穆世轩说得郑重，穆老太太和穆夫人自然也没再说什么。可两人那天一口茶没喝，一口饭没吃，一直在各自屋里，坐在床头扑簌扑簌掉眼泪。

　　全家人都有些慌了。周双林知道，当初穆夫人在生大少爷的时候，起初有些难产，老太太为此曾经当场许愿，说如果大少爷平安落地，就每年给卧佛寺供奉一大笔香火钱。结果大少爷终于顺利降生，母子平安。二十八年来，这笔香火钱一直没断过。

　　周双林找到穆世轩，说自己愿意替两位夫人去还愿。穆世轩当场拒绝，周双林说，三年前是东家出钱请大夫买药，才治好自己老母亲的病，这回如果不让自己去，自己给东家什么事情都做不了，就没脸活在世上了。穆世轩被他说得万般无奈，也只好答应了。

　　这天早上，天还没亮，周双林随身带上八十块银圆，吃完早饭就动身了。穆世轩还额外给了他三块银圆的车费，告诉他要早去早回，可以先坐辆洋车到西直门，到那儿之后，再租一头好牲口出城。如果真不走运碰到劫匪，就把钱都给他们，千万要保住性命。

　　周双林出了绸缎庄，天色还漆黑一片，他站在珠市口往四下里一望，整个前门大街和珠市口大街都是不见人影，更不用说洋车了。这个点儿，再吃苦的洋车夫，也没到出门拉活儿的时候。

　　周双林紧了紧包袱，迈开腿往北走去。他估摸着，自己一个多钟头准能走到西直门，到那儿租一匹骡子，再有个把钟头就能到卧佛寺。这么一算，天黑前自己就能回到西直门了。

　　从前老夫人和夫人去卧佛寺上香还愿，都是要在城外住一夜的。

　　这天的计划进行得很顺利，他中午前就到了卧佛寺，给佛像磕了头，把八十块银圆交给了住持。从前他到卧佛寺，寺里寺外挤满了上香的善男信女。可这天，不但寺外山路上空无一人，寺里也只有寥寥落落几个香客。

　　住持细细问了城里和店里的情形，说自己一直在给店里几位施主诵经祈福，他送给穆老夫人和穆世轩夫妇各一串佛珠、两盒素点心，又命知客僧请周双林进厢房，吃了一顿素斋。

　　周双林吃饱了饭，出了卧佛寺，抬头一看，日头不过稍稍偏西，心想天黑前不但能回到西直门，说不定都能回到店里。

　　他牵着骡子从山门向官道走去，走着走着，总觉得道旁树林子里有人在朝自己这边打量。刚才在寺里，自打进了大雄宝殿给释迦牟尼佛像磕头开始，他就觉得身后有人一直盯着自己，就连在厢房里吃素斋，似乎都有人在门外向房内打量。

　　他勒住骡子的缰绳，朝树林细看了一番，倒是看不到人影。此时，山道上一片寂静，周双林竖起耳朵，除了自己的呼吸声，什么声音也听不到。他猜想自己大概是太疑神疑鬼了，一牵缰绳准备继续赶路。

　　忽然，只听一声脆响，树林里不远处传出一个踩断树枝的声音。

　　"什么人！"周双林喊了一嗓子，攥紧拳头背靠骡子，紧紧盯着树林里。

　　"双林，是我。"

　　十多米外的树林深处，一个瘦高人影从树后转了出来。这人戴着一顶厚呢料子的鸭舌帽，帽檐下的阴影遮住了大半张脸。

　　"大少爷，是你！"

　　这人走出树林，周双林看清了这人的五官，浑身哆嗦起来，失魂落魄一般，手里的缰绳都松开了。那匹大黑骡子一看没了束缚，本想纵蹄跑开，可山道上台阶陡峭，没人牵着，自己非得摔个骨断筋折不可，只好一仰脖子向着天空，大声啾啾地叫了起来。

那个人影从树林走出来，慢慢站到了山道上。这人穿着一身北平有点身份的男人常穿的长袍马褂，帽檐下露出一张清瘦的长方脸。无论是脸形，还是两道浓黑的剑眉，都是穆家男人代代相传的特征。周双林上前一步，想抱住这个男人，可伸出手去却又有些不敢。虽然这个男人还是个小男孩的时候，自己就曾经抱着他，去东华门看花灯，去天桥买糖葫芦，看杂耍。他伸出袖子擦擦眼泪，哆嗦着说："大少爷，这么些年，你都去哪儿了……"

这男人，自然就是北平城天祥泰绸缎庄的大少爷，离家出走已经十年的穆兴科。他拍拍周双林肩膀，说："双林，我奶奶、我爸我妈他们，身体都好吧？"周双林点点头，说："老太太这两年有些见老，出门少了，老爷夫人身体都好。大少爷，你快点跟我回家看看吧，他们都惦记着你呢。"

穆兴科微微一笑，说："行，双林，咱们先下山再说。"

周双林又挽起缰绳，重新把眼泪擦干，两人顺着山道下山。此时正值午后，是北方一天中最暖和的时候，阳光从树尖上照射下来，布满了整条山道。周双林心里暖烘烘的，觉得这是入冬以来最暖和的一天。

穆兴科一步一个台阶地走着，周双林看着他，说："大少爷，你真是长大成人了，我记得你小时候，和老太太、太太来这儿上香，这条山路不好走，我本想背着你走，可你非得自己走。那时你上下台阶都是蹦蹦跳跳的，哪像现在这么沉稳。"

穆兴科笑了说："对，双林，我也记得这些事。对了，我弟弟该上大学了吧，他上的哪个大学？"周双林迟疑了一下，脚步也慢了，穆兴科脸上的笑意消失了，问，"双林，我弟弟出事了吗？"

周双林赶紧说："大少爷，二少爷他两年前也离家出走了。"

穆兴科说："两年前？闹学潮的时候？"

周双林点点头，穆兴科笑了，说："这臭小子，年纪不大就学别人离家出走，倒也好，在外面吃两年苦，就更知道家里好了。"

周双林也笑了，说："大少爷，我记得你是十八岁那年走的，两年前二少爷离家的时候，也是十八，细论起来，当时他比你那时候还大了三个来月呢。"

穆兴科说：“双林，我们哥儿俩的事儿，你记得还是真清楚。我们老穆家有你，真是全家人的福气。”

周双林挠挠头，脸色一红，说：“其实我记得也没那么清楚，可架不住老太太和太太整天念叨你们哥儿俩，家里每顿饭，都给你们摆上筷子、碗，每年你们生日那天，家里每顿饭都是长寿面。”

主仆两人边走边聊，很快到了山下官道。两人在道旁找了一处卖大碗茶的茶摊儿，拣个僻静处坐下。穆兴科又听周双林细细讲了家里和绸缎庄的情形，这才压低嗓子说：“双林，今儿你先自个儿回去，我还得过一阵子才能回家，你也别给我奶奶他们说见过我。”

周双林端起茶碗刚要喝，一听这话马上放下茶碗，脖子都急红了，说：“大少爷，老太太他们整天惦记着你们哥儿俩，每年一到你们生日，还有你们离家那天，他们都是水米不进，整宿整宿地哭。老太太都有两回哭得背过气儿去了……”

穆兴科笑道：“你不是说他们都挺好的吗？”

周双林愣了愣，说：“刚才我那不是怕你担心吗？我还以为你这就跟我回去……”

穆兴科伸手拍了他的手背，说：“双林，你放心，过一阵子我肯定回去，但今天不行。”

“那你到底什么时候回去？自打鬼子进了城，老太太、老爷太太他们更担心你们了，每天都要念叨好几回。”

“双林，我这回回来，就不再走了，到时我一定好好陪着他们。你看，我今儿就是因为知道我奶奶我妈她们会来卧佛寺还愿，就特意来这儿，打算远远瞅她们几眼。今儿虽然没见着她们，但见着你了，知道家里一切都好，我就放心了。”

周双林点点头，两人又喝了几碗茶，周双林盯着穆兴科看了一会儿，见他一直都是在用左手端茶碗，说：“大少爷，离家十年，你倒成了左撇子了。”

穆兴科笑笑没回答他，转而说：“好了，双林，时候不早了，你赶紧回城吧，再晚了路上不太平。”

“你连城都不进？”

穆兴科点点头，摸出几张钞票放在桌上，转身离了官道，进了树林子，一眨眼工夫，人影就不见了。

这天晚上，周双林回到店里，把上香还愿的经过给穆老太太和穆世轩夫妇说了，三人给了他赏钱，就让他吃饭休息。

周双林吃喝完毕，和平常一样，在店里平时睡惯的地方打开铺盖卷。这时，别的伙计都早睡着了。炉子里的煤球烧得很旺，在哔哔剥剥的声音中，他望着黑漆漆的天花板，回想着今天和大少爷见面的经过，总琢磨不透这位十年没见的大少爷，怎么变成了左撇子。这一天他一直在赶路，的确累坏了，胡乱想了一会儿，就翻了个身，睡着了。

第三章 回归

通缉令已经贴出几天了，刺客始终没抓到。北平城的街面上，不时有人因为和通缉令上的画像有一点儿像，或者右胳膊有伤，就被巡警或者特务抓走了。

这天清晨，在北平前门火车站，一个年轻人从刚刚抵达的火车上跳下来。他二十出头的年纪，手提行李箱，身穿藏青色毛料学生装，围巾雪白，皮鞋锃亮，剑眉英挺，整个人看起来精神极了。四周的女乘客，不断地扭头朝他打量着。

这个年轻人夹在乘客里出了站，马上有一堆洋车朝他们围了上来。有钱的乘客都上了洋车，他看起来虽然也是富家子弟，却从洋车中穿了过去，径直沿着前门大街快步朝南走去。

此时虽然正值北方最冷的时节，地面冻得硬邦邦，洒点水上去马上就会结成冰，但是这个年轻人因为走得快，额头上竟有些微微冒汗。他顾不得擦，只是大步流星地往前走着。很快，他穿过鲜鱼口、大栅栏，走到了珠市口。

他走到天祥泰绸缎庄那紧闭的店门前，就停了下来。他仰脸看着高大的店门，眼圈渐渐红了。

"哎呀，这不是穆家二少爷吗？你走了有两年多了吧，你奶奶你妈想死你了！"街面上一个五十多岁的女人，身穿一件破破烂烂的旧棉袄，拉着一个三岁多的孩子，看到他站在门前，慢慢凑过来说。孩子手里紧攥着半个沾满土的冻柿子，腮帮子冻得通红，身上的棉袄棉裤都脏得看不出本色了，七八个脚趾头也从鞋上露了出来。

这俩大人孩子手上，都长满了冻疮。

年轻人扭头看着她，说："我是穆立民，您是……"

那女人摆摆手，说："我是住施家胡同的孙老六家里头的，喏，就是在会仙居包包子的孙老六，平时你见了，叫他六叔，叫我六婶。这是我孙子，你从前见过他。"

穆立民说："对，对，我记得，您是孙六婶。这是孙哥的孩子吧，孙六叔还有孙哥孙嫂都好吧？"

一听此话，那女人登时流下泪，说："你说的这仨人，如今都已经……唉，不在了……"

穆立民吃了一惊，说："六叔我记得今年也就六十出头吧，孙哥就更年轻了，怎么就……"

那女人脸色变得惨白，接着说："他们的命，都是去年没的。去年鬼子攻打北平城，城外四面八方都是鬼子兵，咱们自己的兵，只能单指望29军了。眼瞅着29军顶不住了，城里的老少爷们儿也有不少报名要去打鬼子，你六叔他们爷儿俩，这辈子连枪长什么样都没见过，也跟着报了名，被派到了南苑，管着送水送粮食。他们这一去，就没回来。后来，听和他们一道去的蔡家胡同的赵二喜说，你六叔是让鬼子拿刺刀捅死的，我那傻儿子呢，是让鬼子兵抓了俘虏后，又让他们拿铁丝和别的俘虏绑在一块儿，浇上汽油，活活给烧成了炭……后来，鬼子进了城，有人给鬼子告密，说了我们家这俩老爷们儿的事儿，就有仨鬼子兵让汉奸带着上门来了，说是要搜捕抗战家属。我这媳妇不肯去，还让他们给……后来，媳妇就在胡同里那棵老槐树上上了吊……"

孙六婶一手抹着眼泪，一手摸着那孩子的头顶，说："唉，要不是因为这个小东西，我也不想活了……"她说着说着就抽泣起来。

穆立民一掌重重拍在面前的石墙上，咬着牙说："这群侵略者，真是禽兽不如！"

这时，绸缎庄的门板被卸下了一块，一个十八九岁、学徒模样的人露出脸来，打量了一下穆立民，说："这位爷，本店暂缓营业，您要买绸缎布匹，请去别处。"说完，就要关上店门。

"三亭子，你真是有眼不识泰山！这是你们家二少爷！"孙六婶忙说。

"二少爷？"这个叫三亭子的伙计从门后钻出来，站到门外细细瞅了瞅穆立民，半信半疑地说，"您尊姓大名？"

"我叫穆立民，穆世轩是我父亲。"

"哎哟喂！"这个伙计一拍大腿，又卸下两块门板，鞠着躬请穆立民进去，"二少爷，您可回来了！您快请进，老夫人、老爷夫人他们整天念叨您呢！我是去年刚来的，叫韩山亭，行三，您叫我三亭子就成，老爷他们也这么叫！"

穆立民点点头，把学生帽和围巾摘下来递给三亭子，迈步走了进去。三亭子按亮了电灯，店里那些布满了金丝银线的绫罗绸缎，一下子铺陈在面前，像无边无际的珍宝一样闪耀起来。

这是穆立民从小到大再熟悉不过的场景了。

"老太太、老爷、太太，大吉大利，给您几位道喜了，咱家二少爷回来了！"

三亭子在他身后大喊起来。其实，穆家的三进四合院在店面后面，穆家老太太、老爷、太太更是住在四合院深处，三亭子喊得声音再大，他们也听不见。

但是喜讯总会很快传到他们耳朵里。"二少爷回来了，二少爷回来了！"喜讯在店堂里回荡着，也传进了后院。等穆立民穿过店堂，进了自家院子，他看到自己的奶奶由她的贴身丫鬟袖儿搀扶着，还有父母，都已经站在二进院门那里。他鼻子一塞，快走几步，跪在奶奶面前。

"两年多了，你这孩子一声不吭，一走就是两年多……"穆老太太把他搂进怀里，捶打着他的肩背，已是老泪纵横。袖儿也跪在穆老太太面前，说："恭喜老太太，二少爷平安回家，大吉大利！"

几人进了穆老太太的正房，穆立民先给祖宗牌位磕头上香，然后恭恭敬敬站在长辈面前，把自己离家后的情形细细说了一遍。

原来，两年前穆立民受到"一二·九"学生运动的影响，离家出走后，他先是四处参加爱国运动，在全国各地漫游了几个月后，来到了武汉，正好赶上国立武汉大学招生。他成功考入武汉大学物理系。上了一年大学后，日军全面侵华，战火波及武汉，当地大学纷纷内迁。他起初也跟着老师同学一起内迁，但出城没多久，他就染上了疟疾，等病好后已经无法追上师生队伍，只好返回北平。

"这两年，你一直在武汉？"穆世轩问。

穆立民点点头，说自己有武汉大学的证明信，可以凭此信件转入国立大学继续读书。说完，他从怀里掏出一封信，递给穆世轩。

穆世轩打开信，只见满纸是极清秀的行楷小字，写明穆立民是本校物理学二年级学生，尊师重义，勤学敏行，为可造之才。穆君因病未能与校本部同迁，请接到此信件的高校酌情准其入学，落款是国立武汉大学校长王星拱。

穆世轩冷笑："清华和北大，都南迁了，这北平城里，还有什么国立大学！可惜王校长这一笔好字了！"

穆立民说："爹，国立武汉大学是著名学府，按照教育界的惯例，武大的学分学籍，燕京大学之类的教会学校一般也会承认。"

穆世轩脸色和缓了一些，点点头，说："燕京大学学风端正，师资颇佳，何况这是美国人办的学校，日本人也不敢轻举妄动。"

穆立民说："那我明天就拿着王校长的亲笔信，去燕大看看能否入学。"

这时，穆老太太在一旁越听越着急，说："你们说的这个燕京大学，到底是在哪儿？"

穆夫人说："妈，这个燕京大学，在西郊海淀呢，就是从前老佛爷的颐和园那一片。"

"那么远？"穆老太太急得一跺脚，说，"立民，你这刚回来，别急着去上学，而且现在城里城外都不太平，我看啊，你就别上这个学了。"

穆夫人连忙说："立民，你也是，刚回来就说要上学，你先在家待几天，好好陪陪奶奶。"

穆世轩问他在外面这两年，有没有听到他哥的消息。穆立民说，自己当初到了武汉，就到处打听有没有一个叫穆兴科的人。原来，当初北平全城参加北伐军的年轻人有很多，被编进国民革命军不同的队伍。自己在武汉这段时间，一有空就去国民革命军驻地去探听情况，后来找到几个北平同乡，都没听说过穆兴科。

听到这里，穆老太太又流下泪来，袖儿赶紧给她擦了眼泪，捶着背说本来您有两个孙子离家，如今回来了一个，还上了大学，个子长高了，模样长俊了，另一个肯定很快也会回来。"大少爷回来时，一定好事成双，他准能给您带回来一个又俊俏又贤惠的孙媳妇，说不定还有一个大胖重孙子呢。"

穆老太太这才破涕为笑，擦擦眼泪，说："你这妮子，就是嘴甜。要真能抱上重孙子，让我当时死了，我也乐意。"

这天晚上穆家上上下下热热闹闹，喜气洋洋，穆老太太给家里的仆人、店里的伙计每人赏了两块银圆。家宴上自然是摆满了穆立民平常爱吃的各种菜肴，穆世轩还让人在头进院子的厢房里给伙计仆人们也摆下了两桌酒席。穆老太太想起来周双林刚替自己去卧佛寺上香还愿，二孙子就回家了，真是佛祖显灵。这周双林功劳不小，加倍给了他赏钱。

这天的家宴一直到了将近午夜才散，穆立民回到自己从前在中院的西厢房休息。绸缎庄的伙计们回到店堂里，他们还都沉浸在整个宅院的闹腾气氛里，相互打闹着，对比着各自银圆的成色。周双林在老位置铺开被褥，仰面躺下，心想，我先见到的是大少爷，结果却是二少爷先回家。大少爷那天在卧佛寺外面说过几天就回家，他应该也很快就回来了。

第二天一早，穆世轩命周双林出门去煤市街的永和车厂雇来了一辆带司机的汽车，先是送穆立民去燕京大学办理转校手续，又派三亭子上街采买了些香烛供品，然后，他带着穆立民和周双林上车，去了右安门外穆家的祖坟，给穆家列祖列宗扫墓上供。

这天天色阴惨，气温骤降，北风正裹着铺天盖地的寒气，席卷了北平城。一阵阵的寒风，从前门直冲过来，形成一股股穿堂风，尖啸着穿过前门大街，直扑向永定门那高大厚实的城墙。前门大街上自然是空无一人，大栅栏、珠市口、天桥一带的商家，也都闭紧了大门，人们躲在房里，围在煤球炉子旁听着门窗被吹得噼啪作响，想着眼下这国土沦丧的年月不知何时才是终了，心里更是一阵阵没着没落的。城里一片严寒，若是到了城外，四下无遮无挡，更是寒风刺骨，让人苦不堪言。

穆家的这块坟地，是珠市口一带的大店大铺合伙买的，谁家有人过世，都可以安葬在这里。这也是北平城里殷实的店铺常用的法子。这天是日军占了北平城后，穆世轩半年来第一次出城。他下车一看，只见这里已经比半年前添了不少新坟。有的新坟立了墓碑，坟头也很平整，四周围了砖廓，一看就是富裕人家的坟。有的只是一个土堆，坟头插了纸幡，一看里面埋的就是穷人。这些穷人自然是没有自家的坟地的，他们死了后，只有任由家人在城外随意挖个坑埋掉。

有的坟连土堆都没了，尸骨因为埋得浅，棺材薄，被野狗拖了出来。至于那些连棺材都没有，只是裹在破草席里的尸骨，更是早就被野狗啃食干净，只剩下几块残骨四下里散落着。

半年间添了这么多新坟，这是往年没有过的事儿。任凭谁一看就猜得出，这些尸骨一定是去年鬼子攻城时死难的老百姓的。

穆世轩铁青着脸，一句话没说。他和穆立民两人在穆家几位祖先坟前上了供品，烧过了黄纸，磕完头，就回到城里。

汽车刚刚开到天祥泰绸缎庄门口，两人在车里就看到外面站着五个人，其中一个是负责在珠市口这一带巡逻的巡警翟二；另一个肤色白净，穿着蓝布长衫，外面罩着一件棉马褂，看起来很面生；最后一个则西装笔挺，头发梳得整整齐齐，面孔又白又瘦，眼镜戴在这张脸上，就像给一只萝卜挂上两个墨水瓶瓶底一样。他身后一左一右，则是手持步枪的日军士兵，他们的步枪都上了刺刀。

穆世轩父子和周双林下了车，周双林对那个巡警说："翟二，这两位是？"

翟二扭过脸，堆出一脸笑，说："穆老爷、周二哥，两位好。"接着，他笑眯眯地看着穆立民，说，"这位是二少爷吧？真成大人了。"他指着身后的两人说，"这位关孚仁关先生，是北平治安委员会的；这位是矶口孝三先生，是皇军特务机关处的，在情报课任职。"

日军占据北平后，扶持大汉奸王克敏成立了临时自治政府，治安委员会是其中极有权势的要害单位，动辄以通敌为名，把市民抓进去拷打，最后莫名其妙失踪，活不见人死不见尸的市民都不少。

日本人的特务机关处，更是整个北平城实际的统治中心，机关长喜多诚一手下的情报课课长森本峤是不折不扣的杀人魔头。早在卢沟桥事变前，森本峤就派出特务混进北平，搜集驻守北平的29军兵力部署、武器配备等各种绝密情报，暗杀了多名29军军官。日军进城后，他更是四处搜捕抗日志士，特务机关处所在的煤渣胡同，总是彻夜传出被拷打的惨叫声，把周围百姓吓得心惊肉跳。

这个矶口孝三，看到穆世轩他们回来，先是紧紧盯了一会儿穆立民，然后一指那辆黑色轿车，嘴里叽里呱啦说了起来。等他说完，关孚仁说："穆老先生，矶口先生说的是，皇军有命令，凡是皇军入城后，从外地返回北平的市民，一律要由特务机关处情报课进行甄别，然后才发给良民证。您这位二少爷不是刚从外地回来吗，就请跟我们走一趟吧。"

穆世轩冷冷地说："北平又没有封城，从外地进城的，如今就算是比从前少了，每天少说也有上千人。特务机关处把这些人都要抓进去吗？"

关孚仁说："穆老先生，令郎可和别人不一样，我们知道，他是早就离开北平了，孤身在外多年。这种情况，皇军肯定要详细了解他这几年的情形。您放心，他到了情报课，只要如实供述，我可以打包票，他一定能平平安安地回来。"

穆世轩还要再说，穆立民说："爹，您别担心，我就跟他们去，我这几年的经历，就是昨晚我说的那些。"说完，他转身走向那辆黑色汽车，打开车门坐了进去。

矶口孝三点点头，但他并没有回到汽车里，而是继续对穆世轩哇啦哇啦说了一阵。关孚仁翻译说，按照特务机关处的惯例，还要搜查穆立民的住处。穆世轩刚要挡在门前，心里又想，这会儿母亲和夫人都去东安市场了，家里没女眷，还不如趁着这会儿，让他们搜完，这件事就算过去了。

"得罪了！"关孚仁见他一迟疑，马上朝他一拱手，带着矶口孝三和那两个日本兵从店门钻了进去。

翟二也想跟进去，他一看到穆世轩冷冷的神情，还是不敢惹他，怏怏地笑了笑，呆立在一旁。

过了十几分钟，这几个人出来了，关孚仁脸色有些尴尬，朝穆世轩拱拱手，说："穆老板，得罪了。"矶口孝三和两个日本兵在穆世轩面前趾高气扬地走过去，矶口孝三钻进汽车，那两个兵则一左一右站在汽车两侧的踏板上。

穆世轩心想，自己和临时自治政府从无交往，要救儿子，还得指望这个关孚仁。他从怀里掏出一沓钞票，塞到关孚仁手里。关孚仁一看票面上的数字和中央银行字样，心里一喜，微微做了个作揖的动作，压低声音说："我一定不让二少爷受罪！"

汽车发动起来开走了，穆世轩回到店里，看到店里倒是一切如常。可等他回到家中，却发现不但穆立民的卧室里各种书籍衣物都被扔了一地，就连穆老太太和自己夫妇的卧房、堂屋、厨房各处都被翻得乱七八糟，凡是被褥，都被刺刀捅了很多窟窿。

这时，一阵哭喊从院中传来，穆世轩赶紧奔出去，只见穆老太太正在院子里拼命拿拐杖杵着地面，大喊："我的二孙子，是谁把我孙子抓走了？"

穆世轩不敢直说是日本特务抓走了穆立民，只得说临时自治政府派人请穆立民去登记，好给他发良民证。

穆老太太自然不信，说家里就像是遭了土匪抢劫一样，如果是规规矩矩把人请去，怎么会弄成这样。"伙计给我说了，是日本兵和日本特务冲进来到处搜查的，立民是让这些禽兽抓进特务机关去了，那可是个地地道道的阎王殿，去了那里，人还活得了吗？我这孙子好不容易回来，要是有个好歹，我这一把年纪，也不活了！"

穆夫人也在一旁不停地抹眼泪，两人好歹把穆老太太劝进了屋子，穆夫人还忍住了哭，打发袖儿给老太太换上一套新被褥。

当天晚上，穆世轩夫妇坐在桌边，愣愣地看着饭菜，谁也没心思动筷子。眼看饭菜全凉透了，穆世轩叹口气，刚要说点什么，袖儿忽然闯进来，说老太太原本坐在床边掉眼泪，忽然就一头歪过去说不出话来。幸好永和车厂那辆汽车还在，穆世轩赶紧把她送进协和医院。洋大夫先是给她吸痰，接着输上了液，这几天她一直在病床上躺着。穆立民到了第三天才回来。他听说奶奶进了医院，赶紧赶到医院。穆老太太一看见他，把他搂进怀里，大哭了几声，又把他从头到脚看了一遍，确信他安然无恙，这才放心，当天就出了院。

回到店里，穆世轩夫妇一是因为老太太平安出院，二是因为穆立民平安归来，又给伙计和用人们发了赏钱。穆立民说，自己被抓到煤渣胡同后，日本特务先是审问他，让他供述这两年多在外漂泊的经历，重点问的是遇见过哪些人，有没有参加各种组织，连审了两天两夜才让他睡觉。最后一天则是让他写良民状子，大意是愿意效忠大日本帝国，效忠临时自治政府，效忠北平特别市之类。穆老太太问他有没有被日本人拿皮鞭抽拿烙铁烫，他说那倒没有，一批接一批被抓进去的人很多，日本人虽然有大批特务，也顾不上每个被抓的人都细细审问，只是他因为出言顶撞，被打过几个耳光。穆老太太和穆世轩夫妇这才放了心。

在外院厢房里，穆世轩也给几个伙计开了一桌。周双林一边抿着酒，一边盘算着时间，心想距离在城外遇见大少爷，已经过去六天了，他为何还迟迟不回来？

第四章 团圆

第二天早上，一家人吃罢了早饭，仆人过来收拾了碗筷桌椅，穆世轩接过手巾把子擦好了手脸，对穆老太太说："妈，我带立民到街上走走，再到店里去看看。"

穆老太太知道这是要教给孙子生意上的事儿，点点头说："你们有正经事，我不拦着。可外面街上也不太平，让双林他们跟着你们去。"

穆立民给奶奶端上茶，就跟着父亲出了家门。周双林、三亭子和另外一个伙计则在后面紧紧跟着。

他们到了街面上，天色早已大亮，珠市口这边有寥寥落落几家店铺开门营业，洒水车在路中间慢悠悠开着，行人大都面带愁容，衣衫破旧。也有几人身穿新长衫或者西装大衣，有人的大衣还带着毛皮翻领，脸上泛着红光，显然是在日本人手下有了事做。

有个女人，整只手都是通红的，这只生满了冻疮的手里，紧紧端着一个粗陶大碗，碗里早没了热乎气，一看就知道是从天桥那边的粥厂里刚领到了粥，要端回去给一家人喝。女人身后跟着孩子，孩子饿得哇哇直哭，女人只好蹲下，把粥碗凑到孩子嘴边，孩子大口吸溜了一两口，女人就把碗拿开，那孩子哭得更厉害了，伸手去抓，结果那碗掉在地上，摔成几块，粥也流了一地。女人愣了愣，立刻跪在地上大哭，孩子却不懂事，趴在地上伸出手指，在地上撮起米粒放到嘴里。

穆世轩摇摇头，低声对一个伙计说："你带他们娘儿两到家里厨房，拿几个馒头，再拿只烧鸡给他们。再找个大碗。"

那伙计带着那母子去了，穆世轩指着那几个开门营业的店铺说："你们看那几家店，有的店是架不住日本人和临时政府的人整天去威胁，有的店里还有人被抓进宪兵队，不开店就不放人，东家实在没招了，这才开了店，不过那也是开得晚关得早。也有几家店，是实在没进项了，家里坐吃山空，只好开门做点生意。有的药店、粮食店开了门，是因为客人离不了，谁家能不吃药、不吃饭？这些都是没办法的事儿，谁也不能怨他们。"

穆立民说："爹，那咱家……"

穆世轩说："咱家自从日本人进了城，就没正式开过店门。可咱家的生意还在照做，这天祥泰的招牌，毕竟立了一百多年了，那些老主顾信得着咱们，他们来进货，我随身带几块货样子，请他们到正和居喝两盅，或者去长清池泡个澡，他们就肯要货。这阵子，我做成了好几个大宗，所以，咱家虽然散客的生意做不成了，但还能撑得住。"

三亭子在旁边说："二少爷，老爷这招太厉害了，既没开店门，不让日本人脸上有光彩，还照顾了老主顾，家里也有进项。"

穆世轩说："日本人进城前，天祥泰的生意也这么做，只不过当时既做大宗生意，又做散客生意。立民，这做生意，可不光是店里面的事儿，还得知道店外面的事儿，知道天下大势。你看，现在穷人多，进货的时候，就不能光进绫罗绸缎、呢子毛皮，要多进一些禁穿耐用的，价还不能高，这样穷人才用得起，咱们也对得起自己的良心。而且，便宜布料走货走得快，不占本钱，这要是进上一库房的貂皮，一时又出不了手，店里就周转不开了。"

穆世轩带着几人沿着前门大街一路走着，边走，边说各个字号经商的窍门儿。快到鲜鱼口时，周双林压低嗓子，指着旁边一条胡同深处，说："老爷，这里面有家铁匠铺，您记得吧？"

穆世轩点点头，说："我记得，他家打的铁器不错，可惜那个铁匠是个哑巴，他在这里赁房子打铁，干了有三四年吧，咱们连他姓什么都不知道。对了，可有日子没他的消息了。"

"他不是铁匠，他是——"周双林把头凑得更近些，声音也压得更低，"有人说他是日本特务。前一阵子刚进腊月时，他被人发现死在西便门外的荒地里。听说他是被人反绑了双手，脑门儿中了一枪。"

"日本特务？哑巴也能当特务？"穆世轩虽然见多识广，听到这里也吃了一惊。周双林说："前几天，我不是替老夫人、夫人去卧佛寺还愿吗，那天我和几个客商一起出西直门，其中有个做山货生意的客商，平时老从山里买些野兔山鸡之类再拿到城里卖。他说，这个铁匠经常在房山、门头沟一带山里转悠，那边煤矿多，他把各处煤矿都画进了地图，鬼子进城后，他把地图交给了鬼子。而且他也不是哑巴，日本话说得可溜了。"

穆世轩说："怪不得这家铁匠铺从前就时常歇业。日本为了侵略灭亡中国，处心积虑多年。中国各处有什么资源，哪里出煤，哪里产粮食，哪里宜驻兵，哪里宜开矿，地方首脑的贤愚忠奸，早已查得清清楚楚。可我们这个国家里那个掌握重兵大权的，只会钩心斗角，尔虞我诈，谁真正愿意为国家的事操心出力？山东那个韩复榘，明明有黄河天险，他都怕损失实力，带着队伍逃跑了，把整个山东，把几十万济南百姓扔给日本人，真是民族败类。要照我说，这条前门大街上，日本人的特务，背地里投效了日本的汉奸，肯定不止这个铁匠。"

"双林哥，那谁杀了这个特务？"三亭子问。

周双林说："这谁知道啊，反正肯定是高人。而且，这位好汉对北平城一定非常熟悉。从西便门出城往房山、良乡方向，那片树林是第一处偏僻地方，别处都是大路。在那里行凶杀人，完事儿后再回城里，来回用不了一顿饭的工夫。"

三亭子一拍大腿，说："咱这北平城里，日本人安插了不少特务，可咱们的人也不少！"

几人在前门大街结结实实地转了一圈，回到店里，已经是饭点儿了。一家人吃了午饭，穆世轩陪母亲说了会儿话，就回到房里休息。这两天因为老太太住院、穆立民回家的事儿，他操了不少心，这会儿精神有些倦怠，很快就睡着了。

这一觉他睡得很沉，很长，断断续续做了几个梦，并且结结实实扎进最后一个梦里。等他醒过来，发现窗台上已经布满夕阳金黄色的光线。他准备起床，却发现头怎么也抬不起来，满枕头都是汗迹。他摸了摸自己额头，水淋淋的，还很烫。这时，自己太太端了杯水进来，嗔怪着说："立民在店里等你教他看账本，都等了一个多——"太太话没说完，脸色就变了，说，"老爷，你脸色怎么这么差？"太太伸手来摸他的额头，他觉得太太的手凉得很。他知道自己这是病了，努力想坐起来，可身上一点儿劲都没有，身子又一歪，人也跟着昏了过去。

穆世轩被送进了协和医院，这次住院一连住了三天，烧才退了下来，一家人连元宵节都没正经过。这天，医生查完床，说他下午就可以出院。这天中午，他正准备打个盹儿，却影影绰绰看到病床边站着个年轻人。他乍一看，觉得是穆立民。可再仔细一看，这年轻人虽然长得和穆立民一模一样，但留起了两道小胡子，下巴也更方一些，个子也比穆立民高了一两寸。穆立民虽然在外面闯荡了几年，但二十出头的年纪，脸上还是有些婴儿肥，这人的脸却瘦了很多。

怎么立民一下子长了好几岁？他用还有些昏沉的大脑想着。他没想到的是，年轻人在他床头慢慢跪了下来。

"爹，是我，我是兴科，我回来了。孩儿不孝，这些年让奶奶，让您，让我妈，都为我担心了。"这年轻人流着眼泪，隔着棉被趴在他膝盖上。

"回来了就好，回来了就好。"他大病初愈，心里再激动，也没力气表示什么，只好摸着年轻人的头，慢慢地说。病房门口，他的太太正靠在门框上，用手帕擦着眼泪，用哭得通红的眼睛看着他们。

下午，穆世轩出了院，一家人回到家里，穆兴科重新给奶奶、父母磕头，又在饭桌上说了自己这十年来的经历。

"当年北伐军打到了北京，孩儿见国民革命军军容整齐，士气高昂，就一门心思想入伍。我离家后，真的加入了国民革命军，但我万万没想到的是，南京政府只是在名义上统一了中国，军阀混战的局面并没有根本改变。蒋介石以'国军编遣会议'的名义，要所有地方军阀交出兵权，好建立他的独裁统治。拥兵自重的军阀自然不答应，他们又打起了'中原大战'，互相攻击起来，这下老百姓又遭了殃。我看透了这帮军阀的嘴脸，看出来他们个个只在乎自己的地盘，谁也不真正拿国家民族的前途当回事。那时，知识界很多人都在思考，同样是老大帝国，日本为什么能这么快富强起来，为此，那几年去日本留学的年轻人很多。我一气之下也脱下军装出国留学，到了日本。后来，日军占领了东三省，在日本的中国留学生更是经常被日本人嘲笑殴打。日本的报纸上整天都在说要灭亡中国，很多中国留学生忍不下去，不少都回国了。但我想，日本越是要灭亡中国，我越是要在日本待下去，要弄清楚他们的底细，弄明白他们究竟比中国强大在哪里，为什么比中国强大。一直到了前年，眼看日本要动手全面侵华，我看到每天都有留学生同学被日本警察抓走，我才决心回国。回国后，我先去南京国民政府，把我在日本了解到的情况告诉他们。他们根本不相信我，还要把我当共党分子抓起来。我赶紧逃跑。后来，我在全国各地周游了几个月，到处都听说延安的共产党是真抗日，国民党是消极抵抗，是假抗日。我本想去投奔共产党，可我好不容易到了西安，交通因为战事都中断了，再也没法往前走了，我在西安待了一阵子，就回来了。"

穆老太太说："孙儿啊，你当初从家走的时候，都没带多少钱，这么多年你是怎么过来的？"

"我去日本时，考取的是官费留学生，自己不用花钱。后来回了国，我在广州、西安、青岛这些地方给有钱人当家庭教师，也能挣到钱。奶奶，你放心吧，这些年虽然兵荒马乱，我没吃什么苦。"

穆世轩听完，说："袖儿，前几天二少爷刚一到家就被日本特务抓走了，你给大少爷预备一下衣物，大概日本特务很快就要上门了。"

穆立民抢着说："爹，您住院这几天，我哥已经在日本特务机关里待了两天了。"

见穆世轩愣住，穆兴科说："爹，我是三天前回到家的。当时我去医院里看您，您一直在昏迷。我刚从医院回家，就被日本特务抓走了。我带回家的行李，也被他们翻了个稀烂。我的被褥都被日本兵拿刺刀捅了几十个窟窿。"

穆立民说："爹，我遭过的罪，我哥都已经挨过了。以后啊，他就可以安安生生地在家待着了。"

穆兴科说："爹，刚才在汽车上我就该给您说的，让您一路上一直惦记着这件事，饭都没吃好。"

穆世轩点点头，说："那就好，那就好。"穆老太太见饭吃得差不多了，说："兴科、立民，你们哥儿俩送你们父亲回房歇息吧。"

穆兴科、穆立民答应了，起身伺候穆世轩洗漱完毕，就陪他回房了。看着父子三人的背影，穆老太太又抹开了眼泪，说："都是祖宗保佑，穆家算是一家团圆了。"

穆夫人眼圈也是红红的，说："妈，我陪您给祖宗牌位上炷香吧。"

穆兴科的卧房，在二进院子的东厢房，和穆立民的卧房正对着。这天晚上，他回到自己房里，他虽然已经回家三天，可他因为当初刚进家门就被日本特务抓走，这还是第一天在自己卧房睡。他看着房里四处陈设还和自己离家前一样，只有被褥，因为被日本兵刺破了，又换了一套新的。自己桌上的几件摆设，一个铁皮文具盒、一个竹子笔筒，都被胶布细细粘好了。

"大少爷，您可算回来了，自打那天在卧佛寺外头见着您，这几天我一直盼着您呢。"周双林端着火盆进来了，说，"大少爷，晚上冷，得用火盆烤火。"

穆兴科点点头，蹲下来烤火，周双林说："对了，屋里生了火，您肯定得口渴，我端杯茶来。"说着他也不等穆兴科答应，就转身出了门。

很快，他端了杯茶进来，穆兴科接过茶杯喝了几口，就把茶杯放在桌上，蹲下来继续烤火。周双林也蹲了下来，看着穆兴科的每一个动作。穆兴科被看得有些不太自然，说："双林，你盯着我看什么？"

周双林一咧嘴，说："大少爷，您胳膊上的伤看来一直没好利索，要不，咱家旁边的长春堂、大栅栏那儿的葆顺堂，这阵子都老有名医坐诊，明儿我陪您去瞧瞧？"

穆兴科停下手上的动作，说："双林，你怎么知道我胳膊上有伤？"

周双林嘿嘿一笑，说："大少爷，您是我从小看着长大的，您打小一天都没左撇子过，这回成了左撇子，肯定是因为右胳膊有伤了。"

"我离家都十年了，这么长时间，人是会变的，我也不知道怎么回子事儿，慢慢就变成左撇子了。"

"大少爷，您瞒不了我，您十八岁那年离家的，那时您都成大人了，哪能说变就变。而且，我特意细看了，您这右胳膊，不是不如左胳膊好用，而是压根儿没法用。那天您无论端茶碗，从兜里拿钱，甭管多么不得劲，您用的都是左手。"

穆兴科没说什么，继续烤着火，周双林笑眯眯地凑近他，低声说："煤渣胡同那个案子，大少爷，是您干的吧？"

穆兴科头一扭看他一眼，从桌上抄起本书往床上一躺，看着书说："煤渣胡同出了什么案子，我怎么不知道。是哪个大户人家被抢了还是被偷了？"

"这通缉令都贴得满世界都是了，全北平城里，哪条街上不贴个十张八张的，您还装糊涂？"周双林脸上笑意越发浓了，他朝穆兴科竖起大拇指，说，"大少爷，我敬您是条汉子，是英雄！您放心，这事儿，我谁都不说！"

穆兴科聚精会神看着书，随口说着："编，你就编吧。"

"我周双林这双眼，给我块布头，我就能知道是哪个织造厂的货。我看布从来没错过，看人啊，也错不了！"

第二天一早，天色又阴沉起来，还飘起了雪花。穆家兄弟二人进了里院，陪穆老太太和穆世轩夫妇吃过早饭后，穆世轩说："兴科，前几天我已经把店里店外的情形给立民说了，我如今大病初愈，精神还不甚好，立民，你今天就把那天我给你讲的，给你哥哥讲一遍。"

穆老太太叮嘱兄弟俩说："外面正下大雪，你们爹这次得这么重的病，就是那天上午在街上着凉了，你们可得多穿点。"

两人点头答应，各自回屋穿上厚实衣服，就出了店门。两人沿着前门大街往北走，穆兴科已经离家十年，街两旁的铺面有不少已经换了手，两人走到鲜鱼口，穆立民又把那个日本特务在这里假扮铁匠的事儿讲了一遍。穆兴科沉默片刻，说："日本吞并中国，早就蓄意已久，好几代日本人，都是这么想的。当初我在日本留学时，每个中国留学生，日本军部都会派人来细细询问，把这人的家庭、籍贯、性格、志向各种情况一一记录在案。日本的报纸上，也经常对中国各地地方官进行考评。就连中国各地的矿产资源，也被日本报纸逐一分析能给日本带来哪些好处，就像中国已经被日本纳入版图一样。眼下国民政府内迁到了武汉，我看武汉也很快保不住了，还得继续西迁。"

穆立民说："听说日本有两个师团，在徐州以北的滕县、临沂一带被国军拦住了，进退不得，说不定这次咱们能打个胜仗。"

穆兴科摇摇头说："那里的国军，是好几支杂牌军凑成的，蒋介石的嫡系部队都打不过日本兵，杂牌军还能指望得上？"

"哥，你多给我讲讲你这些年在外面见过的事儿吧，尤其是你在日本看到的事儿。"

穆兴科警惕地扫视着四周，只见漫天雪花里，只有稀稀落落几个行人，每人都在快步疾行，身后大栅栏东口那儿，有几个洋车车夫正缩着肩膀，佝偻着身子，满怀期待地看着这边。他想了想，一拽穆立民的胳膊，大步流星地踏上一辆洋车，说："咱们去陶然亭。"

"你还记得咱们最后一次一起来这里是什么时候吗？"

陶然亭就在永定门西侧，洋车只需十多分钟就跑到了。这时雪越下越大，整个公园渺无人迹，两人站在陶然亭里，只见亭外大雪已经落满湖面。几只野鸭躲在湖边剩下的几根摇摇晃晃的芦苇里，紧紧挨在一起。寒气从湖面袭来，穆立民连打了几个喷嚏；穆兴科一看，从怀里掏出一只酒壶，递给他。两人轮流喝了几口，只觉得一阵暖意从腹中生起，几乎冻僵的四肢也慢慢暖和了起来。穆兴科望着雪景，拿酒壶朝四周指指点点着说。

穆立民挠挠头，说："我记得咱们从前常来这儿，最后一次是什么时候，我还真忘了。"

"那是十三年前，当时这一带到处是穷人的窝棚，很多无家可归的人都住在这儿。当时咱们一起逃学，去天桥看耍把式的，咱们觉得一个练八卦掌的一定是武林高手，就跟着他到了这儿，要向他拜师。"

"咱们那时候，大概一门心思想当个武林高手，四海为家，到处行侠仗义，除暴安良。"

穆兴科摇摇头："不是。咱们那时觉得中国人被人叫作东亚病夫，是因为大烟鬼多，全国到处瘟疫流行，国人体质太差。如果能在全国普及武术，国人就能强身健体，国家也就不受人欺负了。"

穆立民笑了，说："咱们那时年纪小，不懂事儿，不知道国家积贫积弱，国人贫病交加，根源在国家政体，和武术普及不普及，实在没有多大关系。"

穆兴科看了他一眼，说："你小子，离家出走了两年，还真长见识了。"

穆立民说："哥，你在日本留了几年学，比我见识多得多，你觉得，中国要强大起来，到底应该效仿哪国政体？"

穆兴科说："你这个问题，我在十年前离家时就在想，后来到了日本也一直在想，直到有一次，我站在一张世界地图前，看着世界各大强国，终于明白——"

这时，他们身后传来一阵喊叫声——

"大少爷、二少爷——燕京大学的录取通知书寄到了！"

他们回头看去，只见周双林正站在湖边，手里正挥舞着什么，站在大雪里朝这边喊着。

虽然隔着密密麻麻的雪花，两人仍然能看到他满脸激动的神情。

"哪天开学？"穆立民隔着湖水，大声朝他喊。

周双林打开手里的信件，看了看，喊："正月廿二！"

一家人吃晚饭时，兄弟两人一左一右坐在穆老太太旁边，穆老太太把录取通知书翻来覆去瞅了一阵子，又直掉眼泪，说："你这孩子，怎么就这么不顾家？这才回来几天，就要去那么老远的地方上学？听说日本兵净闯到学校里抓闹事的学生，海淀那么远的地方，你要是让日本兵抓走了，我们连个信儿都没有！"

穆立民说："奶奶，您放心，日本是和中国开战了，但还没和美国开战。我上的这个燕京大学，是美国人办的，日本兵根本不敢进去。"

"这北平城里，还有日本兵不敢进的地方？"穆老太太半信半疑。

穆兴科盛好一碗银耳羹放到她面前，说："奶奶，这是真的。日本兵是占了北平城，可这城里还有一大堆别的国家的地方。日本还没对这些国家宣战，所以，日本兵就不敢进这些地方。"

穆老太太还是不放心，说："这燕京大学在海淀那么远的地方，离着城里二十多里远，路上又偏僻，那也容易出事儿啊。"

穆太太说："妈，您放心吧，到开学时，世轩会去永和车厂雇一辆汽车，把立民送去。"

第五章 暗 号

　　这顿饭吃完，已经是深夜。兄弟俩回到中院，只见周双林正在扫着院里的雪。北平城里，深夜历来有叫卖夜宵的商贩，这时人们就听到一阵阵吆喝声，先是喊"萝卜，赛蜂蜜；萝卜，赛蜂蜜"，接着又是有人喊"熏鱼儿，好下酒"。穆兴科仔细听了听，说："卖熏鱼儿的和卖萝卜的碰上了，真巧。"穆立民说："这个卖萝卜的，真怪，别人吆喝，都是喊萝卜赛鸭梨，他喊赛蜂蜜，这也太没谱儿了。"

　　俩人都是离家已久，这次重新听到多年前听惯了的吆喝声，都是感慨万千。在北平，因为冬夜苦寒，店铺打烊甚早，天黑后人们没有别的去处，那些有点儿闲钱闲心的，到了深夜如果还不想睡觉，也都爱买点儿熏肉卤肉之类下酒小酌。但按照不知何时起源的规矩，那些叫卖熏肉卤肉的，吆喝里却不带一个"肉"子，都喊成"熏鱼儿"。

　　穆兴科回到自己屋里，洗漱后熄了灯平平躺下，心里想着自己离开家后多年的经历，再想到穆立民在外面漂泊了两年，如今回到家里，还能继续读大学，心里百感交集。过了十多分钟，刚才的叫卖声重新响了起来，"萝卜，赛蜂蜜；萝卜，赛蜂蜜""熏鱼儿，好下酒"，那卖熏鱼儿的和卖萝卜的竟然又转了回来。穆兴科索性翻身而起，穿好衣服，抄起手电筒到了院外。

　　"卖熏鱼儿的！"他站在台阶上，朝路对面一个背着大红柜子的人说。那人踩着满街的雪，大步跑了过来。

　　"小心滑倒！"穆兴科说。那人到了店门外，把红漆柜子放下，打开柜门，猪蹄、猪头肉、猪心、排骨，各式各样的熏肉露了出来。

穆兴科称了一斤熏排骨，用油纸包了快步往家里走。他进了大门，把油纸包放在门口的长凳上，腾出手安上了门闩。他转过身刚要去拿油纸包，却看到了一张笑眯眯的人脸。

他吓了一跳，好在马上看清了这张脸，镇定下来，说："立民，这都快到半夜了，你不睡觉在这里干什么？"

"你还问我们干什么，你出去干什么了，这是什么？"穆立民指着油纸包说。

"晚上睡不着，买了点夜宵，本来我正打算叫你一起来和我喝两盅。"说完，穆兴科抓起油纸包，就要从他身旁穿过去。

"哥，我的好大哥，你就告诉我，你离开家到外面去，究竟干了些什么吧。"穆立民赶紧跟过来说。

穆兴科叹了口气，把油纸包往他面前一递说："我到家门外面去，不就是去买了些熏排骨吗？"

两人进了穆兴科的屋子，穆立民故意做出一副很夸张的架势，掀开床单，拉开衣柜，又弯下腰往床下看了看。

穆兴科又好气又好笑，说："你这臭小子，半夜三更不睡觉，到我这儿来出什么洋相？"

"哥，"穆立民笑容满面地凑过来说，"你就招了吧。你当时用的那把枪藏在哪里了，你的那几位同僚，都在哪儿藏着，你们组织叫什么名儿，你是怎么加入的，能让我也加入吗？"

穆兴科瞪他一眼，说："臭小子，胡说八道什么呢，我不知道你在说什么。"

穆立民嘿嘿一笑，朝外面指了指说："'萝卜，赛蜂蜜'，这就是你们的暗号吧？"

穆兴科继续瞪他："你是不是没好好读书，净看歪门邪道的书了？什么暗号不暗号的。"

穆立民大大咧咧坐在床上，东翻一下西翻一下地说："哥，你别不承认，我告诉你，你的身份啊，在我这儿已经完全暴露了。我要是把你举报到煤渣胡同去，能从日本特务机关处领到五百大洋的赏钱呢。"

"没闲工夫理你，"穆兴科在桌前坐下，把油纸包铺开，说，"在外漂泊多年，这北平城里，我最想念的就是这京华美食。"他刚要下手去抓排骨，忽然想起什么似的，打开行李箱，从最内层摸出一瓶酒来。

"哥，你别装了。"穆立民从床上站起来，笔直站着，双目炯炯盯着他，说，"第一，你的样子，和通缉令上的画像一模一样。第二，你右臂受伤——"

"我胳膊没受伤。"穆兴科伸出抓着酒瓶的右臂，大幅度挥舞着。

"双林说他在卧佛寺外遇见过你，你当时只能用左手。你明明早就回到北平了，却不回家来看奶奶和爸妈，就是因为你胳膊有伤，怕进城被鬼子发现。"

"你这也太牵强附会了。还有第三吗？"

"不用第三条，我说的这两条，每一条都不是特别有力，但两条加在一起，我觉得就八九不离十了。哥，你到底是不是国民政府的人？你就告诉我实话吧，我是你亲弟弟，我保证谁都不说。"

穆兴科瞟他一眼，慢条斯理地抿了一口酒，又从排骨上撕下块肉，嚼了一阵子，才抬起头，望着他，想了想才说："你猜对了。我现在的身份是国民政府军事委员会调查统计局北平第九特遣队负责人。"

穆立民眼睛里闪动着兴奋的神采，他试探着说："哥，那，上次煤渣胡同行刺王克敏，真是你们干的？"

穆兴科点头。穆立民激动得站起来，说："哥，你太棒了，和你一起行刺的那些同事都去哪儿了，能让我也见见吗？"

穆兴科慢慢摇头："按照我们的纪律，每次刺杀行动结束后，不管是否成功，所有人员都必须分散躲藏，等待下一步指令。"

"这么说，你自己还不知道下一个任务是什么？"

"我知道。"

"你知道？你什么时候知道的？"

"就是刚才。"

"刚才？"

"对。就在刚才，那个卖熏鱼儿的把下一步的行动告诉我了。"说着，穆兴科从裤兜里拿出一小沓钞票，朝穆立民晃了晃，说，"本来里面有张字条，告诉我下一个任务是什么。"

穆立民想了十几秒，猛地一拍脑袋："我明白了，那个卖萝卜的和卖熏鱼儿的同时出现，卖萝卜的喊出来的吆喝声与众不同，这就是你们的暗号，对吧？"

"基本对了，但还不精确。在这个计划里，卖萝卜的总是和卖熏鱼儿的同时出现，真正的情报却是在卖熏鱼儿的那里。这样一来，就算别人听到卖萝卜的小贩喊出来的吆喝声不对，在他身上也搜不出什么。"

"这招数，太高了。这么一来，就算有人觉得那个卖萝卜的可疑，也绝对想不到真正重要的，其实是他旁边那个卖熏鱼儿的。"穆立民喃喃说着，往后一仰，倒在床上。

"你这傻小子，脑子还挺快。"穆兴科不动声色地打量着他，说，"既然你是'一二·九'学生运动时离家出走的，那你也算个爱国青年了，怎么样，你愿意不愿意加入抗战的队伍，为国家民族出一份力？"

穆立民一骨碌爬起来，抓住穆兴科的手说："哥，你是说我能加入你们的组织吗？"

穆兴科慢吞吞地说："我只是问你愿不愿意加入，你要是愿意呢，我就考察你一下。你如果通过考察了，就可以加入了。再经过一些训练，你就可以执行任务了。"

"没问题没问题，怎么考察我都行。"

穆立民接着缠着穆兴科，让他告诉自己一些特工如何执行任务的事儿，穆兴科说今天太晚了，改天再说，让他赶快回去睡觉。穆立民只得答应，兴奋得直攥拳头，两只眼睛里的光越来越亮了。他正要出门，坐在椅子上的穆兴科忽然扭过脸，冲着他的背影说："立民，幸亏你答应加入我们。"

穆立民转过身，笑嘻嘻地说："哥，如果我不加入你们，按照组织的纪律，你怎么办？"

"很简单，把你杀了。既然你已经察觉到我的身份，那么我就必须杀了你，这是组织的规定。"穆兴科不动声色地说。

"啊，这么残忍？"穆立民直吐舌头。

"这是情报工作的需要，必须如此。"

"我的老天爷，可怕，太可怕了。不过，这才过瘾！"穆立民打开门，轻声哼着歌，踩着落满整个院子的雪花，快步走回自己屋子。

穆兴科熄了灯，躺在被窝里，回想着穆立民答应加入组织时的激动神情，长长出了一口气。

正月廿二这天，穆立民正式入学。他出门这天，穆世轩派周双林去永和车厂雇了辆汽车，把他的行李装得满满的，又叫穆兴科、穆立民一起上车。穆老太太和穆夫人也跃跃欲试准备上车，穆世轩告诉她们，如今路上不太平，女眷还是少出门为好。穆老太太说坐在车上能有什么可担心的，穆世轩说，如今城外盗匪横行，别说行人，连汽车都敢劫。他们先在路上撒上钢钉或者砍倒棵树摆在路上，就能把汽车逼停。到时荒郊野外的，肯定就叫天天不应叫地地不灵了。

穆老太太和穆夫人只好作罢，由他们父子三人上车远去。到了燕京大学，穆立民办好了入学手续，又去自己的宿舍——未名湖畔的德才均备斋放好了行李。一切办理妥当后，穆立民请父亲、哥哥早点上车回去休息，穆世轩却让穆立民也上车，说已经多年没有游览圆明园，燕京大学和那里相距不远，三人不妨同去游览。

穆兴科和穆立民面面相觑，都不明白父亲为何突然有这么高的兴致。穆兴科说："爸，城外比城里冷多了，你身体刚好，受不得风寒。过一阵子，天更暖和了，咱们找个好天儿，我和立民陪您好好转转。"

穆世轩脸色一沉，摆摆手，说："你们先上车，到了那儿，我自然有话给你们说。"

穆兴科和穆立民只好应允。三人乘车出了燕京大学，往北不远就到了圆明园。在圆明园外，穆世轩就早早让司机停了车，带着穆兴科、穆立民下车，又步行了一阵子，才来到大水法遗迹前。此时的北平，还是数九寒天，西北郊的圆明园，又比城里更加寒冷。这里本来就偏僻，满地都是积雪，大水法的残垣断壁上，那些当年被英法联军烧出来的灰黑色残迹更加明显。

穆立民隐隐猜出父亲为何要带着他们兄弟来这里，他朝穆兴科看了一眼，穆兴科朝他点点头，仿佛在说，我也猜出父亲的意思了。

穆世轩踩着枯枝，绕着大水法遗迹慢慢走了几步，一边走，一边轻轻地摇着头。穆家兄弟正要跟过去，穆世轩停下脚步，倒背着手，望着大水法，说："兴科、立民，你们知道你们的名字是怎么来的吗？"

兄弟俩不知道父亲为何突然问起这个，都愣了愣，穆兴科说："我们不知道，请父亲明示。"

"你们哥儿俩的名字，本来不是现在的兴科、立民。你们的名字，本来应该是按照治、世、之、音、安、乐、政、和这八个字的次序来取，这八个字来自《礼记》里面的一句话，'是故治世之音安以乐，其政和'。我用了这个'世'字，你们就应该用'之'字来取名。"

穆兴科凝神想了想，说："父亲，您这么一说，我还真有些印象，我小时候好像不叫现在这个名儿，那时别人叫我名字的时候，是带着一个'之'字。"

穆世轩看着他，说："你刚出生时，你爷爷还在世，他给你取名为'穆之祥'，这是希望你一生吉祥如意。你出生后第二年，武昌城里爆发了起义，宣统皇帝退位，大清朝亡了，咱中国成了'中华民国'。后来，到了民国五年，立民，你出生了。当时，全国上下都在说'德先生''赛先生'，你的名字也因此而来。我也给兴科你改了名字。你们知道这是什么缘故吗？"

穆立民点点头，说："所谓德先生，就是英文里'德莫克拉西'之意，也就是民主的意思。赛先生呢，就是'赛恩斯'，也就是科学的意思。父亲给哥改名，给我取名，想必都与此有关。"

穆世轩赞许地看了他一眼，继续说着："对。那个时候，国人都以为只要从国外引入了这两位先生，也就是民主和科学，中国就能从列强手里得救，从此不再积贫积弱。就像我们面前的这大水法，如果中国变得强大，自然不会再出现圆明园被八国联军焚烧的国耻。当时，我也被这股潮流裹挟其中，兴科，我当时给你改了名字，是希望我们国家能够引进西方的科学技术，振兴整个国家。立民，我给你起这个名字，就是希望我们能学习西方的民主政体。总之，我是盼着我们这个民族能够真正站立在世界上，不被列强欺侮，我们的人民，能够过上平安喜乐的好日子，不再受战乱之苦。"

穆立民稍一犹豫，还是上前踏出一步，说："您现在还这么看吗？"

穆世轩苦笑着叹口气，说："民国这都建立快三十年了，我们的国家富强了吗，我们的民族站起来了吗？那些高官显贵，真的拿老百姓当回事了吗？没有，统统没有。城外还到处是没人安葬的尸骨，城里到处是无家可归的穷人，中国在世界上，还不是一样像从前那样任人宰割？外国人来到中国，还不一样横行霸道？"

穆兴科说："那您觉得，中国的出路在哪里？"

"中国的出路？我只是一个商人，这么多年只知道做生意，不懂政治。但我看得清楚，眼下，中国是在全民抗战，但这个局面是怎么来的？那位蒋委员长，前几年日寇明明已经凶相毕露，灭亡我中国之心昭然若揭，他还时时刻刻只想着剿灭共产党，把全国的精锐力量派去江西，中共开始转移长征后，他又绞尽脑汁，调兵遣将四处围堵，可他的战果如何？中共不但没有被他剿灭，还在延安站稳了脚跟，受到老百姓的拥戴。更有甚者，就连三岁孩童都看得出日寇的险恶用心，他蒋委员长却偏偏看不出，只知道装聋作哑，一再退让，寄希望于国际调停。日寇正是看穿了他这套'不抵抗'政策，才越发猖狂。如今，我堂堂中华，被日寇占领了大片国土，有亡国灭族之危！反而是中共，一心救国家，救百姓，从日寇占领东三省开始，就打出抗日救国的旗号，呼吁停止内战，一致对外。去年中共的那场平型关大捷，把日寇打疼了，打伤了，真算给中国人争了一口气。那几天，北平城里，人们见了面，谁都是喜笑颜开的。形势到了这一步，我相信，不光我，六万万中国人，早都看得清楚，哪一个是真抗战，哪一个是假抗战，真卖国！"

说到这里，因为情绪激动，穆世轩剧烈咳嗽起来，身体也摇晃起来。穆兴科和穆立民连忙走上前去，搀住了他，给他捶着背。穆世轩等呼吸平静了一些，摆摆手，说："今天我告诉你们的名字是怎么来的，是因为立民今天进了大学，兴科呢，也在国外留过学，你们都是有学问、有见识的人。不管你们以后是不是继承天祥泰的绸缎布匹生意，我都希望你们记住你们名字的由来，我最希望你们做到的，不是把天祥泰的生意做到多大，也不是赚到多少钱，当多大的官，是要走正路，堂堂正正做人，成为对国家、民族有用的栋梁之材。"

当天晚上，穆世轩和穆兴科回到家中后，穆老太太自然刨根问底，把燕京大学里的情形，比如学校里到底安全不安全，女生多不多，食堂里的饭菜丰盛不丰盛，问了个清清楚楚。穆兴科告诉她，燕京大学是美国传教士办的大学，日本人要是敢进去抓人，美国领事馆一定会抗议的，非得引起外交纠纷不可。所以，穆立民在那里上学，比在城里安全多了。对于女生多不多的问题，穆兴科是这么回答的——

"奶奶，燕京大学里女生可是真不少，而且能把女孩儿一直供到读大学的，家里肯定非富即贵，跟咱们家倒是门当户对。他们学校里提倡自由恋爱，凭立民的条件，交个女朋友那是不在话下。可有一样，奶奶，我得给您提个醒儿，那里的女大学生，个个都新派得很，个个英语说得呱呱叫，都想着以后去美国留学，她们要是非得让立民陪着去美国，那他们到了美国那花花世界，百分之百就不想回来了。到了那时，您就算是有了个重孙子，可隔着千山万水的，您想抱也抱不着咧。"

穆老太太开始还是眉开眼笑，越往后听越担心，听穆兴科说完，已经是心惊胆战，不停地绞着衣角了。穆夫人笑着在穆兴科后脖梗子上掐了一把，说："你这孩子，别贫嘴，净吓你奶奶。我可告诉你，你也快三十了，过一阵子，等城里的形势安定了些，可得请媒人给你聘一房媳妇了。"穆兴科吓得赶紧低头吃饭，穆老太太又琢磨了一阵子，才纳闷地说："那些女孩子要去美国留学，又不是去英国，干吗把英语说那么好，能管用吗？"

第六章 傀儡

　　三天后，穆兴科奉穆老太太和穆夫人之命来燕京大学看望穆立民。他却不在宿舍，他舍友说他和一群同学去了颐和园。穆兴科赶过去时，穆立民正在昆明湖上溜冰。他远远看到穆兴科沿着湖岸走过来，凑到几个男女同学面前说了几句什么，那几个同学齐声哄笑起来，他也踩着冰刀飞快地溜了过来。

　　兄弟两人踩踏着满地的荒草和积雪，一起朝燕京大学的方向走着。开始还能看到几个行人，等两人越走越远，周围渐渐寂静下来，就再也看不到人影了。穆兴科低头沉思了一阵，说："你的同学们对你挺亲热的，看不出你小子这么快就混出个傻人缘来。"

　　"抗战爆发后，他们一直在北平，不知道城外的情况，我这不是刚从武汉回来吗，他们就一直缠着我问。你放心，对我那些同学，我什么也没说。"

　　穆兴科点点头。西郊这一带远离市区，本来就荒僻，如今天寒地冻，加之兵荒马乱，四周更是一片空旷。偶尔有个小兽，也看不清楚是黄鼠狼还是狸猫，在他们面前倏忽而过，转瞬间就进了荒草丛。

　　"穆立民，你真的愿意加入组织？"

　　穆兴科停下脚步，双目炯炯地盯着穆立民。穆立民使劲点点头。穆兴科说："好，现在国家处于危难之中，正是用人之际，组织章程里本来就有一条，凡是组织成员，在执行任务过程中，须以完成任务为最高宗旨，若为完成任务计，可以随时发展临时成员。既然你也下定决心，我，国民政府军事委员会调查统计局北平第九派遣队负责人穆兴科，现根据任务需要，发展北平市民穆立民为本派遣队临时队员，考验期自即日起开始计算，为时三个月。"

穆立民兴奋得攥紧拳头："哥，既然你同意我加入组织，你就尽管给我安排任务吧。"

"你刚刚加入组织，组织里的各项条例，我会一一介绍给你。但现在我们有个紧急任务需要完成。"

穆兴科说着，从怀里取出一张照片，穆立民接过来，只见上面是一个身穿西装打着领结的男人。穆兴科说："这人名叫路文霖，男，37岁，现任北平治安委员会行动处处长。他就是我们的下一个清除对象。"

"一个处长？"穆立民说，"咱们为啥不直接去杀会长？"

"傻小子，你猜会长是谁？"穆兴科摸出打火机，把照片烧掉，望着照片上徐徐燃烧的火苗，说，"就是现在的北平特别市市长江朝宗。"

穆立民眼睛更亮了，说："那咱们干脆去杀江朝宗！"

穆兴科瞪他一眼："从事谍报工作，最重要的就是严格执行上峰命令，绝不能自作主张，这一条你要牢牢记住，绝不能忘。"

穆立民赶紧连连点头，穆兴科又递给他一沓文件。这是一沓影印件。这些文件都没有抬头，第一份文件上，只有一行字——

兹有治安委员会行动处张华定、李金海，奉命处决匪谍谢大寿、韩茂，尸体现场照相后就地焚烧掩埋。

落款是临时自治政府治安委员会行动处处长路文霖。

穆立民又翻了翻后面的文件，内容大同小异，有时处决的是一个人，最多的是一次处决五个人，他心算了一下，这一叠文件里，已经有三十多个人的性命烟消云散。

"这只是一周内他签发的处决令。被处决的，都是国共两党的地下情报人员。这个路文霖，自从去年12月14日临时政府成立那天，就开始担任这个行动处处长，你想想，他手上有多少血债？"

"这个大汉奸，真是心狠手辣！"穆立民重重一拳砸在墙上。

穆兴科又说："不过你的问题也不难回答。江朝宗是大汉奸，作的恶更多，上峰肯定不会放过他，但要找一个合适的时机。所以，我们目前清除的对象，还是那些直接残杀爱国志士的凶手，或者是那些直接给鬼子服务的汉奸，比如帮鬼子搜刮军粮的，帮鬼子掠夺资源的。接下来，你去查清楚路文霖的行动规律，他在哪里住，和什么人住一起，还有上班下班的路线。一周后，你进城来，咱们在后海那家烤肉馆子见面。"

穆立民稍一犹豫，还是点点头。穆兴科注意到了他的神情，说："怎么样，一周的时间够吗？"

"够！"

可穆兴科的语气冷淡下来，说："我觉得不够。你还要上课，再说这里这么偏僻，连辆洋车都没有，你怎么进城？明明完成不了的任务，你为什么要接受？穆立民，作为情报人员，一定要以完成任务为最高宗旨，绝不能意气用事！"

穆立民一梗脖子："你放心，我有办法！"

"你有办法？你有什么办法？"穆兴科说。忽然，他指着两人身后不远处一处野树林，压低声音急促地说："那里有人！"

"我去看看！"穆立民说，他转身朝树林跑了几步，然后故意大声喊着，"哥，你等我一下，我去树林里撒泡尿。"穆兴科微微一笑，心想，这小子的确聪明，还知道不能打草惊蛇。

穆立民装出一副内急的神情进了树林，只见这里除了几个枯枝败叶堆成的土堆，什么都没有。忽然，他看到某个土堆里，在阳光的照射下似乎反射出一道银色的亮光。他小心翼翼地走过去，只见树枝下面，似乎掩埋着什么金属物件。他慢慢提起一根树枝，看到的是一辆崭新的自行车。

"试试看，好不好骑。"穆兴科已经走到了他的身后。

兄弟两人踱回到校门外，穆兴科上了那辆等候已久的洋车，返回城里。穆立民扶着自行车，望着洋车渐渐远去，变成了一个小黑点，这才骑上车，朝着自己的宿舍——未名湖北岸的德才均备斋骑去。

一周后。

北平后海边上的那家烤肉馆子，从它楼上楼下的格局来看，它像是一家只卖炒菜、不办酒席的二荤铺子。但和一般的二荤铺子不一样的是，它里里外外只有一道菜，就是烤肉。这天下午，兄弟两人分别从燕京大学和珠市口赶来，在二楼找个靠窗的僻静桌子坐下。伙计把烤肉炙子支好，把大盘腌好了的肉片摆在炙子上，又点燃了松枝木炭就下楼了。穆立民听着脚步声在楼梯上消失，这才说：

"哥，我都打听好了。路文霖平时住在宽街，司机也住在同一所宅子里，每天早上七点三十分左右，他乘汽车离家上班。正常情况是每天下午五点四十分左右下班，六点左右到家。他礼拜天基本不出门，都待在家里。"

穆兴科说："你说正常情况下他五点四十分下班，那是不是还有不正常的情况？"

"他每周六会提前三个小时下班。"

"他提前下班后，大概不是直接回家吧？"

"他每次提前下班后，都会去六国饭店。在那里他总是住进四层的十八号房。他进了房间后，会有一辆汽车来到六国饭店，车上会下来三名女子。这三名女子来到他的房间后，他留下其中一人，也可能会留下两人或者三人。周六下班后，在这里他一般都会待到第二天上午，有时下午才回家。"

穆兴科鄙夷地说："这个色鬼有保镖吗？"

"他的司机就是他的保镖，司机身上有枪，他自己平时也带枪。"

穆兴科眉毛一挑，看起来颇为喜悦，他打量了一下穆立民，说："行啊，你查得还挺细。这些情报都很管用，说说看，你是怎么查出来的。"

穆立民得意地笑了笑，说："其实也不难。我先到他的住处四周观察，看到他家宅子对面就是个二荤铺子，名叫贵友居。这种铺子一般都是兼卖早点的。五天前我特意在早点的时间到了贵友居，问店里的几个老主顾，说我前两天早上八点在这里过马路，差点让里面出来的一辆黑色汽车给撞死。自己当时被撞倒在地，没看清车牌。听说这里面住着位治安委员会的大官儿，不知那辆车是不是他的。那老几位都是常年在贵友居吃早点的，他们听我说完一起摇头，他们都说，那辆车一般都是早上七点半这个时间出门。我问他们，自己记得撞人那辆车什么样，这胡同里那车是什么时候回来，我到时看看那车，就知道是不是撞自己那辆。他们说，那我得等到下午六点了。后来，我按照这个时间去蹲了两天，路文霖的时间都没什么变化。"

"他每个周六都去六国饭店的事儿，你怎么打听出来的？"

"当时，我问那几位贵友居的老主顾，路文霖他是每天都六点回来吗？他们都说，周六这天不是。"

"六国饭店呢？你怎么查到的？"

"我觉得，他周六提前下班，肯定是去吃喝玩乐了，就拿着他的车牌号码到城里高级一些的饭店打听。在六国饭店，那里的门童说经常见到这辆车。当时那个门童看到这个车牌，眼睛里有些暧昧的笑意。我猜肯定有原因，就拿了一块银圆给他，他就一五一十告诉了我。"

"好，我回去拟订一个行动计划，三天后再来找你。记住，你刚才提到的这几个地方，宽街、六国饭店，都别去了，记住了吗？"

穆立民点点头，穆兴科满意地说："那就好。赶紧吃烤肉吧，都烤煳了。"

这天下午，路文霖坐在自己温暖宽敞的办公室里，看着面前的处决令，心绪颇为复杂。这已经是他至少三十次在处决令上签名了。庚子那年，他出生在沈阳东北郊外浑河边上的一个小地主家庭。他家里有一大片水浇地，雇了十四个长工来种。因为家境好，他在本村读了私塾后，又在县城上了小学和中学。后来，他和很多同学一起，去报考奉天法政学堂，他还真的考上了。在这里读了两年，还没毕业，有同学说要去考张作霖大帅亲自当校长的东北讲武堂。他也跟着去考，竟也考上了。等毕了业，自然而然和所有同学一起进了奉系，当上了军官，拿起了短枪。总之，他总是随波逐流的，别人去了哪里，他也跟着去哪里。后来，老大帅被日本人炸死了，他的同僚都嚷嚷着要给老大帅报仇，但他却没说什么。他觉得，老大帅已经死了，活着的人，继续活好才是最重要的。

再后来，日本人在东北到处找碴儿挑衅，他的同僚又撺掇少帅和鬼子真刀真枪地打。等日本人真的占了东北，东北军大部队随着少帅入了关。他呢，恋着老家的十多顷好地，心想日本人来了也总要吃米，我把军装脱了，好好种地多打粮食，日本人也就不会为难自己。可是，日本人来了后，村里有人眼馋他的水浇地，去报告他在东北军里当过军官。日本人来抓他，他起初很怕，就主动说自己愿意把粮食献出来当军粮。东北军入关前，在当地还留下不少特务，他也愿意指认这些人。日本人对他是满意的，让他去新成立的满洲国当个官。就这样，他在满洲国的"文教部"里当了一个小官。这个官自然没半分实权，他也就这么当着，还娶了妻，有了孩子。安安稳稳过了五年后，他看新闻知道日本又占了北平，但他万万没想到，这件事也会和自己发生关系。去年底，临时自治政府成立了，北平因为是大城市，需要的官多，日本人见他这几年一直谨小慎微，就把他调了来。

到了北平，他接到了委任状，上面的官衔吓了他一跳，是"治安委员会行动处处长"。后来，他进了临时政府，发现自己除了在处决令上签字，什么事情都没有。他也就明白了，自己是一个傀儡。他当然知道，这个处经常有行动，行动的内容是抓人、拷打、杀人，他还知道处里有二十多号人，这些人、这些事儿，都是那个副处长在管。他知道自己"手下"那个名叫江品禄的副处长，是北平市市长江朝宗的侄子，他却从没见过这个人，不知道这人长什么样子。

他还知道，这个治安委员会里，还有情报处、机要处、调查处好几个处，这些处的处长，也和他一样，整天仅有的事情就是坐在办公桌后，喝茶，看报，签名。

他知道了自己的命运后，就托人卖了老家那十多顷地，他拿了其中的一小笔，分别以老婆和儿子的名字在银行里开了账户，剩下的钱，还有日本人给他发的薪水，他天女散花一般地花着。快活了两个多月后，卖地的钱都快花完了，但他也不在乎。

这个临时政府本来就是日本人的傀儡，自己竟然是傀儡中的傀儡。一想到这里，他就觉得自己实在可笑。临时政府里陆续有人被暗杀，他知道，自己也活不了太久了。只要出了家门，他就觉得，每个迎面走来的人，都随时会从怀里抽出一把手枪朝自己开一枪。

这天又是周六，他来到六国饭店，进了那间包房。他想着即将到来的快活时光，伸手去拉灯绳时，却拉了个空。这时，他才看到对面的沙发上有人坐着。从窗缝透进来的灯光，把那人在地面上投下长长的黑影。他在心里长长叹了一声，慢慢放下公文包。"你要杀我？"他问。

黑影没有回答他，站起身来在往手枪上拧着消音器。他心想，真是高看我了，只有最高级的特务才有这东西，想不到杀我这样一个蝼蚁都不如的人，还需要出动这样的高手。

那黑影悄无声息地朝路文霖快步走来。他虽然早就知道自己随时会死于非命，但这时，一种求生欲突然迸发出来，他还想继续活着。"你们找错人了，我只是替死——"他飞快地说着，"鬼"字还在他的喉咙里，枪口已经顶在他的心脏上。随着一声沉闷的"噗"，在胸口的一阵剧痛中，他什么都不知道了。

穆兴科下楼来到大堂，先在前台取了自己的皮衣，然后坐上了第一辆来到面前的洋车。"快，东兴楼，快了有赏！"穆兴科说。那车夫甩开步子跑了起来。

洋车开始还跑得很快很稳，可到了北河沿大街上，这里因为靠近紫禁城的护城河筒子河，寒气格外重，晚上一个行人都没有。这时，那车摇摇晃晃起来。穆兴科看到，车夫的小腿在颤抖。北平的车夫，跑上十里八里都不会这样的。他慢慢抽出手枪，拧好了消音器。那车夫看到他投在地上长长的影子，忽然轻声说："哥，别开枪，是我！"

说完，车夫把车把慢慢撂下，然后摘下毡帽，转过身来。

是穆立民。穆兴科把枪插回怀里，摆了个要揍他的姿势，说："臭小子，我差点一枪把你崩了！"

穆立民在洋车车把上坐下，揉着自己的两条小腿，嘻嘻笑着说："哥，我这一路从六国饭店跑到这儿，都快累死了。"

穆兴科啐了他一口，说："从六国饭店到这儿，压根儿没几步路，看你累得这熊样儿。"

"不行，我累了，我要吃西餐，去华美餐厅！你今天顺利完成任务，本来就该请客！"

"不行，华美在西交民巷，离六国饭店太近了。"

"那去天桥的东方饭店，那里也有西餐。"

"那里可以，离家也近。"

两人到了东方饭店，侍者给他们端来咖啡和菜单，穆兴科要了一份烤牛排，穆立民则要了一份奶油蒜香烤大虾。这时，早已过了晚餐时间，偌大的厅堂里，只剩下两三桌客人。穆兴科板下脸，压低声音说："按照组织的纪律，特工在执行任务期间，没有任务的特工，绝对不能加入任务中。如果你不是我的弟弟，我甚至有可能击毙你。"

穆立民歪着脑袋品了品咖啡，说："哥，不至于吧。"

"穆立民同志，我不是和你开玩笑。对于一名特工，尤其是在执行任务中的特工，完成任务就是他的第一天职，对于任何介入者，都可以当场击毙。"

"我是想帮——"

"对于一名职业特工而言，必须在执行每次任务前，把所有因素都考虑到，详细做好任务规划。这也就意味着，他不需要计划外的任何帮助。无论什么样的帮助，其实都是干扰。既然是对任务的干扰，当然可以当场清除。而且，你今晚突然出现，我都有理由怀疑你是不是叛变了，正带领敌方特工来抓我。"

穆立民吓得吐吐舌头，一声也不敢吭了，扯过来一块面包，蘸起盘子里的奶油和蒜末来。这时，餐厅里越发安静，只有几个等着他们离开好打烊的侍应生，聚在吧台后面轻声聊着天。

两人不出声地吃了一会儿，穆兴科说："好了，这次任务毕竟顺利完成了，在接到下一个任务前，参与这次任务的特工之间，都不再联系了。咱们虽然是兄弟俩，也不要谈论这次任务了。"

穆立民看看四周，说："哥，你的上级同不同意我加入你们组织？"

穆兴科说："不用上级同意。我这次来北平前，已经获得授权，为了完成任务，遇到合适的年轻人，可以直接招募。"

"哥，你上次说你是第九派遣队的，是不是北平城里，咱们至少有九支派遣队？"

"立民，兵法上说，兵不厌诈。北平城里的派遣队，每一支都有任务，也可能有一支，可能有两支，还可能有一二十支。这些数字都是用来迷惑日本人的，除了组织里的最高长官，谁也不知道北平城里到底有多少我们的人。"

两人约定，关于下一次任务，周六下午穆立民上完课后，两人在西直门外见面再谈。

三天后。

这天晚上，穆立民去食堂打了晚饭，正和几个同学一起在宿舍里吃着，忽然，舍友徐念国裹着一身寒气推门进来。他神情严肃，眼圈通红，坐在自己床上一言不发。穆立民问："念国，你不是说你妈病了，今天回城里看父母吗？我还以为你会在城里住几天呢。"

徐念国摇摇头："我刚进家门那会儿，来家里给我妈看病的大夫正好刚开了药方。上面的药，需要去前门那边的长春堂药店去抓。我自己去抓药。我刚坐洋车出了前门，就看到一大群中国人围在五牌楼前看着什么。我一时好奇，就过去看了看，结果就看到三颗人头从五牌楼上挂下来，每颗人头还都是年轻人的！"

穆立民也吓了一跳，他从小就常在这前门五牌楼下玩，这里离着天祥泰绸缎庄不过八九百米。他赶紧问："这是怎么回事？这三个是什么人？"

"你们还记得一个月前，那个大汉奸王克敏遇刺的事儿吗？"

"记得，当时那几个刺客打死了王克敏的保镖和翻译，后来他们都逃跑了。"

"他们都被抓住了，正挂在五牌楼示众的，就是他们的人头！"

穆立民只觉得全身都要爆炸了，他呼地站起来，说："他们被抓了几个人？叫什么名？"

"他们是两男一女，女的叫宋茗，一个男的叫孔人亮，另一个叫杜新川。最可恨的，是旁边还有张临时政府的布告，说这几个人是匪谍，蓄意破坏北平治安，阻碍东亚共荣，特将他们的头颅挂在这里示众，以儆效尤。最后签字的是王克敏，盖着临时自治政府的大印。"

"王克敏这个卖国贼！"几个同学愤愤不平地说着。

到了周六，穆立民一下课就骑上自行车往城里赶。快到西直门城楼下时，他刚下车，就看到远处穆兴科正倚在一棵树下，慢慢抽着烟，一脸心事重重的神情。

他慢慢推着车走过去，到了穆兴科面前，轻声说："哥。"穆兴科扔掉烟头，说："你跟我来。"

两人进了城，穆兴科还是一言不发地走着，一直走到积水潭边的杂树林里。他停下脚步，面对着结满了薄冰的湖水，说："我们这支派遣队，一共五个人，现在已经有三个人被逮捕杀害，这说明，组织里一定有叛徒。这个叛徒可能是我，也可能是别人。"

"哥，我相信你——"

穆兴科打断他的话，说："这个时候，你谁也不能信。就算你是我推荐加入组织的，你也不能完全相信我。我为什么就不能叛变？万一我也是日本人的特务呢？从现在开始，我的一举一动，你也要高度怀疑。立民，我之所以没有怀疑你，绝不是因为你是我弟弟，也不是因为我多么了解你，仅仅是我知道你完全不知道这三个人的下落，所以，他们被人出卖也就和你没有任何关系。你懂了吗？"

穆立民点点头。

穆兴科望着远处的德胜门城楼，慢慢地说："当初，我离开家之后，参加了北伐成功的国民革命军。我穿上了军装，领到了一杆'汉阳造'，成了'革命军人'。那时，我本来想为国家做一番事业，唯一担心的就是北伐成功后，国家统一了，没有仗可打了。后来，我很快就接到命令，要去山西打仗。开始，我很纳闷儿，不知道敌人是谁。但我终归是高兴的，觉得自己能给国家做点儿事了。可到了山西，我才知道，我们要打的是阎锡山。可是，我们的队伍和山西的队伍，在北伐时还明明是战友，一转眼就成了你死我活的对头。后来我才知道，这是蒋介石要和阎锡山、冯玉祥他们抢地盘。这时，我所在的那个连，除了我，就只有一个人读过书。他比我大五岁，他告诉我，旧军阀虽然被打倒了，但新军阀之间还要互相打，抢钱，抢人，最主要的还是抢地盘，老百姓还是没好日子过——"

穆立民不知道为什么在这个节骨眼儿上，穆兴科会提起这些事儿，但也一直听着。

"再往后，这位老大哥劝我，说我还年轻，不应该给军阀当炮灰，说我应该出国留学，去学习真正的富国强兵之道。我这样才去了日本。从日本回国后，我又联系上他，他这时已经加入了组织，还把我也引荐了进去。我在组织里成长得很快，执行了十几次任务后，他主动去找上级，说我的能力已经超过了他，我的头脑比他更冷静，制订行动计划时，心思也比他更缜密。总之，他想方设法说服上级，把他的职务让给了我。这次组织派人到北平来执行任务，第一个要杀的，就是华北头号大汉奸王克敏。谁都知道这次任务很危险，很可能会把命搭进去，他也主动报名要求参加。"

穆立民心里一阵颤抖，他说："哥，你说的是——"

两道泪水从穆兴科脸上流下来，他说："我这个老大哥，名叫孔人亮，那三颗被示众的人头里，有一颗就是他的。"

穆立民刚要说些什么，穆兴科继续说了起来——

"杜新川本来是东北军里的一个排长，后来，日本占领东北后，他很多上司、同僚、部下都逃到了关内，他硬是咬牙留了下来，单枪匹马在暗地里杀日本兵，杀汉奸。后来，有一回他正好救了一个去破坏日本军械库的特工，这个特工是组织派去的，就是孔人亮大哥。孔大哥被他救出来之后，告诉他一个人单干没用，必须把不愿意当亡国奴的中国人的力量汇集起来，才能干成大事。他明白了这个道理后，就加入了组织。

"宋茗是大家闺秀，本来是沪江大学的大学生，三年级那年，她交了个男朋友，那人是蓝衣社的，后来又发展她进了蓝衣社。'九一八'事变后，她男朋友被派去东北执行任务，在那里殉国了。去年日本占领上海后，她一个大小姐，为了刺探情报，心甘情愿进了那些汉奸常去的窑子，去结交那些汉奸。最后她不但搞到不少情报，还杀了三个大汉奸。挂在前门五牌楼的另一颗人头，就是她的。"

穆立民用袖子擦擦眼泪，说："哥，我懂了，咱们一定要查出出卖他们的汉奸，给他们报仇。"

穆兴科半晌不语，慢慢缓和着情绪。过了一阵子，他才说："给他们报仇最好的办法，就是继承他们的遗志，完成他们没有完成的任务。我们这个第九派遣队，目前只剩下你、我和另一位同志了，但我们下一个任务非常重要，是窃取日军往徐州战场运输军火的计划。按照组织的规定，这时我如果需要有足够的人手完成任务，最可靠的办法就是到武汉找到组织，请组织加派人手。但是这样一来，等我们回到这里，日本人的这个计划大概已经执行完成，大批日军军火也运到了前线。"

"发电报也不行吗？或者，在报纸上登个什么启事，用暗号告诉组织你需要帮助？"

"发电报是需要电台的，我又没有电台。在报纸上登启事，这倒的确是一个特工和组织进行联系的好办法，但这个办法有一个缺点，就是只能进行非常简单的联系。比如用某个暗号表示任务完成或者任务失败，表示出现了叛徒。这次我要通知给组织的，是非常复杂的内容，根本不可能用暗号很充分地表示出来。"

"那上次那个卖熏鱼儿的和卖萝卜的呢，能让他们把情况传递给组织吗？"

"那也不行。我只能被动地接受他们发给我的通知，我完全不知道他们的落脚点，不知道怎么才能找到他们，更不知道他们下一次会什么时候出现。"

此时，天色已经全黑了，远处的德胜门城楼只剩下一个黑魆魆的模糊轮廓，积水潭四周的民宅里，也逐渐亮起了暗淡的灯光。穆兴科轻轻拍了拍湖边的一株树干，点燃了一支香烟，慢慢吐出烟气后，才说："我还有一个办法。"

穆立民上前走了一步，说："什么办法？"

穆兴科说："唯一的办法，是我们即刻和延安方面安排在北平的特工取得联系，双方共同完成这项任务。其实，我这次回北平前，上级就告诉我，眼下国共合作抗日，共产党方面已经同意，不但在战场上合作，在情报方面也准备和我们合作。到时如果我们需要，可以调动他们在北平的特工。当然，目前我还没有见到延安方面情报人员的代表，自然更谈不上合作了。"

"共产党也往北平派来了特工？"

"那当然。共产党抗日，这些年来一直比国民政府积极得多。日本占领了东北之后，你知道日本人最头疼的是什么吗？就是共产党领导的东北抗联！算了，给你说这些也没什么用，共产党的特工不可能突然出现在我面前。明天你回家吗？"

穆立民点点头。

"好，明天早上我陪奶奶和妈去雍和宫，咱们明天还能在家里见上面。"穆兴科说完，在树皮上重重地按熄了烟头，转身离开了，很快就消失在夜色里。

"延安方面也往北平派来了特工，只有尽快和他们取得联系，国共合作才能窃取到这份情报——"穆立民想着他的话，低头骑上车，慢悠悠地朝城外骑去。

第七章 决裂

第二天是周日，穆立民一早就骑车回家，刚到门外，正好见到周双林送二荤铺子福云居的伙计从家里出来，心想：晚上有炒肝吃了。

珠市口一带不仅商户云集，各种饭店饭铺更是一家挨着一家。既有全北平赫赫有名，能承办上百桌酒席的大饭庄天寿堂、同兴堂，也有稍小些只有几十张桌子的饭馆，比如两益轩、厚德福，至于那些只能炒些家常菜的二荤铺子，在这一带大大小小的胡同里更是到处都是。因为竞争激烈，这些馆子无论大小，都有自己的拿手菜。福云居的炒肝就独具特色。这家铺子的老板、掌柜同为一人，因为肠子只选用厚薄均匀的中段，而且洗得干净，加之用上等口蘑汤来勾芡，一碗炒肝毫无异味，吃起来鲜香醇厚，向来在北平的好吃之徒中颇为著名。日军占据北平后，福云居也闭门歇业，但店中的老板、厨子、伙计毕竟要养家糊口，进了货也要给卖主还账，就暗暗开了伙，只是门板依然紧闭，并不正式营业，给老主顾登门送货。哪怕平时并不爱吃这口的市民，也往往在他家订货。

穆立民进了家门，周双林告诉他，父亲按老习惯去长清池泡澡了，穆老太太和穆夫人早早由穆兴科陪着，去了雍和宫上香，大概很快就回来了。

此时距离午饭还早，穆立民没吃早饭，也没心情吃饭。他在里院的葡萄架下坐了，周双林去厨房给他盛了碗炒肝，又给他沏了茶。炒肝只有些微温了，家里又空无一人，他慢慢地用小勺舀着炒肝，心里一阵茫然。

他昨晚回到燕京大学，在食堂里和同学聊起时局，有名叫焦世明的同学刚好从外籍教师那里看了国外的报纸回来，说日军在南下时被中国军队拦截在台儿庄一带，双方已经形成大战态势。如果日军取胜，就能彻底打通津浦线，就相当于中国的腹地被重重刺进一刀，一定能让日本获取极大的战略优势。这位同学说，"国外报纸的消息里说，日军在装备、训练上的优势太大，而李宗仁所指挥的，是杂牌军的大拼盘。去年李宗仁的老部下黄绍竑，受命指挥娘子关保卫战，就是因为调动不了阎锡山的部队，才在山西大败，接连丢了娘子关和太原。照这么看的话，这次的台儿庄也是凶多吉少了。"

女同学曲蝶心是中美混血儿，父亲是协和医院的美籍医生，母亲是中国籍的护士。她说，自家订了多份美国报纸，这些报纸代表美国不同的社会阶层，谈起美国国内的事务来，观点都是互不相让，唯独对中国战场形势的估计完全统一。他们都觉得徐州以北的这场战役将以日本的胜利告终。

但是也有同学看好国军。郑国恒是华侨子弟，两年前父辈特意送他回国读书。他说李宗仁的资历人望远非黄绍竑可比，而且蒋介石刚处决了不听号令擅自撤退的韩复榘，参战国军虽然是杂牌军，来源非常复杂，但不用担心指挥不灵。这样一来，国军人数上的优势就可以体现出来，"而且，国军的装备也不是不堪一击，国军装备了购自德国的150毫米重型榴弹炮，这批大炮可是鼎鼎大名的克虏伯公司制造的，绝对是世界一流，就算数量不多，但现在集中在徐州以北的运河沿线，那威力可是非同小可。"

说着，郑国恒在书包里抽出一张地图，铺在石凳上。几个男生围着地图指指点点，大声议论。

忽然，他们像刚刚发现新大陆一般，看到站在一旁的穆立民，说："穆立民，你是在前线见过日本兵的，你说说看，在徐州的这场仗，我们到底能不能打赢？"

穆立民说："对日本来说，打输了的话，无非打通中国大陆交通线的时间推迟了一些，等他们获得补给，补充了兵员后，很快就能卷土重来。但对于中国，情况就完全不一样了。如果国军输了，华东、华北两个方向的侵华日军在徐州一带会师，不但整个华北华东尽入敌手，而且日军能以津浦线沿线为后勤补给基地，扑向中国的华中腹地。目前国民政府和整个中国的精华都在武汉一带，根本来不及再次转移，就会被日军围歼。"

　　几个同学听他说完，面面相觑，过了一阵子，郑国恒才说："那这一场仗，中国可不能输。"

　　"中国是不会输的！"说完，穆立民夹了夹胳膊底下的书，大踏步地走了。

　　穆立民吃完炒肝，只听一阵说笑声从外院传来。他抬头，只见穆兴科正陪着奶奶和母亲进来。袖儿一看见他，马上笑盈盈地说："老太太和夫人特意去雍和宫给二少爷求了根平安签，什么时候二少爷回学堂，就把签儿带上，准保出入平安。"

　　穆夫人说："我和你奶奶去雍和宫上香，本来想早去早回，可日本兵把前门车站那一片儿都给封锁起来，禁止通行。听说是运什么要紧货物。"

　　说话间，穆世轩也回来了。他一进门就吩咐关好房门，谁敲门也不开。接着，他吩咐周双林给他在里院中间摆好香案，香案上摆了香炉和几种果品。他进了自己书房，片刻间拿着几张长长的写着名字的字条出来了。穆老太太问他怎么回事，他叹了口气，说："我在长清池里面，正搓背呢，听说前门五牌楼上挂出来三颗人头。我赶紧过去看，因为隔得远，我看不清人脸，但听说了这三位英雄的尊姓大名，我可得好好给他们上一炷香。"

　　说着，他朝周双林使了个眼色，周双林点点头，出了里院，到外院那里去看着大门。穆世轩扭过脸看着穆兴科、穆立民，表情异常严肃，说："这三位英雄，是为国捐躯的，你们都过来，和我一起祭拜。"兄弟俩站在他身后，穆世轩先是把三张字条压在香炉下面，在香炉里点了三炷香，接着三人每人朝香案三鞠躬，这才把字条焚化了。

　　一家人开始吃午饭，饭后穆立民陪着奶奶、母亲说了一会儿话，长辈们自去午睡，他骑车回了燕京大学。第二天一早，别的同学刚刚经历了一个喧闹的周末，仍然在沉沉睡着，他已经开始沿着未名湖跑步。

　　六点钟这个时间，北平城还笼罩在夜色中，湖边空无一人。第一圈，第二圈，第三圈……等跑完第三圈，他又钻进了博雅塔，沿着螺旋式铁梯一直爬到塔顶。在这里，如果朝东望去，此时，东方的天空那原本浑然一体的黑色，会慢慢松裂出一道窄窄的缝隙，那里将渐渐露出一道深紫色的朝霞。随着那连一点晨星都看不到的天色被晨曦一点点撕开，城市的轮廓慢慢变得清晰，等到朝霞渐渐布满东南方的天空，哪怕仍然是隆冬，城市的色彩都会变得丰富起来，苍灰色的城墙，金黄色的宫殿，暗灰色的民房，反射着银亮光线的湖泊，成片成排地在视线里延伸着。这时，如果在塔里的最高处朝西看，目光越过塔下结满厚冰的未名湖湖面，会看到远处颐和园里因为过于宽阔而只在岸边结了冰的昆明湖，和更远处玉泉山连绵起伏的峰峦。

下了塔，他一边做着扩胸的动作，一边慢慢走向德才均备斋——燕京大学的男生宿舍。每次走过未名湖东岸的这条小路，他都会想起在武汉生活的那两年。他在武汉最大的收获，其实并不是成为国立武汉大学的大学生。

1936年夏天，他考入国立武汉大学后，也经常沿着东湖跑步、读书。东湖比未名湖大得多了，他每次只能跑完湖岸的一小段。那时，班上的每一个学生几乎都不同程度地经历过"一二·九"学生运动，他们谈论起国事来，总是格外地激动、兴奋。南京政府的影响，在这里比在北平大得多，穆立民知道，校园里除了学生，还有大批特务在活动，时常有同学在教室、寝室中被带走。

初秋的一天傍晚，他正沿着东湖跑步，忽然听到一声英语——

"穆立民同学，你好！"

他扭头看去，看到站在身后湖边的，是一个熟悉的身影。

高铭志是他从前在北平读中学时的英语教师。那时，在他们班里，这位高老师是最受学生欢迎的。高老师除了上课，还会给他们讲世界各地发生的事儿。有的学生在向他请教功课时，在他的宿舍里，还可以借到书店里很难买到的书。后来，他也去过高老师的宿舍，发现这里除了一张床，到处摆满了书。有一次，在一个周日下午，学校里静悄悄的，他去找高老师还书，结果刚到高老师宿舍门口，还没来得及敲门，就听到里面传来一阵轻微的读书声。这声音他听得不是特别清楚，但听得出不是英文。后来，在高老师的书架上，他竟然看到了几册俄文书。他那时英语也不过刚开始学一些简单的语法，对俄文一窍不通，这些书上的字母他一个都不认识。其中有一本书，是包在厚厚的报纸里，被放在书架的最内侧。他问高老师这是什么书，高老师告诉他一个他向往了很久的书名——

《共产党宣言》。

他激动地打开书，可里面都是他不认识的俄文。高老师见他神色很失望，想了想，说，我有一本油印的中文版《共产党宣言》，借给别的同学了。等这本书还回来，就给他看。终于有一天，高老师在下课后把他单独留下，告诉他，中文版《共产党宣言》已经送回来。他马上说想看。等他看完这本书，去找高老师还书时，发现这间宿舍已经上了锁，透过锁芯望进去，能看到里面的东西被翻得乱七八糟。后来，他听同学说高老师是共党分子，在军警上门抓他前逃跑了。

这次，在武汉再一次见到高老师，令他喜出望外。高老师说，自己已经知道了穆立民这半年来的经历，也通过武汉大学里的其他人，了解了他平时的表现，觉得他比从前成熟多了。后来，高老师又陆续和他见了几次面，详细了解了他的家庭情况，问了很多他对时局的看法。终于有一天，高老师告诉了他，自己的真实身份是共产党的地下工作者，问他愿不愿意加入地下组织，为国家和人民做一些事情。穆立民喜出望外，马上就答应了。从那之后，高老师开始对他进行培训。有时是在东湖的芦苇深处，有时在郊外某处农家院落，有时还会来到武昌或者汉口最热闹的地段的某个旅社里。高老师除了自己教他，还找来不同的人来教他不同的内容。他学得很快，收发电报、跟踪和反跟踪、使用枪械等，他都学会了。高老师对他也非常满意。终于，在一年之后，高老师告诉他，他已经具备了成为一名红色特工的基本能力。高老师先是给他分派了几次简单的任务，他都顺利完成了。最后一次，则是派他去东北，打通和当地的地下党组织的联系。

一个多月前，侵华日军在血洗南京后，开始调集兵力进攻中国腹地，国立武汉大学准备内迁。高老师交给他一项新的任务，为了完成这项任务，他必须离开校园，回到北平。

这天深夜，朔风劲吹，德才均备斋的门窗被吹得呜呜作响。穆立民刚要睡着，却听到轻轻的嗒嗒声，窗户似乎被谁有规律地敲响了。这是他和穆兴科商量好的接头暗号。穆立民心里微微颤抖着，慢慢穿好衣服，悄无声息地在舍友的鼾睡声中走出宿舍，来到楼外。

在楼门外，穆兴科从一株大树后看到他出来，就转了出来，一言不发地朝南走去。穆立民在他后面远远跟着，两人一前一后，隔了几十米，一直走到了博雅塔下。在塔身粗大的阴影下，穆兴科停下了，他等穆立民走到面前，说："我给你说过，组织交给我的下一个任务，是毁掉日军即将运往徐州战场的这批军火，至少也要获取日军军火运输方案。目前，因为人手不足，无法完成任务，我决定到武汉去，面见上级，请求加派人手。"

穆立民静静地看着他，一言不发。此时，狂风正吹动着一团团乌云，在天空中翻滚，枯树的残枝则被风吹得不停发出吱吱呀呀的暗响。过了一会儿，穆立民说："哥，如果对于日军这批军火在哪里储存，又怎么运往前线，咱们一点儿头绪都没有，那么即使有了足够的人手，怎么能毁掉这批军火呢？"

穆兴科微微一笑，说："你还记得昨天奶奶和妈说过的那句话吗？"

"哪句话？"

"她们说，在前门遇到交通封锁。"

"前门火车站那里经常封锁啊。"

"不，我已经查清楚，那里最近几天封锁得格外频繁。"

"你觉得，鬼子要通过铁路运输军火？除了津浦线，他们还可以通过运河水运，或者用飞机空投。"

"肯定是用铁路运。我已经打听好，最近几次封锁，那里还只是演习，并没有任何军火装运上车，可见目前鬼子还没把军火筹集好。我不能继续等下去了，我准备采用目前最保险的方法，就是到武汉去向组织求援！我估计来回大概需要一周的时间，这段时间里，你要抓紧调查日军究竟把军火存在哪里，怎么运往前线。"

穆立民镇静地说："哥，你不用去武汉，我这里就有延安方面在北平的特工名单。"

穆兴科摆摆手："立民，你别开玩笑。"

穆立民没继续解释，突然用力往前一冲，眼看就要撞到穆兴科了，他突然停下了，伸出手，从穆兴科的肩膀上轻轻拿下一枚细细的草茎。穆兴科下意识地回退了半步，却看到穆立民微笑着摊开手。在他的手里，正握着自己的那把手枪和消音器。

没等穆兴科做出任何反应，穆立民已经快速装好了消音器，然后一扬手，朝大概十五米外一株悬铃木的树冠连开两枪，第一枪打断了一株悬铃木的细梗，悬铃木刚刚下落，他的第二枪又击中了悬铃木，在噗的一声闷响后，悬铃木的碎屑四散飞扬，被狂风吹得转瞬就不见了。

穆兴科又惊又喜，说："这么好的枪法，你从哪儿学的？你真的是共产党？"

穆立民点点头："哥，我现在就可以把共产党特工的名单给你。"说着，他从怀里拿出一只信封。

穆兴科兴奋得双眼发亮，他接过信封，马上打开，拿出一张暗黄色的信纸。这时，他脸上的神情由兴奋变成了惊讶和失望。因为这张纸很薄很脆，已经泛黄透明，一看就是年头不短了。

"凡我中国之国民，不可不以驱除列强为宗旨；凡我中国之青年，不可不以报效国家为己任。如今遍观世界，处心积虑攫我资源，侵我国土者，当以东洋为最。凡甲午以来，日顽凶焰倍长，骄心渐横，凭吾国之赔款，上下齐心，贵贱通力，兴工业，增国力，枪炮舰船日夜赶造，以图吞并我国。若吾国人再懵懂萎靡，外不识敌寇之祸心，内不修清廉之政体，我中华必将沦为万劫不复之地也——"

就在穆兴科用手电筒照着信纸，看起里面的内容时，穆立民一字不顿地把上面的内容背了下来。穆兴科默不作声地听着，脸上看不出任何表情。穆立民背完了，说："哥，你还记得这篇文章吗，这是你十多年前的作文。"

穆兴科把胳膊垂下来，任凭风把信纸吹得哗哗直响。他说："那时我年轻气盛，对军国大事似懂非懂。你给我看这个干什么？立民，共产党在北平的地下党名单，如果你能弄到就给我，弄不到的话，我也不怪你。"

穆立民静静地看着他，他的话仿佛一句没听见似的，继续说着自己的话："哥，你这篇文章，十年前你离家出走的当天，我就在你的抽屉里找到了。这两年来，我无论去哪里都会带着，到今天我背了不知道多少遍。"

穆兴科看着他，说："立民，现在这个时候，你说这些干什么？对了，赶紧把枪还给我。"

穆立民看了看手枪，慢慢把枪塞进自己的腰间。穆兴科看他的眼神变得复杂起来，有了些许戒备的意味。穆立民轻声说："哥，上次刺杀路文霖之前，你要我帮你调查他的行踪，其实，那一次你的目的不是要考察我，是你要在我面前证明你自己，对吗？"

"立民，你在说什么？"

"哥，你是日本人的特务，对吗？"

"立民，别开玩笑了，我必须提醒你，在执行任务中，我们是绝对不允许开玩笑的。赶快把枪给我！"

"哥，孔人亮、杜新川、宋茗，他们的藏身地点，也是你告诉日本人的，对吗？我是共产党的地下组织成员，你也早就知道了，对吗？"

"穆立民，你这玩笑开得有些过分了，你再这么不分轻重，我随时可以把你开除出组织！"

"哥，国民党的军事统计局给了你任务，让你毁掉日军要运往前线的军火，但日本人也给了你任务，就是查清共产党在北平的地下党组织。你当初行刺王克敏功败垂成，是因为王克敏早就得到消息，才和日语翻译交换了位置。那一次虽然也有日本人被打死，但是为了让你成为别人眼里的抗日英雄，对日本特务机关来说，这些代价也是值得的，对吗？"

"刺杀行动哪里会百分之百成功，难道一次不成功，行刺的人就是民族罪人，就是给日本人卖命？"

"那次行刺，还有一个重要目的，就是让别人觉得你的胳膊受伤了。其实，我猜想你并没有真的被子弹击中，你只是在衣服里装了些染料，再装出一副鲜血直流的样子。而这一切，都是为了骗取我的信任。"

"骗取你的信任？现在我都不信你是共产党派在北平的地下党，更不用说那时候！"

"你当然知道，共产党对于国共合作抗日是有着最大的诚意的，我的上级早就通知了你们，将派遣我方特工到北平，协助你们的工作。但是你的上级不知道，你其实早就被日本人拉下水了，是日本人安插在自己心脏里的一把匕首。"

穆兴科摇着头，说："立民，我真不知道你在说什么。你是不是前两年在外面受到过什么惊吓，以至于脑子出问题了吧？"

"哥，出问题的，不是我，是你。好吧，现在我就告诉你，你的破绽究竟是怎么被我察觉的。如果我没猜错，你应该是在日本留学时，被日本人吸收成为间谍的。你回国后，加入了国民党的军事统计局。后来，你的上级派你到北平来执行任务，你真正的上级，也就是某个日本情报官员知道国共两党的特工在北平活动频繁，就希望利用你，把国共两党在北平的特工一网打尽。你们的计划，应该很早就启动了。当初，我的上级已经把我将要来到北平和你们合作的情况通知给了你的上级，军事统计局的某位高级官员。他又把情况告诉了你。于是，你和你的日本上司很快就设下了一个个圈套，希望利用我破坏共产党的地下组织。你为了骗我，让我觉得你是抗日志士，才装作右臂负伤。但是这样一来，你身上有伤的话，如果被抓进日本人的特务机关后还没有被发现，就说不通了。所以，你就先让日本人把我抓进去，并且故意不检查我的身体，于是，你被抓进特务机关后也没有被检查，就可以解释了。当初你在双林替奶奶他们上香时突然出现，也是为了让他以为你胳膊受了伤，觉得你是刺杀王克敏的抗日志士。因为由他把这件事转述给我，比我自己去猜说服力大多了。但是无论你做多少铺垫，我被抓进特务机关而没有被搜身，也是说不过去的。那时，你还没回家，我还不清楚日本人这么做究竟是何用意。后来，双林把你就是行刺王克敏的刺客的事儿告诉了我，我就开始有了怀疑。后来你做的每一件事，都在加深我的怀疑。"

"你别忘了，我可是真的杀过北平治安委员会的行动处处长！这总不会是在演戏吧。"

"刺杀行动处处长路文霖，这就是你另一个烟幕弹！他只不过是一部只负责在处决令上签字的机器人，真正抓捕、拷打、杀害抗日志士的，是行动处副处长江品禄！上次日本人在前门车站搞封锁，也是在演戏，是演给奶奶和妈看的。你们这样做，是为了让我觉得时间紧迫，大批军火弹药即将运往日军前线，从而把共产党在北平的地下党名单告诉你。哥，我的上级的确给了我这个名单，派我负责和国民党方面在北平的特工建立起联系，但是我必须在对国民党方面的联系人完全信任的时候，才能交出这份名单。"

穆兴科不再说话了，过了一会儿，才说："立民，我没想到，我和森本峤，还有情报课几名经验最丰富的日本特工，一起设计出的圈套，你竟然看穿了。共产党啊，共产党，你们究竟是一群什么样的神仙？能把我这个本来连家门都没出过的弟弟，栽培成这么成熟的特工？立民，我的一切秘密都被你识破了，这样也好，省得我费口舌向你解释了。"

"哥，你怎么会变成这样？刚才那文章，写得多好，你明明是爱国的，怎么现在成了——"

"成了汉奸，对不对？"穆兴科双手抱肩，望着不远处隐藏在漆黑夜色中的未名湖湖面，说，"我在日本留学时，我和别的留学生，每天花费时间最多的，不是讨论学校的课程，而是讨论到底怎么样能让中国富强，什么才是最适合中国的优良政体。有一次，在学校的教室里，我和同学刚刚结束了讨论，别人都离开了，整个学校里就剩下我自己。我望着教室里那张巨大的世界地图，反复地想，世界这么大，有这么多国家，有的国家富强，有的国家弱小，那么，到底是什么原因，能让一个国家变得强大？我去日本前，亲眼看到国民党的军队里，有多么黑暗，多么腐败。怎么才能让中国从这种黑暗和腐败中走出来？那天，我看着地图，忽然明白了，东方的日本，西方的德国，这两个最近五十年才崛起的国家，才是中国应该效法的榜样！我们要富国强兵的话，最简单、最直接的道路就在我们面前！日本已经是世界强国，我们只需去学习他们，不，加入他们，不就可以了吗？到那时，我们奉行日本的制度，两个国家变成一个国家，中国人口、资源，再加上日本的政体，我们这个崭新的国家，必然将是世界头号强国！"

"哥，日本是穷凶极恶的侵略者，你觉得他们会平等对待中国人吗？你知道日本占领了东北后，屠杀了多少中国人，掠夺了多少中国的资源吗？他们血洗了一个又一个村庄，制造了一个接一个惨案，还日夜不停地把东北的煤、矿石、粮食运往日本！所谓的东亚共荣，只是他们欺骗中国人的口号！"

"他们杀掉那些反抗他们的中国人，是为了尽快实现和平！如果我们都不反抗了，中国和日本变成一个国家，他们也就不会再杀人了！立民，我问你，当今世界第一强国是哪个国家？"

"大概是美国吧。"

"对。我再问你，美国在建国之前，曾经是英国的殖民地，美国现在的制度，基本都继承自英国，这你也知道吧？"

穆立民点点头。

"那就好。美利坚合众国，如今钢材产量世界第一，石油产量世界第一，粮食产量世界第一，汽车产量世界第一，他们就是完全效法英国的政体，才有了今天！当今世界，谁敢因为他们曾经是英国的殖民地而歧视他们？你们想要独立，没问题，完全可以等我们强大起来再去独立！"

"哥，你真的是中了日本军国主义的毒，你被彻彻底底地洗脑了！你说的这些，都是日本人的谎言！他们对中国，只有掠夺和杀戮，哪里会帮助中国建立什么优良政体！"

"立民，看来我和你是谁也说服不了谁。现在，我的枪在你的手里，我的计划又被你完全识破了，我问你，你是我的亲弟弟，你真的要杀我吗？"

"哥，你为什么要去当汉奸，为什么！你脑子里的东西，错了，全错了！"穆立民早已热泪盈眶，在泪光里，他还是抽出那把手枪，装上了那只消音器，把枪口指向穆兴科的额头。

"好吧，我早应该知道，你是一个合格的特工，一定会执行清除汉奸的命令的。"说着，穆兴科转过身，背对着穆立民，说，"你见到了奶奶和父母，为了别让他们太难过，帮我撒一个谎，总可以吧？你告诉他们，我其实在前几年就加入了国民政府的特务组织，如今突然受到组织召唤，必须尽快回到组织里，按照组织规定，不能向他们辞行了。"

穆立民点点头："我是受组织派遣的，公事我不能答应你，必须得到组织的批准才行。家里的事，我可以答应。"

"那就可以了。"穆兴科说，他指了指自己的后胸，说，"朝这里开枪吧，心脏右侧四厘米处，这样子弹将击穿我的肺动脉，我会在一分钟内死去，从肺动脉流出来的血大部分停留在体内，从弹孔流出来的不会太多，我还算留了个全尸。而且，我这张脸也就保住了。对了，立民，我的尸体，你一定要火化，再把我的骨灰埋到穆家的祖坟。记得一定要火化，再装到一个结实的骨灰坛里，我可不想变成野狗的食物。眼下你大概没时间处理我的尸体，没关系，你先把我的尸体放到一个隐蔽的地方。先扔到水里吧，这样野狗吃不着。等你有时间了，再把我的尸体捞出来火化了。"

说完，他松开了右手，那张泛黄的信纸，一下子就被夜风吹上了半空，飞得又高，又远……

两天后的深夜。

在煤渣胡同的日本特务机关处，四下里一派阴森的气氛，拷打声、惨叫声在各个走廊里此起彼伏地回荡着。在一处铺着精致地毯的办公室门口，情报课课长森本峤脱下军帽，走进了喜多诚一那间宽大的办公室。

"将军，'佩剑'已经连续两天失去联系！"他站在正在观看军事地图的喜多诚一身后，深深弯下了腰，头也垂了下来。

喜多诚一回头瞥了他一眼，脸上的肌肉愤怒地抽动着。他让自己冷静下来，这才淡淡地说："森本君，失去一名培养多年的特工，你我的确有负天皇重托。但是我们没有时间遗憾，从今天起必须全力以赴，把军火顺利运往前线，确保皇军在徐州方向的胜利，以此向天皇谢罪。"

"嘻！"森本峤双腿并拢，头垂得更低了，几乎要垂到地面上。

"目前军火已经筹集完毕，请你尽快拟订一份运输计划，确保这次任务万无一失。"喜多诚一走到办公桌旁，从兵器架上抽出了自己的武士刀。然后，他看了看武士刀那闪着寒光的刀刃，又双手握着刀，走到森本峤面前，缓慢地说，"如果这次任务再次失败，导致皇军在徐州方向的战事失利，我们就必须剖腹向天皇谢罪了。"

"誓死向天皇效忠！"森本峤头朝着地面，嘶哑地喊道。

第八章　追查

　　这天下午，上完了课，穆立民穿上一件半旧的青竹布长衫，又戴上一顶灰呢子礼帽。这是穆老夫人见这几天一直刮北风，城外寒气又重，特意派了周双林给他送来的。穆老夫人生怕他一个年轻人，不喜欢老派的礼帽，特意选了一件样式最新、做工最考究的。穆立民正要出门，在镜子里照了照，觉得这帽子有些显眼。他想了想，摘下礼帽，还是换上那顶常戴的灯芯绒鸭舌帽。

　　他骑着自行车出了燕京大学。冬尽春初的时节，北平太阳落得早，下午三点多的光景，正是学生们每天仅有的一点室外活动的时间。校园里四处的草坪、球场、桥边上，有人叫嚷着打着篮球，有人或三三两两，或独自一人温习着功课。这些学生，脸上的神情，无论是愉快还是平静，都和年纪很相称，只有穆立民的神情颇为落寞。如果有人细细地观察他，就会纳闷这个二十出头的年轻人，怎么一副心事重重的神色。这天天气本来就晦暗，混混沌沌的夕阳光线，穿过燕园里那些树木稀疏的枝条落在他的脸上，可以看出他两道浓眉皱得更紧了。

　　出了燕园，他沿着一处长长的青砖墙下慢慢骑着，又朝西北方向拐上一条土路。单从他略略佝偻的背影看，谁也看不出他不过二十一二岁。

　　虽然骑得慢，路程毕竟很近，离太阳落山还早的时候，他就已经走到了西苑。西苑这一带，从古到今，一直都是极荒凉的，只有几处零零落落的茶摊、馄饨摊子，供赶路的人歇脚。这里虽然离颐和园近，从前只有到了夏天，从城里到颐和园、西山的游人多了，才热闹些。其实，北平人在饮食上历来讲究应时应景，除了富贵人家在消夜时偶尔吃上一碗，基本不怎么吃馄饨。但这个地方，是进出颐和园的游人和赶路人歇脚处，馄饨是人人爱吃的，又可以很快煮熟，用来垫饥最合适不过了。

这里偶尔有胶轮大车和人骑了驴子经过，在土路上卷起阵阵尘土。穆立民找了一处离路远了些的馄饨摊子坐下。这个摊子位于两棵槐树中间，其中一棵树，树干正中，有个一尺多高的树洞，这树洞不知道是多少年前朽烂出来的，从外面也看不出多深。那个摊主是一个五十多岁，衣衫洗得干干净净的汉子。他在两棵槐树上系了根麻绳，又把一张篷布挂在麻绳上。篷布下面，摆两张桌子，几个板凳。这样一来，虽然简陋，但来吃馄饨的人，就有了一块遮风避雨的地方。摊主见有客人坐下，马上过来，拿着抹布又抹了抹他面前本来就挺干净的桌面，问他要吃些什么。穆立民是挨着一棵槐树坐的，他客客气气地说，先来碗馄饨吧。自己口轻，馄饨里别搁醋，别搁酱油，芫荽和葱花这两样，如果不新鲜也不要了。

"得嘞——"摊主答应着，转身到了那口泥煤灶前忙碌起来。这种灶台，是用黄泥混着麦秸垒砌的，成本低廉，垒起来也方便。到了城外，很多这种小吃摊子、大碗茶摊子，都用这种灶台。这个馄饨摊的灶台，已经被煤烟熏得通体发黑，一看就是用了很久了。这个摊主重新烧开了水，又把盖帘上早就备好的馄饨下锅。不到两分钟，就给他端来一大碗馄饨。

穆立民垂下头慢慢吃着。此时，夕阳正徐徐下坠，远远望过去，正挂在颐和园佛香阁的位置上。四周的另外几处茶摊、馄饨摊，一看天色已经晚了还没人光顾，都嘟囔埋怨着收拾起碗筷板凳来。穆立民吃完馄饨就走了，谁也没注意到他把一个薄薄的土布包塞进树洞，还从土灶下捡了几块煤核，在槐树的树干上随手写下了几个似乎没什么意义的笔画。

天色越来越晚了，馄饨摊主已经开始收拾桌凳碗筷，一匹黑色大洋马从城里方向朝这边小跑着过来。离着茶摊十来米远的地方，那骑马的汉子，一个穿着灰色土布裤褂的四十多岁男人瞥见树干上的笔画，就下了马，摊主马上堆着笑意迎过去，从这汉子手里接过马鞭和缰绳，把马系在旁边的一棵矮树上。

一碗馄饨，有烧饼也来两个——

那汉子说完，往槐树树干上倚靠着，眯起了眼。他的手，却在越来越浓的夜色掩护下，在树洞里摸索着什么。很快，他的馄饨和烧饼也端了过来。汉子先是大口撕扯着烧饼，又低头吸溜起馄饨汤来。这时，他已经把摸出来的纸布包塞进了衣兜。

他衣着普通，举止言语也没什么特异，神情憨厚质朴。这样的汉子，北平城里城外，随时都能遇到一大批。

"喝馄饨不就着烧饼，喝几碗都饱不了。"那汉子吃喝得痛快，满意地说着。很快，两只烧饼下肚，那汉子大口吃完馄饨，结完账就骑马离开了，在土路尽头隐没在一片模模糊糊的夜色里。

第二天下午，穆立民正在上这天的最后一节课，教室玻璃上突然出现一张汗津津的瘦脸。这人先是一边抹着脑门上的汗水，一边焦急地朝教室里搜寻着。终于，他看到穆立民，眼神就定在他身上。这人不敢喊出声，只得张大嘴，不出声地做出各种急切的表情。有一个上课不专心的男生先看到了这人，朝教室里的学生一一指着，每指一个人，外面那人都飞快地摇着头。直到这男生指向了穆立民时，这人才用力点头。这男生似乎觉得这游戏颇为有趣，朝外面那人耸耸肩，表示自己也无能为力。那人急得跺脚，终于，讲台上的那位老师把黑板上的物理定律讲完，宣布下课。那人迎着往外走的师生挤进了教室，来到穆立民面前说："二少爷，你这两天见到大少爷了吗？"

穆立民正在收拾书桌，一见这人，停下手里的动作，说："双林，我哥没在家吗？"

"大少爷前天吃了晚饭，说要早点回房休息，可到了昨儿和今天，他一直没露面，他也不在房里。他床上被褥都整整齐齐的，可见他这两晚上都没在家。现在全家上下都乱成什么似的，老夫人和夫人都是一整天没吃饭了。"

来人自然就是天祥泰绸缎庄的伙计周双林了。穆立民见他的呼吸还没平静，周围又有同学朝这边打量着，就拉着他出了教室，找了处僻静地方，说："我哥没来我这儿。"

周双林一听这话，本来还有些期待的神情马上着急起来，使劲揪着自己头发，说："大少爷可千万别出什么事儿！"

穆立民静静地看着他，说："双林，你别着急，我哥这不是第一回离家出走了。说不定这次他是不想留在北平城里当亡国奴，又离开了。你看，他本来就一直在外闯荡，说不定这次只是回北平来办事儿，或者看看我爸妈，现在事儿办完了，家里的情况也知道了，他就又回去办自己的正事儿去了。"

周双林喃喃自语："哎呀，大少爷要是这样就好了，我就怕——"

"你怕什么？双林，你是不是知道什么事儿？"穆立民静静地看着他说。

周双林愣愣地看着他，不知道该说什么。

此时，周双林所想的，自然是穆兴科两天没露面，是不是身份暴露，被日本人抓走了。他一直觉得，穆兴科是国民党特工的身份，只有自己知道。穆立民虽然是穆家二少爷，但这桩天大的秘密，知道的人越少越好。

穆立民看着他的神情，说："你是不是有事情瞒着我？"

周双林知道瞒不下去了，这才把自己所知道的穆兴科的身份说了出来。"二少爷，我就怕——"说完，周双林上前一步，刚抓住穆立民的袖口，就又放下，退了回来。

穆立民说："双林，你是担心我哥的身份暴露了，被日本人抓走了？"

周双林往地上一蹲，呜咽着说："前一阵子那三个刺杀王克敏的好汉，不就是让日本人杀了吗。他们的头，现在还在前门五牌楼那儿挂着——"

穆立民弯下腰，扶着他站起来，拍拍他肩膀，说："双林，你对我们家、对我们哥儿俩的这份心意，真是没说的。你放心，我觉得我哥不会出什么事儿。这样吧，我和你先回家，劝劝我奶奶、我妈她们。在路上，咱们好好合计一下怎么给她们说。我哥是国民政府的人，这件事儿，咱们可千万不能让我奶奶、我妈她们知道。"

周双林抹着眼泪站了起来。穆立民骑上自行车，周双林坐在车后座上，两人出了燕京大学，趁着最后的夕阳余晖进了城。

他们来到珠市口，一起走进家门，穆立民看到父母在奶奶卧室里。奶奶正坐在桌边，拿着手帕捂着脸哭。袖儿站在一旁，给她擦着泪水，母亲则站在奶奶身后，自己一只手也拿着手帕擦眼泪，另一只手则给奶奶捶着背。父亲则倒背着手，朝窗外站着，边摇头边叹气。

袖儿看到他进屋，马上说："老夫人，二少爷回来了！"

穆老夫人扭过脸，泪汪汪地说："立民，你有你大哥的消息吗？"

穆立民轻轻吸口气，给奶奶说，大哥前天夜里来找过自己，说如今北平城让日本人占了，自己实在受不了当亡国奴的滋味，就打算离开北平，回到当初的部队里，去前线打鬼子。

穆老夫人的眼泪吧嗒吧嗒地掉着，她说："你爹妈都是这么劝我的，可我不信，他回来的时候，北平城就已经落在日本人手里了。要是因为看不惯日本人的话，他根本就不会回来。"

穆立民赶紧说："奶奶，你不知道，我哥给我说了，他这次回家，就是想看看奶奶和父母，看完就回部队，一开始就没打算在城里长待，瞅两眼就走。如今，他也见着您了，也见着我爸妈了，能对家里的事儿放下心了，可不就赶紧回部队里干正事儿吗？"

穆老夫人看看穆世轩和穆夫人，又瞅瞅穆立民，半信半疑地说："真的？"

穆立民使劲点点头，穆老夫人又大哭起来，说："这日本兵这么厉害，蒋委员长手下都是饭桶，听说日本兵现在不光占了北平和东三省，都快占了半个中国了。这个时候上前线，多危险啊——"

穆立民赶紧过去，替母亲给奶奶捶背，说："他其实一直在部队里有职务，这职务还不低呢。他不用亲自上前线，光在司令部里给长官出出主意就行。"

穆老夫人转身攥住穆立民的手，说："立民，你说的是真的？你可不能骗我。"

穆立民说："当然是真的。您想想，我哥参加国民党的队伍，这都多少年了，早就当上大官了。身边光副官，就好几位。您要是还不放心，要不我出城替您打听打听？"

"你要是再走了，我这条老命也不要了。"穆老夫人搂着穆立民，还当他是孩子一般，老泪纵横地摸着他的头说。

北地苦寒，平时只要太阳一落山，在东单一带，街面上就格外冷清，没什么人在路上走动。虽然正是饭点儿，但没几家饭店开门营业，各种店铺都是紧闭店门，里外都是黑灯瞎火的。再往北，到了协和医院，行人更少了。但这天，情况似乎有些反常，在煤渣胡同路口，有十来个穿着长衫的男人，散在四周站立着，还把礼帽压下来遮住半张脸。偶尔有洋车拉着顾客在东单大街上路过，到了这里，车夫都是加快了脚步。

一阵北风吹来，一大片乌云把月亮挡得严严实实，街上的气氛更诡异了。住在这一带的老百姓，偶尔有出门倒垃圾的，看到那十来个面目被礼帽遮住的男人，心里都是一惊，也快些干完手里的活儿，赶紧回到自己家里。

此时，在位于煤渣胡同里的日军特务机关处，一场绝密的军事会议正在进行。

情报课课长森本峤和平时一样，坐在两排高级军官座位的最后一位。特务机关长喜多诚一正站在几乎有整面墙那么宽的军事地图前，讲述着他的作战计划。

森本峤知道自己在喜多诚一心目里地位不低，但这种场合，似乎是那些真正带兵打仗的军官的天下，他这样的情报工作负责人，总会有些不自在。他出生在日本四国岛最南端的一个小渔村，骨子里有着四国渔民的倔强和果断。虽然他也考入了日本陆军大学，但他很快发现，比起烦琐的步兵战术，情报课程才是他最喜欢的。那时，教授情报课程的教师名叫魁山桢木。他告诉森本峤，要成为一名合格的情报员，一定要研究中国，学习汉语。

大学毕业后，森本峤进入陆军，当上了一名排长。他是尽心竭力要向天皇效忠的，所以，虽然他干着自己不喜欢的底层军官，但还是把自己的这支队伍锻炼得很出色的。后来，关东军发动九一八事变，中国反日情绪高涨，大批中国留学生回国，他反而加紧笼络在日本的中国留学生。他的同僚都嘲笑他，他却觉得，这些留学生回到中国后，因为了解日本的情况，一定会被委以重任。到了那个时候，在他们身上花费的每一分心血，一定会得到上百倍的回报。

穆兴科就是在这个时候，被他成功洗脑的。

后来，终于有一天，他朝思暮想的梦想实现了，他也随部队开进中国，驻扎在沈阳郊外。一天，他操练完队伍，正准备回到军官宿舍去研究中国地图。这个时候，他的那些同僚，都相互簇拥着去那些居酒屋消遣。

但是，当他来到宿舍门口时，却发现自己粘贴在锁孔上的头发不见了。这一阵子，经常有日本军官被中国抗日组织暗杀，他因此也格外小心。他先是听了听房里的动静，然后深深吸口气，从怀里掏出手枪，打开保险，然后用钥匙打开门锁。他没有直接冲进去，而是把自己的军帽扔了进去。军帽不是规则的圆形，在地面上没滚几下就停下了。

然后，四周陷入了一片沉寂。

他正犹豫着，忽然，一阵苍凉的歌声从房间里传出来。

"远方的大海哟，渔民的儿子，不会畏惧你的风浪，他要去沿着君王眺望的方向，征服敌人的土地——"

这几句歌词、这个声音，他当然熟悉极了。这是他当年的老师，同样是四国渔民后代的魁山桢木。他收起手枪，跳进了房间。

房间里的人拧亮了桌上的台灯。他看到，一个胡须发白，身形粗壮，身穿大佐制服的中年军官正站在桌旁。

"森本君，你这项工作做得不错啊。"魁山桢木用厚实的手掌拍了拍那张摊在桌面上的地图说。上面是森本峤逐一写下的中国各处矿产资源分布和兵力驻扎情况。

他告诉魁山桢木，关东军几乎不费一枪一弹就占领了中国的东北一百七十万平方公里的土地。这块土地上，有着丰富的物产和矿产，自己身为帝国军人，必须守卫好天皇的土地。

"请问老师是什么时候来到东北的？"他毕恭毕敬地说。

魁山桢木告诉森本峤，自己受军部委托组建关东军情报机构，自然想起了这位得意门生，来邀请他加入。

森本峤来到关东军情报机关后，接连破坏了几个南京方面派到东北的地下情报组织。他还凭借汉语基础，打入抗日队伍内部，亲自杀掉了几名抗日民间武装的头目。

很快，他因为战功卓著，引起了军部的注意。日军占领北平后，喜多诚一亲自把他从关东军要来。他来到北平后，开始白手起家建立情报组织。果然，他苦心栽培的那个代号"佩剑"的特务，很快就给他带来了一桩功劳。根据穆兴科提供的情报，他一举破获了国民党的一个特工组织，逮捕了三名军统特工。他和很多同僚一样，喜欢杀中国人。但是，他更喜欢的，是杀死那些敌方的特工。他觉得，杀死这些中国人的精英，能让自己获得更大的满足感，让自己确信自己有着多么无与伦比的智谋。

夜，已经越来越深了，日军特务机关处里的军事会议已经接近尾声了。这次会议的主旨，是尽快筹集大批军火，并运送到鲁南方向。此时，日军第五和第十这两个甲种师团，正在和李宗仁指挥的第二、第三、第二十二集团军僵持在山东、江苏交界的临沂、滕县、徐州一带，双方都损失惨重，急需补充弹药、兵员。森本峤知道喜多机关长的惯例，每次会议结束后，都会把他单独留下。他明白，这是喜多机关长的用人之道，喜多机关长知道，必须在众多真正在战场上指挥作战的军官面前，给他这个情报课负责人足够的尊严。这天的会议上，他始终觉得侧后方有一道并不友好的目光。

那道目光，来自北平治安维持委员会。他和其他日本军官一样，很鄙视那些投靠日本的中国人，觉得这些人为了一点点利益，比如金钱、权力、美女之类，就出卖自己的国家，是地地道道的软骨头。更可笑的是，这些汉奸里面，竟然还忘不了争权夺利，互相下圈套。但是，北平治安维持会里有一个中国人似乎很不一般，这人就是行动处副处长江品禄。起初，他觉得这个中国人只是凭借北平市市长江朝宗侄子这个身份，才爬到这么重要的位置。后来森本峤才发现，很多中国人身上都会有的毛病，自私、贪财、不团结、喜欢内斗、目光短浅等在他身上虽然也很明显，但是，他的狠毒、计谋也超过了自己认识的所有中国人，甚至竟然不亚于自己。

"森本君，这就是军火运输计划。等军火筹备齐全后，就按计划运送到鲁南方向。这份请务必小心保存，绝对不能泄露出去。否则，中共方面和国民党军统特工一定会全力破坏这次的计划。这一批军火能否及时运到前方皇军将士手中，直接关系到这次战役的成败。而这次战役的结果，决定了东京大本营迅速灭亡中国的战略能否实现。"

会议结束了，喜多诚一把森本峤和江品禄叫进了自己的办公室，从自己的保险箱里，拿出两沓文件，把其中一份递给了森本峤。

"这次任务，离不开我们的同力协作。希望两位精诚团结，共同为临沂、徐州一带的战事，努力，再努力！而这份计划，一共只有三份，一份保存在这里。"他指了指自己的头，又从两份文件中抽出一份，递给江品禄，说，"江副处长，这份计划就由你来保存，你要按照计划的内容，做好一切准备工作。目前，军火还没有完全准备好，从日本本土空运来的军火，还需要十天才能运到。十天后开始将军火运往徐州方向。"

一股惊诧、愤怒在森本峤心里冒了出来，他看到，喜多诚一的脸色很平静，只得努力控制着自己的情绪，把文件接了过来。

江品禄得意扬扬地离开了，虽然表情还是恭恭敬敬的，看眼神里还是有一种掩饰不住的得意。江品禄的脚步声在走廊里渐渐消失了，森本峤低下头，说："机关长阁下如果对我不再信任了，请准许我回到前线！"

"森本君，我并不怀疑你对天皇的忠诚，也不怀疑你的能力。但是，你要知道，这场徐州方向的战役，对于大日本帝国非同小可，这一批军火，必须保证如期安全运到前线。这件事，单凭皇军的力量是无法完成的，我们需要这些中国人。我来到中国已经很多年了，我的一个经验是，对付中国人最好的办法，就是利用好其他中国人。"

"阁下，如果我没猜错，您是否有别的考虑？"

喜多诚一仰天大笑起来，说："森本君，我果然没看错你！上次'佩剑'失踪的事情，绝不能看得太简单。这说明，敌人已经掌握了我们很多情报。我要你把这件事彻底查下去，一定要铲除中国人在北平的地下情报网！一个人的精力，毕竟是有限的，你再怎么誓死效忠天皇，也很难同时做好这两件事。所以，我就把你的一部分任务，分配给那个中国人。"

"但是，这么秘密的事情，您为什么要在有那么多人的场合，公开宣布？您刚才在会场，当众让江品禄来这里，不等于告诉全世界他将参与此次行动吗？"

"我就是要让很多人知道，这份极端秘密的情报，由江品禄保存。森本君，你想想看，如果不把这件事宣布出去，谁会知道这件事？"

"我明白了，阁下！您的计划是，把军火运输计划作为诱饵，来引诱中国人的特工来窃取这份情报，到时就可以把他们一网打尽了！"

喜多诚一微笑着点点头。

"那么，您交给江品禄的那份计划，是假的？"

喜多诚一摇摇头，他踱到摆放武士刀的架子旁，抽出一把刀，然后连续做出劈砍的动作。一串动作做完，他才说："不，那份计划是真的。"

"机关长阁下！如果那份计划真的被中国人的特工偷走——"

喜多诚一慢慢把脸转向他，看了他一会儿，才说："那份计划，对于江品禄来说，绝对是真的。"

他说着，走到了森本峤面前，说："森本君，说不定查到最后，你会发现，查找'佩剑'为何失踪，和利用这份计划来设下圈套，把在北平的中国特工一网打尽这两件事，其实是一件事。"

森本峤抬起头，面对着喜多诚一意味深长的眼神，双腿猛地并拢，"嗨！"

喜多诚一打量着他，露出满意的微笑。

森本峤回到情报课，把文件锁进了机要室保险箱。他接着从保险箱里拿出另外一份文件，回到自己的办公室，重新看了起来。

这份文件里，记录着他费尽心血才培养出来的那名代号"佩剑"的特工所有情况。里面的每一个字，他早就烂熟于胸了。

穆兴科的家庭情况，受教育情况，在国民党军队中的同僚，在日本留学时的教师和同学，回到中国后接触过的每一个人，都无一遗漏。

穆兴科的身份，被识破了吗？他的破绽，究竟出现在哪里？他是被人杀掉了吗？是谁杀了他？

他又苦思冥想了一会儿，拨通了桌上的电话，把自己的两名手下矶口孝三和岗野石男叫了进来。

"两天之内，查清天祥泰绸缎庄少东家穆兴科的最近一周的行踪。"

那两名特务接到任务就离开了。他又琢磨了一会儿，想到喜多诚一那个利用军火运输计划引诱中国特工上钩的打算，决定主动抛出圈套，等待对方的特工上当。他把那两个特工叫了回来，说："要多找些人来查这件事。这次的调查，不用保密。还可以对外说我们马上就有大行动，为了确保大行动顺利完成，必须铲除中国人在北平的情报组织。"

和他想到了同一个主意的，还有北平治安维持委员会行动处副处长江品禄。

江品禄当然不知道穆兴科的事情，但他知道，国共两党在北平的地下情报组织行踪隐秘，活动频繁，日本人正在为此发愁。

他回到办公室，坐在椅子上，久久地盯着面前的文件袋。这是一个很普通的牛皮纸档案袋，袋子的正面，是一串日文，他虽然不通日语，但这行字他也早就熟悉了，是"大日本帝国陆军北支那派遣军华北方面军"。

牛皮纸袋的袋口，被一圈火漆密封着。

按照喜多诚一的命令，十天后他才能打开这个牛皮纸袋，从里面取出军火运输计划，然后调兵遣将，完成这次运输任务。

他当然知道，喜多诚一这只老狐狸，让自己来保存这份计划，根本没安好心，完全是把这份计划当成鱼饵，来吸引国民党和中共方面派驻在北平的特工。尽管如此，江品禄还是决定接下这个任务。

"这件事，如果最后成功了，我当然会成为保存军火运输计划的功臣，在日本人心目中的地位，也就更高了。我绝不会让国民党或者延安方面派来的特工，把这份计划盗走。我倒要看看，是你们棋高一着还是被我江品禄一勺烩了，成了我的下酒菜！"他一拳砸在桌上，得意的狞笑在他脸上久久浮动着。

第九章 血迹

　　小时候，穆立民最喜欢去的地方，是天祥泰绸缎庄的二楼。这一点他和别的男孩子大不一样。珠市口南边不远的天桥，那可是北平城里数一数二好玩的地方，那里耍把式卖艺的，说评书的，说相声的，摔跤的，拉洋片的，足够一个男孩子结结实实地玩上一整天。对于这些，穆立民从小就兴趣不大，反而喜欢在自家的店里打发时间，和店里那些伙计待在一块儿，听他们讲天南地北的趣事儿。

　　天祥泰绸缎庄，自打创建那天起，就不仅销售绸缎布匹，还可以为顾客量身定做成衣。当然，和很多老字号一样，只对熟客才做这个生意。就像隔壁的正和居，家里进货进了头等的螃蟹、虾仁儿、黄花鱼之类，也只告诉熟客。

　　正因为如此，天祥泰绸缎庄二楼这里经常会摆放着已经给顾客缝制妥当的成衣，既有老派的长衫马褂，也有新式的西装衬衫。女款的旗袍、长裙，就更多了。小时候，穆立民和穆兴科还不懂事儿时，经常溜到二楼，穿上这些成衣，得意扬扬地表演一番。

　　二楼的墙角，还有一处只有一尺多宽的台阶，顺着台阶，就能到楼顶的平台上去。天祥泰绸缎庄的楼顶，算是珠市口一带的制高点。天气好的时候，穆立民站在这儿往四下一望，只觉得视野格外开敞。往南看的话，最早映入眼帘的是开明戏院和美国人建的珠市口教堂。这两处建筑，都在珠市口大街路口的南侧，在它们后面，虽然也有不少店铺，但这些店铺和珠市口路北的饭店、绸缎庄、杂货店、车行、照相馆之类相比，门脸小得多，也寒酸得多了。穆立民虽然不太爱看戏，但也知道，自己脚下的珠市口大街，其实是一条分界线。在这条线以南的戏院茶馆里唱戏唱曲儿的艺人，都渴望有朝一日能到珠市口、大栅栏一带的戏院登台亮相。只有做到这一步，才算是真正得到承认，成为一流的角儿，一夜之间身价百倍起来。

从珠市口大街的这个路口再往南不远，就到了天桥。那里的店面比珠市口一带稀疏得多，那里到了节假日，固然人潮涌动，游客密集，但平日里那一带却没什么人气。偶尔出现在街面上的，都是从永定门进出城的赶路人，或者是住在周围大杂院里的穷苦人。站在楼顶的穆立民，如果视线从天桥再往南望去，能望见北平城外城的几座城门，从东到西分别是广渠门、左安门、永定门、右安门、广安门，其中最醒目的就是永定门城楼了。说永定门醒目，倒不是因为距离珠市口最近，而是在这几座城门里，它的确是最高大的。

小时候，穆立民常常趴在楼顶，盯着永定门一看就是老半天。那时，他很少到城外去，他听父亲说，永定门是进出北平最重要的城门，周双林那些店里的伙计也说，他们进城都是走这个城门。在他小小的心灵里，因此就觉得城外的大千世界，都是经由永定门和自己相连的。永定门外的世界，既丰富，又神秘，一定比城里更好玩，自己长大后，能够到永定门外去，一定会遇到很多有趣的人，经历有趣的事儿。

日本人占领了北平，城里哪怕是富裕人家，谁都没心思做新衣服，天祥泰二楼这里就空闲了起来。这天晚上，吃过晚饭，又陪着奶奶和父母说了会儿话，等奶奶歇下了，他出了宅院，来到店面的二楼，只见四周没有一件成衣，只是在墙角堆放着几匹布料。他在地板上坐了下来，身旁只有一丝丝从楼下漏上来的微细的烛光。

到底怎样才能弄到日军的军火运输计划呢？他冥思苦想着。

在那份塞到墙洞里的情报里，他已经请求上级派遣新的同志，共同完成盗取日军情报的任务。但是，这无疑需要时间。

高老师从前给他说过，国共两党已经结成抗日民族统一战线，齐心协力打败日本侵略者。自己如果能找到国民党派驻在北平的特工，也可以和他们一起来完成这件事。但是，怎么样才能和国民党军统特工接上头呢？

夜渐渐深了，这时，一阵叫卖声从外面的街面上传了进来。

这时，一道亮光闪进了他的脑海。他听得出来，这两个小贩，就是前几天，穆兴科出去买夜宵的那次遇到的两人。

他凝神细听，这声音是从东边传来的，他知道，这两人还会回到这里。他赶紧下楼出了店门，藏在一棵老槐树后面。

没多时，两个小贩匆匆走了过来。他快步跟上。此时，已经是深夜了，整条街上除了偶然有一两辆汽车驶过，就再也没有行人了。他不敢在大路上跟着，每走上几步，为了防备两人突然转身，就躲藏到树后。这两人一路向西走着，眼看快到虎坊桥了，忽然，那个背着大红漆柜子卖熏鱼儿的，向北一折，朝琉璃厂方向快步走去；那个卖鸭梨的，则继续朝西，向着菜市口方向走去。

应该跟着谁？

那个大红漆柜子在深夜里也颇为显眼，他马上跟了过去。北平琉璃厂一带，白天自然热闹非凡，买卖古玩字画的顾客四处川流不息。但日军占据北平后，因为担心被日本人抢劫，书画古董店铺大部分都闭门歇业。当然，也有不少店铺像穆世轩一样，店门虽然不开，但和老主顾另外又找了安静的所在，静悄悄地做生意。那个背着红漆柜子的小贩，看来对这一带颇为熟悉，在琉璃厂大大小小的胡同里左盘右绕，很快，钻进了一家两层的红砖楼。

穆立民看到，那楼大门上挂着一块木匾，上写四个大字——

永兴旅社。

穆立民站在不远处一个四合院的门洞里，露出半张脸来，他本想再观察一会儿，却看到有两个手拿警棍、叼着烟卷儿的巡警正从远处慢慢走过来。就在他离开时，他眼角的余光瞥到，永兴旅社二楼最西端的一个房间，灯亮了。除此之外，整个旅社笼罩在一片漆黑的夜色中。

第二天一早，他换上一身毛料中山装，戴上礼帽，拄上拐杖，上了一辆洋车，重新来到那家永兴旅社。一路上他看到行人寥寥无几，琉璃厂因为在南城，居民本来就比北城少，这一带更没人早早地出门上街了。到了永兴旅社，他刚下车，就看到守夜的门房正打着哈欠出来。那人进了旁边的一家二荤铺子，看来是准备吃些早点。

果然，他要了一碗豆腐脑、两个螺丝转儿烧饼，大口吃了起来。穆立民瞅了瞅四周，快步走了过去，坐在那人旁边。那人见店里座位都还空着，这人偏来自己旁边，心里自然有些纳闷，扭脸瞥他一眼，见他穿得颇为体面，也就没说什么。

穆立民从怀里拿出一枚银圆，按在手心里，沿着桌面慢慢推到那人面前，压低嗓音说："二楼西头朝南的那家客房，住的是什么人？"

那人反应倒是挺快，把银圆攥在手里，说："一个卖熏鱼儿的。这人挺怪，平时都不出门，两天才出门一次。"

"现在他人在房里吗？"

"不在。这人昨晚半夜才回来，今儿早上天没亮，就又走了，稀奇。出门前，他还换了身衣裳。"

"他在这里住了多久了？"

"住了多久？总有个把月了吧。如今兵荒马乱的，全二楼就他一个主顾！"

穆立民瞅瞅左右，街面上还是没有一个人影。他压低声音，说："我想进去看看，能否行个方便？"

那人使劲摇头，说："那没门儿。"他大口吹着面前的豆腐脑，继续咬着手里的螺丝转儿烧饼。

穆立民又把一枚银圆轻轻推过去，那人拈起来，用力吹了吹，眉开眼笑地说："您跟我来。"

因为靠近琉璃厂，永兴旅社的房客，基本上都是古玩行当的人。那个门房从柜台里摸出一个挂满了钥匙的木制圆盘，递给了穆立民。

"您说的，是二楼的229房间。这位爷要是回来了，我在楼下想办法替您拦下来！"门房凑到他耳边飞快地说。穆立民点点头，拿着那一大盘钥匙上了二楼，幸好，这时天色尚早，走廊里静悄悄的，一个人都没有。他到了昨晚他注意到的那个房间门口，飞快地打开房门，闪了进去。

房间里陈设简单，还算整齐，一个走街串巷的小贩住在这里，倒是颇为适宜。这房间里最显眼的，自然就是墙角的那只红漆木柜子。他轻轻拉开柜门，只见里面空空荡荡。他想了想，把柜子搬起来一掂量，就觉得柜子还挺沉。他知道，柜子一定有夹层。他把柜子细细摸了一遍，感觉到柜底有个地方似乎略鼓了出来。他把柜子翻了过来，发现那里有一个锁孔。他屏住呼吸，正要打开夹层，只听一声轻微的脚步声从楼梯上响起，正朝二楼传来。他出了门，听到脚步声已经越来越近，想起那门房说过二楼只有229房间有客人，就拿木盘上的230房的钥匙，打开对面的房门，钻了进去。

他关好门，把耳朵贴在门上，听着外面的动静。那脚步声果然在229房间门口停下了，穆立民心想：客人回来了，那伙计为什么没通知我？

过了片刻，门外并未传来房门打开的声音，穆立民低下头，从钥匙孔里看出去。此时，正站在229门口的，是一个身穿黑色大衣、头戴礼帽的高大男子。他正在用一种奇怪的手法敲着房门。只见他先是在房门正中敲了三下，然后分别在四个角上各敲了两下。

从身形上就可以看出，他并不是那个小贩！这人究竟是谁？是日本人的特务，还是汉奸，或者是国民政府派来的特务？穆立民飞快地盘算着，这时，又有脚步声从楼梯方向传来。这个男人显然也听到了，立刻停下手里的动作，装出一副轻松自然的神情，离开了229房门。

就在他转身的时候，穆立民看到，他戴着一副宽大的黑色墨镜，礼帽的帽檐一直压到了眉毛的位置，他下巴上刮得很干净，唇上则留着两撇细细的小胡子。

穆立民觉得这人自己好像见过。

这人继续朝外走着，和对面过来的另一个男人擦肩而过。刚刚到来的男人，到了229门口，很利落地掏出钥匙打开了房门。

穆立民记得这个人，他就是早上在自己乘坐的洋车旁边走过的一个穿着一身长衫大褂、手里举着只鸟笼的人。这人的举止步态，都是地地道道有身份地位的阔佬，和那个走街串巷卖吃食的小贩，可绝对不是一层水里的鱼。

这人化装的本事可真不小，快赶上孙悟空的七十二变了！穆立民正琢磨着，这人已经进了客房，还锁上了房门。

他知道，这个人的身份，绝不仅仅是一名小贩。凭他和穆兴科接头这件事，他肯定是派驻在北平的军统特工，但他化装的手法这么高明，绝不会是低级特工。

刚才那个企图进入他房间的，又是什么人？穆立民倚靠在230客房的门上，静静想着。

此时，在煤渣胡同的日本特务机关处，喜多诚一已经来到自己的办公室，开始了当天的工作。

当天的第一份文件，就是森本峤送上的穆兴科失去联系前一周的行动轨迹。他看到，穆兴科所有的行踪都和家事有关，要么是和父亲、弟弟一起去燕京大学，要么就是陪着奶奶和母亲外出。

"难道，在穆家就有中共或者国民政府方面的特工？穆兴科代号'佩剑'，是我们精心培养的特工，他的身份极其隐秘，知道这件事的，不会超过三个人。而这三个人都绝不会对外泄露这件事。"喜多诚一合上文件夹，盯着森本峤说。

"机关长阁下，我也察觉到了这个问题，我正命令多名日本和北平治安委员会行动处的特务，详细调查穆兴科的所有家人。目前我们得到的情报是，穆兴科最后一次离开家门，是他失踪前一天晚上，当时他说要去奎明戏院看戏。但是，我们的情报人员调查了当晚奎明戏院的检票人员，那人说穆家的大少爷的确来过，但当晚的戏开场后不久，他就从侧门离开了。"

"从那之后，我们就和'佩剑'失去了联系？"喜多诚一若有所思地说。

森本峤用力一点头，说："这就是说，如果我们查到穆兴科离开奎明戏院后去了哪里，见到什么人，就能查清楚他到底是死是活，他见的这个人，一定和他失踪有关。我们顺着这条线索，完全有可能查到破获中共或者国民党军统方面在北平的情报网！"

"森本君！"喜多诚一站了起来，兴奋地拍了拍森本峤的肩膀，说，"如果是这样的话，你就为天皇陛下立了大功！只要铲除了中国人在北平的地下情报组织，我们的军火，一定能顺利运到徐州战场！"

"嘻！"森本峤用力并拢双腿，头一低，大声答应着。

这天晚上，一辆样式普通的黑色汽车从城北驶来，停在前门五牌楼下。一个身穿中山装、秘书打扮的年轻人从街边三三两两的行人中钻出来，快步拉开后排车门，一个三十八九岁的男人迈步下车。这人身形矮小清瘦，衣着考究，穿着锃亮的西式皮鞋和一身雪花呢料西装，外面披着一件铁灰色狐皮大氅。这人虽然只有一米六左右，但背头梳理得甚是整齐。他接过秘书递过来的手杖，再戴上水晶墨镜后，仍掩饰不住脸上睥睨四方的倨傲神情。他下车后，又有两名下属下了车，紧紧跟在他身后。那名秘书递给他一张水红色的戏单，低声说："课长阁下，这是穆兴科失踪那天的戏单。"

这人，就是日军特务机关处情报课课长森本峤。

"嗯"，森本峤答应着，低头看看戏单。只是上面最靠上的位置是戏名《春闺情》，正中间用大字印着"程砚秋"三个大字，后面才是一行小字"亲传弟子曹瑞峰领衔出演"，最下面是票价和演出时间。森本峤皱眉说，"这位程砚秋先生，据说因为不肯和皇军合作，已经躲到郊外的青龙桥去了。我是很欣赏中国的京剧的，很多京剧里的故事，在日本都是家喻户晓。可惜这位程老板，完全看不懂时局，不明白我们大日本皇军的使命，是来帮助中国人摆脱白种人的统治，建起属于黄种人的东亚。他的行为，太让我们失望了。"

那个秘书打扮的特工说："课长阁下，我已经问过，那晚穆兴科从奎明戏院离开时，不过晚上八点左右，当时戏院门口有很多车夫，但他没有乘坐洋车，而是步行离开的。"

"步行？他难道是回家？"

"不是回家。当晚有两名巡警在前门、大栅栏、珠市口一带巡逻，他们说没有看到穆兴科步行回家。"

"那他去了哪里？"

森本峤双手拄着手杖，朝四周的地形细细打量着。他的这个姿势，是他经常用的。他从前在东北时，用军刀砍下中国抗战将士的头颅后，就常用这个姿势，面带狞笑地注视着地面上的血泊和尸体。

此时，他头顶的正上方，就是前门五牌楼上。那里还在悬挂着三名中国特工的头颅，这也是被他用军刀砍掉的。

他当然还记得，日军占领南京后，向井敏明和野田毅这两个低级军官，曾经展开杀人竞赛，每人都手持军刀，砍掉了上百个中国人的头。在报纸上出现的照片里，向井敏明也是这样拄着军刀。

森本峤盘算过，到目前为止，他杀掉的中国人当然还没有这两人多。

但是，他颇为得意的是，死在自己刀下的，都是中国人中的精英。

他来到中国东北前，一直觉得中国人都是蠢如猪牛的乌合之众。后来，他受命领导关东军在东北的情报组织后，才发现中国人里也有数不胜数的杰出人物。那些抵抗组织的首脑，那些特工，都是极其优秀的人才。他来到北平后，更是见识到中国的年青一代中最优秀的人物。

他拄着手杖，慢慢朝前走着。秘书告诉他，奎明戏院就在他右侧的胡同深处。这天戏院里没有戏演，胡同里颇为沉寂。他看了一会儿，停下脚步，扭头对一名下属说："矶口君，穆兴科家里还有什么人？"

那个名叫矶口孝三的特工说："他还有奶奶、父亲、母亲、弟弟，家里还有十三名仆人，其中七名男仆、六名女仆。另外，穆家所经营的天祥泰绸缎庄，还有四名伙计，目前也在他家里干些杂务。他的弟弟在燕京大学读书。不过，当晚他没有坐洋车的话，就不太可能去了他弟弟那里，毕竟燕京大学距离城里有十公里远。"

森本峤默默琢磨着这些信息。他知道，穆兴科不会是去妓院之类的地方，那么，他有可能去的，就是他弟弟穆立民读书的燕京大学了。"我们在燕京大学的情报人员，有没有提到这几天学校里的情况？"他问。

矶口孝三又说："我们在燕京大学的情报人员，说当晚学校里没有任何异常，穆立民第二天也一直在正常上课。"

森本峤点点头，对下属的工作表示满意。忽然，他想到一件事，猛地攥紧了手杖。

"我记得，几天前，计划顺利进行时，我们曾经把穆兴科的弟弟带到机关里进行甄别。那天，他父子二人是乘坐汽车从郊外返回的。"

"对，当时是向车厂租借的车。"

"那么三天前，穆兴科会不会再一次租用了汽车呢？"森本峤说着，慢慢把脸转向左右两名下属。这两人吓得脸色发白，马上说："阁下，是我们疏忽了。我们马上调查这条线索。"

森本峤头也不回地走向自己的汽车。那两名下属互相看了看，不敢跟着他上车，一转身，快步朝永和车厂的方向跑去。

森本峤回到办公室没多久，两名下属也回来了，说已经查到，穆兴科曾经在失踪当天上午，去车厂租用了一辆汽车。这辆车是两天后送回的。

当时情况很特殊，那辆车是在凌晨时分被人放到车厂门口的。车厂的人发现那辆车时，穆兴科并不在车上。后来，车厂里的人听说穆兴科离开北平，去投奔武汉政府了，也不敢声张这件事。

"课长，会不会是这个中国人，竟然背叛了大日本帝国——"一个名叫岗野石男的手下说。

"不会，我绝对信任他。"森本峤摇摇头。在森本峤眼中，穆兴科虽然是个中国人，但他在自己的说服下，早就对日本的政体、文化心悦诚服。更何况，他能够供述出三名奉命来北平刺杀王克敏的军统特工，足可以看出他对自己的忠诚。

到底是谁把那辆汽车停到永和车厂的呢？穆兴科这样的一流特工，已经连续四天没有消息，唯一的可能就是他已经被杀。在他看来，那个停车的人，很可能就是杀掉穆兴科的人。

这个人能不露痕迹地杀掉一个一流特工，也必然会对接下来的军火运输计划产生巨大威胁。如果找到他，很可能一举破获一个庞大的中国人布置在北平的情报网。

"那辆车里有线索吗？"

"没有。车里车外都清理得干干净净，我们把车征用回来了。"

"出去看看。"森本峤从抽屉里取出一只放大镜，和两个下属来到日军特务机关处的车库。那辆汽车四周，已经布置了四架大功率电灯，把车里照得清清楚楚。森本峤拿着放大镜，从驾驶位开始，一寸一寸地观察着。

时间一分一秒地走动着，那两名森本峤的手下，满脸胆战心惊的神情，相互看了看，额头上都冒出了冷汗。他们自然没有像森本峤这么细致地检查过车辆。如果森本峤发现了自己没有发现的证据，自己说不定就会因为渎职，被这个铁石心肠的上司处死。

第一排座椅检查完了，森本峤关上车门，那两人长长舒了一口气。接着，森本峤又钻进后排，细细检查起来。他那两个手下，又在脸上冒出了大颗大颗的冷汗。

忽然，森本峤的动作停了下来，趴在座椅上一动不动，目光都汇聚在左手捏着的东西上。那两名特务吓得心脏提到了嗓子眼儿，面面相觑，不知道自己这个严厉的长官发现了什么。森本峤把左手两枚手指捏着的东西放到眼前，看了看，又一甩手扔掉了。

又过了一阵子，森本峤钻了出来，站在车旁擦了擦汗水。虽然天气寒冷，但在车内聚精会神地检查了一个小时，还是让他大耗体力。

岗野石男马上说："阁下，晚上我安排一场歌舞伎表演慰劳您。听说东京大本营已经精选了三十多名一流的歌舞伎，昨天送到了北平。"

森本峤摇摇头，指向汽车后备厢说："工作还没有完成。既然是搜查，就必须彻底。"

岗野石男和矶口孝三赶紧拉开后备厢。对于这里，他们还是很有信心的，整辆车里最干净的，就是这里了。

果然，呈现在森本峤面前的，是一个空空荡荡、干干净净的后备厢。这里铺着一层毛毡，毛毡上面除了一个备用轮胎，再也没有任何东西了。

虽然森本峤仍然在用放大镜细细检查着后备厢的每一个角落，但岗野石男和矶口孝三的神情已经恢复了自然。两人都在暗自盘算，过一会儿去哪里喝上几杯。忽然，森本峤像是发现了什么，他低声命令："给我一支手电筒！"然后，他脱下军装上衣，叠好后放到后排座位上，就钻到了车下。矶口孝三赶紧把自己的手电筒递给森本峤，自己和岗野石男共用一支，也钻到车下。

"你们看这里！"森本峤的声音，既很严厉，又有些兴奋。他把手电筒拧到最亮，用强光照射着汽车底盘的某个位置，眼神死死地盯着这里。

岗野石男两人看过去，只见那里是两块钢板的拼合处，在那里，有一枚只有半个指甲盖大小的椭圆形黑色印记。

两人都是有着多年经验的特务，自然明白，这是一滴血迹。

"这滴血迹，你们有没有看出它的特殊之处？"森本峤问。

岗野石男和矶口孝三知道，森本峤问出这种问题的时候，就是他最可怕的时候。这种提问，实际上就是一场考验，如果没能做出他满意的回答，一定会遭到非常严厉的惩处。两人瞪大眼，紧张地盯着那枚血迹，大气都不敢喘。忽然，岗野石男说："血迹下面好像有什么东西！"被他一提醒，矶口孝三才发现，这枚血迹的中间，的确有一道浅浅的凸起。

而且，在底盘钢板的缝隙里，还有几点没有干透的泥点。森本峤轻轻揭开了那枚已经干硬了的血迹。在血迹的中央，粘着一根比头发粗一些的东西。很明显，这是一根来自植物的纤维。

三人从车下钻出来，又掀开后备厢。这次，他们专门找铁板之间的缝隙。最后他们一共找到七滴血迹。矶口孝三找来照相机，把汽车底盘和后备厢里所发现的血迹、泥迹，连续拍摄了十多张照片。他正要把胶卷送到技术部门去洗印，森本峤叫住了他，冷冷地说："矶口君，作为一名合格的情报人员，不能一切都依靠技术部门，必须能够利用自己的智慧，来发现线索背后的真相。矶口君，岗野君，现在请你们充分运转自己的大脑，告诉我你们能根据现有的线索，推导出什么样的结论。"

矶口孝三和岗野石男面面相觑，心里都觉得眼前的线索实在是过于单薄，根本推导不出任何结论。森本峤见他们面露难色，脸上的神情更严峻了，他伸出左手，用力握紧了挂在腰间的军刀。岗野石男吓得闭上双眼，拼命琢磨着刚刚发现的一切。过了十几秒，他脸上掠过一丝喜色，睁开眼壮起胆子，对森本峤说："阁下，既然这辆车的后备厢里出现了血迹，这说明里面曾经装过尸体。被血迹盖住的这根纤维，似乎来自那种非常常见的麻袋。但是，现在后备厢里又是空空荡荡的。这说明，尸体已经被装在麻袋里，扔在某个地方了。"

森本峤一言不发地听完，又转向矶口孝三，说："矶口君，你的看法呢？"

矶口孝三早已紧张得满身冷汗，他用力咽了口唾沫，说："汽车底盘这个位置出现血迹，唯一的可能，就是从后备厢里滴下来的。而血迹足以通过麻袋滴到底盘上，说明死者一定是死于枪伤或者刀伤，不会死于疾病或者中毒。因为只有死于枪伤或者刀伤，才会有足够大的出血量。"

森本峤不置可否，又打量了一会儿面前的两个下属，这才说："根据目前的线索，也只能推导到这一步了。等化验报告出来，有了新的线索，我们一定要彻底查明凶手的身份。"

第十章 上级

　　天色已经大亮了，永兴旅社里，住客开始起身，这栋二层小楼里渐渐热闹起来。一直藏在230号客房里的穆立民觉得，对面229房间里的那个房客，化装技术这么高明，一定在军统方面层级不低。自己是否要向他表明身份，争取他的支持，合作盗取日军军火运输计划呢？

　　其中最重要的一步，就是让他相信自己的身份。但是，自己从来没有和军统方面打过交道，怎样才能取得他的信任呢？

　　既然里面的住客已经回来，作为一名特工，只要不执行任务，一定是深居简出的，要等他再次外出，不知道需要多久。他想，自己既然已经向组织发出了求援的请求，那么就再等等。

　　他出了永兴旅社，沿着一条条胡同快快地走着。刚刚走到一座四合院门口，面前忽然横过来一只胳膊。他抬头一看，面前正是那个刚才用古怪手法敲响229房门的男人。

　　"穆公子，请来这里聊聊吧。"这个男人反手一推，那扇黑漆院门吱呀一声打开了。穆立民没有移动脚步，那男人微微一笑，说："穆公子，我还以为你艺高人胆大，怎么，不敢进来？"

　　穆立民虽然年轻，不过二十出头的年纪，却有着超过同龄人的冷静。他当然不会被别人一刺激就置自己于危险境地。他扬起脸，说："这位先生，请问你怎么称呼？你怎么认得我？"

　　那人没回答他，抬起头，眼睛望着远处，说："有一个怪物，在欧洲徘徊着，这怪物就是共产主义。旧欧洲有权力的人都因为要驱除这怪物，加入了神圣同盟……"

穆立民又惊又喜，他瞪大眼睛看着这人，说："这位先生，你到底……"

那人又继续说："古来历史的运动，都是少数人的运动，或是为了少数人利益的运动。无产阶级运动，却与此不同。它是为了大多数人的利益大多数人自觉的独立的运动……"

这些语句，穆立民当然记得，这都是高铭志老师送给他的那本《共产党宣言》里的内容！

这人说到这里，微微一笑，先是摘下了礼帽和墨镜，又撕下了唇上的胡须。

是高铭志老师！

穆立民心情万分激荡，但激动的神色在他眼神里一闪而过，他就控制住情绪，观察了一下四周的情况。高铭志也仍然一声不吭，反手推开院门，走了进去。

穆立民跟着进去，看到这里是一个北平极其普通的四合院。只是和独门独户的四合院相比，这里住了好几户人家。东厢房门前，有穿着破旧棉衣的小孩正把簸箕里的煤核儿倒出来，一个妇人则把煤核儿按照成色分成几堆。穆立民知道，成色好些的煤核儿，收集得多了是可以卖钱的；成色差的，就只有自己用了。

自打从武汉大学回家后，穆立民还没去过太多地方。这些比较偏僻的胡同，他从前就没来过。这个四合院，只是徒有四合院之形制，如今里面完全变成穷人聚集的大杂院了。

高铭志穿过二门，进了里院。这里房租比外面高，自然干净了些。北面几间正房的门都关着，西厢房的门廊下，正摆着几套小桌小椅，几个七八岁年纪、穿着长棉猴的孩子正在练毛笔字。一位穿着铁灰色长衫、外罩棉马甲的教书先生，正逐一指点着他们。穆立民知道，日军占据北平后，就开始强制推行日式教育。有的中国家长为了不让孩子忘本，就请先生教孩子中文。单户家庭请不起的，就几户合请。

他转身进了东厢房，穆立民也跟了进去。此时已经接近中午时分，外面阳光炽烈，房里却因为门窗紧闭，只有少许光线从窗缝里透射进来，四下里颇为昏暗。他看到，这里陈设颇为简单，除了房间正中放了一张圆桌、四把椅子，就没什么家具了。

高铭志掩上房门，穆立民把回到北平后发生的一切说了一遍。高铭志静静地听他说完，就说："立民，我这次来北平，就是因为组织上接到你请求支援的信息，安排我来帮助你完成这次任务的。"

穆立民腾地站起来："高老师，你会一直留在北平吗？"

高铭志摇摇头，说："立民，我本来是要去延安，向组织汇报情况的。后来，昨天在半路上接到组织的通知，北平这里需要我来支援一下。"

穆立民说："高老师，我一个月前离开武汉的时候，你给我的任务是破坏日军对徐州方向的一切支援行动，以帮助李宗仁将军在第五战区取得胜利。现在，日军即将向徐州运送大批军火——"

"对，这就是我们下一步最重要的任务！你看这里，"高铭志从袖口轻轻拂开桌面上的灰尘，把两只茶杯一左一右紧挨着放在远处，"这里是北平和天津。"他又把一只茶杯放在近处，说，"这里是滕县、徐州一带的战场。我们现在得到情报，日军举行了军事会议，已经制订出详细的运输计划，将在十天后开始运送这批军火。但是，从北平往徐州方向运送军火的话，有好几种方式可以选，既可以先把军火运到天津，然后再通过津浦路，用火车运；还可以先把军火运到通州，再利用京杭大运河，从水路运；还可以通过北平的几个机场，空运军火。其中，对日本鬼子来说，第三个办法最快，但风险也最大。毕竟，距离滕县前线，日军所控制的最近的机场也远在青州，从青州到前线还有上百公里，而且这一带不是完全由日军控制。第一个办法也很快，但到了山东南部的枣庄微山湖一带，那里有党领导的游击队，这支队伍绰号飞虎队，非常活跃，战斗力非常强，已经破坏过日军多次军用物资的运输。而第二个办法最慢，但风险最小。因为目前，无论是北平还是天津，已经完全控制在日军手里，运河沿线也是如此。我们的任务，就是摸清日军到底会如何运输这批军火。这一批如果被日军顺利运到徐州前线的日军手里，那么这场会战将非常凶险。党组织给我们的命令，一定要获取这份军火运输计划，确保徐州前线的胜利。"

高铭志炯炯有神地盯着穆立民说："穆立民同志，你只有十天时间了。我这次之所以要来到北平，就是要协助你完成这次任务。"说到这里，他停了停，看着穆立民眼神里露出的喜色，微微一笑，说，"当然，不是我直接来帮助你去窃取日军情报，而是——"

这时，院子里忽然传出一阵吵闹声，似乎有什么人闯了进来。穆立民说："我出去看看。"他刚要出门，高铭志拽住他，摇摇头，轻轻把窗子打开一条细缝。两人透过这道缝隙看出去，只见一个拉洋车车夫打扮的男人正要往里院闯，那个教书先生则挡住他，说这院子是私人产业，外人不能擅入。那几个孩子也停下了笔，朝这边张望着。

那洋车夫穿着一件鼓鼓囊囊的靛蓝色长衫，看得出里面是厚厚的棉袄。北平的车夫，为了显得体面些，倒是爱穿长衫。到了跑起来拉车时，把长衫下摆开口处的纽扣，多打开两粒也就行了。只不过他们往往一年四季只有一件长衫，所以到了秋冬，就在长衫里再穿上过冬的厚棉衣。他头上戴着一顶北平穷人冬天常戴的宽檐毡帽，帽檐下垂，挡住了耳朵，也挡住了眉毛、额头。他身后，还有一个瘦瘦的中年男人，这人身穿一身宝蓝色缎子大褂，外罩一件水獭皮马甲，戴着一副墨晶眼镜，手里摩挲着一个琉璃坯画珐琅鼻烟壶，正微闭双眼，神色淡漠地轻声哼着不知哪一出京戏里的戏文，时不时还大大打上几个哈欠。穆立民当然知道，这种人在北平着实不少，无非是仗着祖上遗产，过着声色犬马，整日只知捧戏子、抽大烟的日子。

"这里没有你要找的人，你还是请回吧。"那个教书先生仍然挡在他面前，斯斯文文地说。

车夫脸色惶急，青筋都一根根暴了出来。他用力推搡着那个教书先生，嚷着说："这不是麻线胡同17号吗？"

高铭志略一沉思，扭脸压低声音对穆立民说："情况不对，我出去看看。"说完就拉开房门走了出去。

穆立民从窗缝看到，高铭志出去后，先是在那个教书先生耳边说了句什么，那教书先生略点点头，一言不发地转身回到西厢房廊下。那个车夫见到高铭志，表情恭敬了一些，拱拱手，说了些什么。

高铭志和他对谈几句，他们竟然和那个大烟鬼模样的男人一起走了回来。穆立民心里诧异，默默地关好了窗子。

三人进了屋子，关上房门，那大烟鬼本来有些佝偻着身子，此时挺直了身板。神情也变了，两眼如同两根钉子，紧紧盯着穆立民。这么一来，他原本颓废的样子，也一扫而光了。

　　"立民，这位是国民党军事统计局驻北平情报站负责人，马淮德先生。"高铭志介绍说。马淮德一仰脸，哈哈一笑，对穆立民说："穆老弟，咱们已经见过好几次了，也是熟人了。"

　　穆立民这才认出来，这人就是那个永兴旅社229房间的房客。

　　森本峤看着面前的化验报告，一言不发。矶口孝三和岗野石男直直站在桌前，不知道该说些什么。化验报告的内容，他们也已经知道了，上面显示，那枚被血迹黏在车底的植物纤维，的确来自一种在中国北方大量使用的麻袋。而底盘钢板缝隙里的泥点里，通过显微镜可以看到，里面有多种水生植物的微小痕迹。

　　也就是说，这辆汽车在被彻底清洗前，曾经去过水边。这也就意味着，抛尸的地点，很可能就是湖泊、河流、池塘之类的地方。

　　森本峤把化验报告的每一个字都看得清清楚楚，他慢慢合上文件夹。他扬起脸，盯着天花板，既像是喃喃自语，又像对着两名战战兢兢的手下说："穆兴科是接受我的派遣，潜入中国国民党军统内部的特工，他的代号，叫作'佩剑'，他是我于昭和七年招募的。当时，关东军一群忠于天皇陛下、英勇无畏的青年军官，不顾内阁里那一大群文官，还有军部里那些老人的再三阻拦，在沈阳发动了军事行动，最终占领了中国的东三省。为了表示抗议，在日本的中国留学生纷纷回国，但也有极少数留了下来。当时，我受命对这些中国留学生进行深度甄别。毕竟，当时中国和日本之间，虽然还没有正式宣战，但已经成为事实上的敌国。我对每一个留学生来到日本后的情况，都进行了非常深入的了解，有的人我甚至亲自跟踪了一个月。最后，我的确发现了几名中国国民政府派来的间谍。对于他们，我当然毫不留情地处死了。也有的中国留学生，缺乏起码的爱国情感，并没有因为国土丢失而怨恨日本，只想着拿到日本的文凭后，回国或者去世界上别的地方找一份高薪工作。这一类留学生，同样对我们是没有任何利用价值的。穆兴科是所有的中国留学生里非常特殊的一个。他当时非常仇恨日本，也非常爱中国，但在学业上又非常用功，没有丝毫想回国的想法。我完全不了解他下一步的打算。直到我连续跟踪了他很久，才渐渐明白了他的心态。他是想找到日本变得强大的秘诀，然后回到中国，用同样的方法，让中国强大起来。我觉得这是一个难得的人才，就开始拉拢他，慢慢让他相信，日本的体制，同样适合中国。中国反抗日本的占领是毫无意义的，还不如尽快成为天皇的子民，和日本使用同样的社会制度。这是中国唯一走向富强的道路，只有这样，中国才能真正地从西方列强的欺压中得救。只要是阻止中日亲善的人，都是中日两个民族共同的敌人，必须杀掉这些人。终于，他被我成功说服了，还作为我的特务，回到了中国。"

矶口孝三说："课长阁下，这位代号'佩剑'的特工，是您亲自拉拢又培养出来的，他一定非常能干。"

"是的。他回到中国后，很容易就参加了中国国民党军事统计局开办的特务训练班，成了军统特务。根据他发回来的情报，我已经破获了好几个在东北、北平活动猖獗的军统地下情报组织。前不久我们能够破获那个想刺杀北平临时政府负责人王克敏的特工小组，就是得益于他的情报。现在他被杀，我就像失去了自己的一只胳膊一样。"

森本峤一边说着，一边抚摸着自己的左肩说，好像自己的左臂已经失去了。

"嗨！"岗野石男和矶口孝三一起低头，大声喊道，"我们一定抓住杀害穆兴科的中国特工，为课长阁下报仇！"

森本峤摆摆手，冷冷地看着他们，说："你们完全没抓住我刚才说的重点。'佩剑'是我花费大量心血培养的特工，他的能力，虽然还没有达到顶级的日本特工的水准，但已经远远超过普通的中国军统特工。那么，能识破他的真实身份，又杀掉他的人，一定有着超乎寻常的能力。这样的对手，对我们今后的行动是巨大的威胁。所以，我们必须尽快找到这个人，要么杀掉他，要么把他变成我们的人，否则，他一定还会给我们制造麻烦，破坏我们的行动！"

"嗨！"

两名手下退出了办公室，森本峤坐在百叶窗漏下的光线里，整张脸上阴晴不定。他把头靠在椅子靠背上，闭上眼睛。他的眼珠在眼皮下翕动着，经过十多分钟的思考，他拨通了日军特务机关处机关长喜多诚一的电话。得到批准后，他走进了喜多诚一的办公室。

"机关长阁下，目前，中国的各方政治力量都在北平派遣了最强的情报人员，为了彻底肃清中共和中国国民政府方面在北平的情报组织，我请求唤醒'匕首'，用我们最强大的力量，争夺这场情报战的胜利。"森本峤在距离喜多诚一的办公桌还有三四米的地方就停下了，站直身体，垂下头，恭恭敬敬地说。

"哦，"喜多诚一从面前的文件上抬起头，放下笔，倒背着手走到森本峤面前，紧紧盯着他的眼睛，说，"森本君，目前的局面，你认为必须启动'匕首'，才能改善吗？"

喜多诚一的语气非常平静，但森本峤知道，上司的这句话里，已经隐含着极深的斥责之意了。他的身体一动不动，说："已经失踪的'佩剑'，是一名能力极强的特工，杀害他的人，一定有着中国特工里的顶级水准。目前，我们还没有找到这个人，也就无法破坏中国人在北平的地下情报网。这个人的存在，无论他是一个人还是一个组织，都会给皇军的军火运输行动带来巨大威胁。为此，我恳请机关长阁下批准，唤醒'匕首'，给活跃在北平的中国特工以毁灭性打击！"

喜多诚一仰着头，望着天花板，似乎在沉思。过了一会儿，他说："森本君，'佩剑'和'匕首'之间，存在着什么样的区别，你应该很清楚吧？"

"阁下，我非常清楚这二者之间的区别。'佩剑'虽然也是皇军的特工，但他毕竟是由我本人亲自培养的，一直由我直接指挥，由我向他下达任务。而'匕首'和他完全不一样。'匕首'属于大日本帝国最绝密的特工计划，为了培养这一批特工，帝国已经付出了巨大的代价。虽然也是由我负责这项计划的执行，但使用他们，必须从整个国家的角度来考虑。按照计划，他们只能在最危急的时刻使用，去完成最急迫、最重要的任务。"

喜多诚一听他说完，开始一声不吭地背着手绕着办公室踱步。踱了两圈，他扭头看着森本峤，语气缓慢地说："森本君，我们很快就要向徐州方向运送军火，而那里的战局，将直接影响皇军快速灭亡中国的计划能否顺利实现。所以，我认为现在的确已经是唤醒'匕首'的时机了。但是，我作为北平特务机关长，都无权决定是否可以唤醒'匕首'，我需要请示东京大本营，才能做出最后决定。"

"嘻！"森本峤双腿并拢，大声答应着。

"马长官的易容术，真是高明至极——"穆立民说。

马淮德拍拍他的肩膀，说："年轻人，真是后生可畏，就是你识破了穆兴科的身份，铲除了这个汉奸？上次铲除王克敏的计划，是戴笠长官亲自部署的，我们一直以为是王克敏侥幸躲过了刺杀。后来，那支行动队里，有三名同志被日军逮捕，遭到杀害，我们也以为是他们在执行任务时露出了破绽。现在我们才知道，是穆兴科这个叛徒告密的结果。"

高铭志说："马兄，请坐，眼下我们还有一件共同的任务，这件任务的意义，我看要远远大于能不能杀掉王克敏。"

马淮德从怀里掏出烟斗、烟丝、打火机，那个洋车车夫打扮的特工给他填好烟丝，点燃烟斗，他重重吸了一口，这才说："高兄，我没猜错的话，你说的是那批日军要运往滕县、徐州的军火？"

高铭志说："马兄所言极是。眼下鲁南一带的战事，牵动全世界的关注，此战结果，对于抗战局面有着极大影响……"

他还没说完，马淮德打断他说："对于此事，戴长官早有交代，目前，我们已有多名同志藏身北平城中，就是为了破坏日军的这次行动。"

高铭志点点头，说，"那样就好。想必马兄早就做好准备，将在日寇军火运送过程中，将其一举毁灭，确保鲁南日军难以及时获得弹药补给，李宗仁长官的队伍，就可以乘机将其围而歼之。"

"李宗仁长官的队伍……"马淮德冷笑了两声，不屑的神情在他脸上一闪而过。他又说："高兄，你的意见，我相当赞同。据我掌握的情报，日寇已经将军火运输计划准备停当，这份计划存放在两个地点，一个是日军特务机关处情报课，一个是北平治安委员会行动处。这就等于是说，我们要从这两个地点中选一个，来盗取存放于该处的情报。高兄，我看不如这样，"他慢慢地吐出一大口烟气，说，"我猜，延安方面在北平，也安插了不少精兵强将。正巧我们的目标也是两个，不如你我小小地赌一次，我们各选一个目标，看看谁最先将日寇的军火运输计划弄到手。"

高铭志皱皱眉，说："马兄，军中无小事，军中无戏言，当前国共两党，为了抗战大局，正密切合作，眼下没有比支援徐州战场更重要的事了，我们愿听从马兄的调遣，齐心协力完成任务！如此紧急时刻，如果我们再同时对两个目标采取行动，分兵两处，势必导致力量分散，难以突破日军情报机关的层层阻碍，及时取得情报。"

"嘿嘿，"马淮德的脸隐藏在烟雾后面，表情看起来更加高深莫测。"高兄，你的好意我心领了，但是，这次的任务非同小可。我在北平的手下，是跟随我多年的原班人马，我早就用熟了，倒是也不用再增加人手。你放心，等到大功告成之时，我一定会给延安方面发一封感谢电，大大表扬一下高兄的功劳。"

高铭志有些焦急，说："马兄，我绝无和你争夺谁的功劳大小之意。所谓兄弟齐心，其利断金……"

此时，一斗烟丝已经吸得差不多了，马淮德把烟斗在桌上磕了磕，慢条斯理地说："高兄，既然你执意要为抗战做些事情，我也充分理解。但现在的现实是这两份军火运输计划存放在两个地点，你我两路人马，毕竟互相不熟悉，加之时间紧张，所以，我们干脆兵分两路，各选一路，分头去窃取日军情报。这样的话，成功的把握自然会大一些。"

高铭志略一思索，只好说："好吧，眼下距离日寇开始运输军火，已经不到十天，我们的确没有时间做无谓之争论了。马兄的意见，倒也不妨一试。"

"高兄痛快！"马淮德哈哈一笑，说，"这两处存放情报的地点，请高兄先选。"

高铭志说："穆立民曾经被抓进日军特务机关，对里面的情形多少知道一些，就由我们来负责窃取藏在日军特务机关情报课那份军火运输计划吧。"

马淮德竖起大拇指，说："高兄真是艺高人胆大。有高兄亲自坐镇指挥，相信贵部一定能马到成功！"

高铭志摇摇头，说："我很快就要离开北平，到时由穆立民同志和其他几名同志，来执行此次任务。"

马淮德上下又打量了一下穆立民，说："好，自古英雄出少年，那就请穆世兄一展身手了！"还没等穆立民回答，就转向高铭志说，"高兄，虽然国共两党现在精诚团结，一致抗日，但情报工作和战场上拼杀不同，自有特殊之处。咱们现在分头窃取日军情报，说起来人多力量大，但如果咱们彼此之间，联系过多，来往过密，说不定还白白增加了泄密的风险……"

高铭志一拱手，说："马兄说得是。不到万不得已，咱们都是按照自己的计划来进行，不宜轻易联系。"

马淮德点点头，拱手告辞，带着那个打扮成洋车车夫的特工走了。临走前，马淮德介绍说他名叫金观楼，现职为国民党军事统计局驻北平情报站行动科科长。金观楼摘下了毡帽，朝高铭志和穆立民拱手致意。穆立民认出，他就是和马淮德一起假扮成卖夜宵零嘴儿的两个商贩中那个卖鸭梨的。

等他们出了院子，穆立民掩上房门，说："高老师，这次任务非常重要，您真的要在这个时候离开北平？"

高铭志神色凝重，点点头，说："我已经征求过党组织的意见，党组织要求我还是去执行原定的计划。组织已经决定，包括你在内，一共有四名同志来完成这次任务。"

他拍拍穆立民的肩膀，说："立民，大概你也看出来了，刚才那位马站长，觉得你很年轻，对你似乎并不太放心。"

穆立民笑了笑，说："高老师，您放心，我不会被别人的看法影响的。我会把所有注意力都放在完成任务上。"

高铭志点点头，接着压低声音说："我现在将组织的命令，正式传达给你。穆立民同志，你需要和三名同志一起，在十天内，也就是公历1938年3月28日前，掌握日军向鲁南战场运输军火的行动计划，并且在当天清晨八点前，将情报放置于接头地点。"

"请组织放心，我一定按时完成任务！"穆立民站直身体，低沉有力地回答。

高铭志满意地笑了笑，指着一只椅子让他坐下，温和地说："立民，参加此次行动的还有另外三位同志，你在找到他们时，一定要通过接头暗号才能确定他们的身份。没有暗号的话，就不能当作我们的同志来信任。这一点，你一定要牢记在心。他们三人的接头暗号是不一样的，分别是……"

穆立民望着高铭志和蔼的笑容，记住了他说的每一句话。接下来，他将根据高铭志告诉他的信息，去找到这三位一直潜伏在北平的同志。

在煤渣胡同的日军特务机关处，普通士兵都住在营房里，有家眷的军官则可以在附近分到一处四合院。院子的大小，按照军衔来分配。矶口孝三和岗野石男都是单身汉，只在附近的东堂子胡同一处的四合院里，各自分到一间厢房。这天晚上，两人出了森本峤的办公室，心里仍旧忐忑不安，生怕自己会遭到森本课长的处罚。他们无心回家，一起来到特务机关处附近的一家居酒屋消遣。那时，日军占领北平后，马上从本土和中国的东三省招募日本人来北平定居。居住在煤渣胡同一带的日本人格外多，附近也就很快出现了一些为日本人服务的场所。普通一点儿的，是居酒屋、拉面馆，高级的则有料理亭之类。两个特务在这家居酒屋常坐的桌旁坐下，几杯清酒下酒，都开始发起牢骚。

"森本课长的要求太高了，既然杀掉他培养的那个'佩剑'的，是中国的超一流特工，又怎么会留下大量的线索来让我们破案？"

"森本课长的这名特工，毕竟是中国人，说不定在中国有很多仇人。如果他是被仇人所杀，而不是死在中国特工手里，我们无论如何都没有办法破案。"

"现在连尸体都找不到，就凭汽车后备厢里的几滴血迹、底盘上的泥点，那么就算把整个东京警视厅调到这里，大概都没法破案。"

"北京有那么多的湖泊和池塘，每一个地方都有可能是抛尸的地点。"

岗野石男说着喝完了这杯酒，这时他发现矶口孝三始终在盯着自己，神情也在发生变化。"矶口君，你这是——"

矶口孝三的神情变得越来越兴奋，他像发现了宝藏一样，伸手抓住岗野石男的胳膊，说："岗野君，你太厉害了，我们下一步，就应该按照你的建议来采取行动！"

岗野石男有些糊涂了，他摸了摸脑门，说："矶口君，我听不懂你的意思，刚才我一直都在发牢骚，没有提任何建议。"

矶口孝三神秘地笑了笑，伸手拍了拍岗野石男的肩膀，说："你刚才说，北平有很多湖泊池塘，这些有水的地方，都有可能是抛尸地点，如果要查清'佩剑'的尸体究竟在哪里，就需要大量的人手。"

岗野石男还是不明所以，愣愣地说："我的确说了这个意思，但需要向森本课长去说这些吗？"

矶口孝三笑得更明显了，他说："当然需要，岗野君，我们这就回去把你的建议告诉森本课长吧。如果他能派遣足够多的人去逐一搜查北平的池塘和湖泊，并且找到那名特工的尸体，那我们肯定就立功了。如果找不到，说明森本长官的判断是错误的，那也怪不到我们身上。"

两人赶紧出了居酒屋，在深夜的寒风中，跌跌撞撞地朝特务机关处跑去。刚到门口，就看到接连三辆卡车满载着全副武装的日军士兵，高速朝外面驶去。他们顾不得多想为什么深夜时分会有这么大规模的突然行动，赶紧钻进院子，进了森本峤的办公室。

森本峤一向是没有自己的私生活的，除了每天五六个小时的吃饭和睡觉时间，其他的时间都用来工作。

两名特务进了森本峤的办公室后，只见森本峤已经脱下上身的军装，只穿着白衬衫，正在一板一眼地挥舞着自己的武士刀。他脸色凝重，每一个动作都颇为沉重。森本峤让两人进来后，并没有停下手里的动作，只是问他们有什么事情。

两人对视了一眼，矶口孝三说："报告课长，我们考虑虽然北平有很多池塘和湖泊，但及时破获中国人在北平的地下情报组织，意义重大，我们应该逐一排查这些水域，看看能否找到课长阁下那名特工的尸体——"

"呔！"森本峤直视着两人身后的某个地方，吼叫着，先是纵身一跳，然后运足气力，把长长的武士刀向两人直劈过来。两人吓了一跳，各自向左右跳开。幸好森本峤劈砍的动作并不很快，两人都躲开了。即使如此，两人还是吓出了一身冷汗。森本峤慢慢旋转着身体，同时紧盯着自己手里的刀锋。他缓慢地挥动着武士刀，说："矶口君，你说的这些，是你自己想到的，还是你和岗野君两个人一起想到的？"

岗野石男看着森本峤的神色还算缓和，就说："这是我和矶口君一起分析那辆汽车上的各种痕迹后，共同得出的结论。"

森本峤面无表情地回头瞟了他们一眼，把武士刀紧紧攥在身前，嘴里喊叫着，双腿快速移动着冲向办公室的另一侧。一直冲到了墙下，他才停下脚步，大吼一声后，把武士刀拼命向前捅刺过去。他看起来对自己这一刺的力道很满意，整个人固定在那里。他脸上同时露出微笑，因为在这一刹那，他回忆起了自己用这个动作所杀掉的中国人。看着自己的刀刃刺进真人的体内，又从背后穿出的感觉，真的比这样在空气中操练招数痛快多了。他在北平、天津、沈阳、大连、旅顺，在审讯室里，在战场上，他都这样杀过中国人。有时在午夜，杀人的欲望在他心里翻腾起来后，他曾经拿着武士刀，来到大街上，杀掉从自己面前经过的中国人。

一直过了十多秒，他才长舒一口气，缓缓地收了刀。他把刀放回刀架，从桌上拿过一张手帕，一边擦拭着额头的汗水，一边说："矶口君、岗野君，你们都是经验丰富的情报人员，难道真的需要这么长的时间，才能得出这么简单的结论吗？"

两人脸色吓得刷白，一句话都说不出来了。森本峤擦完汗，把挂在墙上的军装取了下来，站在落地镜前，慢条斯理地一粒粒系着纽扣。他看着镜子里浑身发抖的矶口孝三和岗野石男，说："那辆车是在清晨被人发现的，而北平城的城门，是每天六点钟打开。这说明，这辆车是在城门打开后才开进城里的。我已经派人调查了当天早上在各个城门值班的守卫，复兴门的守卫说曾经看到过这辆车开进城里。可惜当时天色还很昏暗，没能看清驾车人的面貌。这辆车从复兴门开进城里，距离复兴门最近的水域，就是城西的玉渊潭了。这说明，尸体很有可能被沉入了玉渊潭。我已经派出三个排的皇军去玉渊潭搜查，北平治安委员会那边，也派出了两百多名皇协军。"

矶口和岗野这才明白，刚才在路上见到的三辆卡车上，都是去玉渊潭搜索的士兵。他们都很熟悉森本峤的特点，每当他如此冷静的时候，恰恰就是他心里有了杀机的时候。矶口孝三说："那个杀害'佩剑'的凶手，会不会把尸体扔进北平城里的湖泊？城中的水域很多，有筒子河、什刹海，城北有积水潭、太平湖，城南有陶然亭湖和龙潭湖。"

森本峤穿好了军服，走到两人面前，说："当然，城里虽然有别的水域，但城门打开后，城里人也就会开始了一天的活动，凶手为了避免被发现，是不敢在城里抛尸的。"

他看到两人的神色紧张，明白两人的心思，说："矶口君、岗野君，等他们找到尸体，就由你们查找凶手。"说着，他挎好指挥刀，大步流星地朝门外走去。矶口和岗野长出了一口气，明白森本峤是要到楼后的靶场，赶紧跟了出来。

不只他们，这里所有的日本特务都知道，在靶场上，经常会处决那些不肯和自己合作的中国人。他们自己就杀过很多中国人，但每次都是开枪击毙或者用刺刀捅死，但自己的这位长官森本峤就完全不一样了，他喜欢的，是不断变换各种方式来杀死中国人的。他们都见过森本峤杀人，事后每次他们都会连做几天的噩梦。

但这次他们猜错了。在岗野石男和矶口孝三来到前，森本峤刚刚接到喜多诚一的电话，告诉他东京大本营已经批准了他唤醒代号为"匕首"的特工的申请。

他进了喜多诚一的办公室，看到这位上司正站在办公桌后，紧紧盯着自己。看到森本峤，喜多诚一一言不发，慢慢走到墙角的武士刀架旁，轻轻取下了最上方的那柄武士刀。他把刀从刀鞘里抽出来，刀锋上锃亮炫目的反光立刻在办公室里四处闪动着。

"机关长阁下，这真是一口宝刀！"森本峤叹服地说。喜多诚一看了他一眼，又继续看着手中的刀锋，淡淡地说："普通的刀剑，是用来和普通的敌人交战的。只有在面对最强大的敌人时，才需要抽出最珍贵、最无敌的宝刀。"

森本峤心里一凛，大声回答："明白！"

喜多诚一啪的一声，把武士刀送回刀鞘，又大步走到森本峤面前，说："森本君，'匕首'的重要性，大日本帝国为了他花费的代价，远远不是'佩剑'所能相比的。'匕首'作为皇军一枚至关重要的棋子，实在是太宝贵了，你一定要确保能够最大限度发挥他的作用，让他能够一直为天皇效忠。"

"嗨！"森本峤用尽力气答应着。

"'佩剑'被杀，你也要尽快查出结果，及时找到凶手！"

"嗨！"

第十一章 组队

　　第二天一早，穆立民就骑上自行车，出了燕京大学进了城。这次他没有走西直门，而是穿过德胜门，到了鼓楼。他望着比邻而立的钟鼓楼，进了什刹海东边的烟袋斜街。

　　什刹海是北平人消闲的惯常去处，和天桥不一样的是，这里空着两手、撂地卖艺的并不多，北平人来到这里，是以赏湖景、品佳肴为主。这里最热闹的是夏季，每年的大伏天，什刹海的水面上荷花接天蔽日，顺带着各种湖中特产也都到了采摘应市的时候，如莲子、藕粉、鸡头米之类，可以供游客们尝鲜。那时，湖边或者荷花丛里，都有人搭起茶棚，这些棚子上有芦席遮挡阳光，下方有木制支架，打进湖底，架上再铺好木板，游客们就能够在棚子里消夏纳凉了。对于什刹海夏季的美食美景，生长在什刹海边的清代词人纳兰性德，自然熟悉之至，他的《金人捧露盘·净业寺观莲怀荪友》一词中写道，"藕风轻，莲露冷，断虹收，正红窗、初上帘钩。田田翠盖，趁斜阳鱼浪香浮。此时画阁垂杨岸，睡起梳头。旧游踪，招提路，重到处，满离忧。想芙蓉湖上悠悠。红衣狼藉，卧看桃叶送兰舟。午风吹断江南梦，梦里菱讴。"短短几十个字，什刹海夏季午后的水景和一番若有若无的相思情愫可谓尽入其中。

　　什刹海在夏天固然是北平市民必来之地，但冬天同样人流如织。每年入冬后，湖面结上了厚冰，在冰面上溜冰一向是城里的时髦男女趋之若鹜的。穆立民小时候也和别的城里男孩子一样，在冬天里最喜欢的是在冰面上抽陀螺，或者打开个冰洞钓鱼，直到上了中学，才学会了溜冰。城里的什刹海、筒子河、北海各处，都是他常和穆兴科一起去玩耍的地方。

烟袋斜街则位于什刹海东岸。在不到三米宽的烟袋斜街上，不光临街的店铺，街面上也摆满了各种摊子。这里的兴盛，和满人喜爱抽旱烟、水烟的习气密不可分，这条街上最早的店铺货摊，都只是售卖烟丝、烟杆、烟袋等物，后来经营范围慢慢扩大，最后逐渐就和琉璃厂一带有些像，都以经营字画古玩之类为主。但这里和琉璃厂最大的不同，就是来这里逛的，都是北平的普通居民，他们一般是来什刹海游玩时，顺路在这里逛逛的。而去琉璃厂的，都是家境殷实的文人墨客，他们采买古董书画，只求是品质上乘的名家笔墨，一般不太在乎价钱。这也就导致琉璃厂的店面普遍规模较大，而烟袋斜街这里的就小多了，货品也价格低廉。同样的湖笔，烟袋斜街的笔庄里，价码比琉璃厂至少低三成。

这天时间毕竟还早，还没有店铺开门营业。进了烟袋斜街五六十米，穆立民来到一个小小的门脸前。这个门脸和其他店铺一样，贴着一副对联——叶随彩笔参差长，花逐轻风次第开。门楣上刻着篆书"怀袖"。这是扇子的雅称，这儿的门板上还刻印着一幅扇面。看来，这是一家制售扇子的店铺。这就是在北平书香人家当中颇有些名气的扇子店"扇儿陈"了。

穆立民敲敲门板，里面没有任何动静。他多了点力气，敲得重了些，又过了十多秒，里面才传出瓮声瓮气的一声："小店暂不营业，这位爷，您请回吧。"

穆立民瞅瞅四周，因为这里没几家店铺开张，整条斜街没什么行人。他靠近门板，压低喉咙，说："陈老板，我想订一只钢骨铁皮的扇子，扇面上题一幅字，岳飞的《满江红》。这样的扇子，你能给做吗？"

里面仍然一片寂静，过了片刻，从房子深处传出一阵脚步声。接着，有人推开门，露出一尺多宽的门缝，一只清瘦白皙的胳膊倏地出现又消失了。穆立民侧身进去，只见这是一个十五六平方米的店面，四周墙上都挂满了扇子，有的只是一只扇骨，有的则装上了雪白的扇面。更多的，则是已经制作完成的各式扇子，其中扇骨黑的是檀木，白的是象牙，黄的扇骨则是竹制的。至于扇面，更是花样繁多，既有山水、人物、草虫、花鸟，更有各体书法。

在店面最内侧的墙下，摆着一对太师椅，中间的桌上，是一只近两尺高的玻璃罩，里面罩着一把扇骨深红的扇子。这把扇子一望可知，一定是一件年深日久的文物，大概就是这里的镇店之宝了。

一个年纪三十出头、身形瘦削的年轻人，正坐在一张太师椅上打量着自己。他的眉目五官都颇为清秀，只是在左右颧骨处生了几处麻点。

"这位爷，您要的扇子，可真够稀奇的。"这人瞟着他说。

穆立民回想着高铭志告诉他的暗号，静静地说："只有钢骨铁皮的扇子，才扇得灭毒火，救得了性命。"

这年轻人脸上散漫的神色消失了，他慢慢站起来看着穆立民，突然，猛地上前几步，握着穆立民的手，说："同志，我是陈文蛟！高铭志同志给我说过，让我参加下一项任务，并且完全听从能对上暗号的同志的指挥！"

穆立民注意到，这人走路的时候，右腿微微有些跛。他握着陈文蛟的手，说："对，高老师让我找到三位同志，一起完成任务。陈大哥，你是我找到的第一位同志！"

"我在家里行四，你叫我四哥就行。"他说，"虽说你叫我哥，我比你大这么几岁，可你尽管放心，这次任务你是负责人，我都听你的。"

他告诉穆立民，自家祖传五代都是做扇子的，在北平一向被叫作"扇儿陈"。自己因为脸上有麻点，加上行四，就被人起了个外号"麻四儿"。他说，自己三年前加入了组织。组织先后给他派了几个任务，他都完成了，"可从去年秋天，我腿受了伤，组织让我好好养伤，就不再给我新任务了。不过，我也知道，组织上一直都在观察我的情况。我相信，终有一天，组织会把非常要紧的任务交给我。这不，今天我就把你给等来了。"

"四哥，咱们的任务，组织上已经下达了命令，就是要在九天之内窃取到日军的军火运输计划。"接着，穆立民把这次任务的来龙去脉给陈文蛟原原本本说了一遍，把自己了解到的日军特务机关处的情形，也一五一十地给他说了。

"穆老弟，这项任务，就咱们两个人来完成？"陈文蛟听完，摸了摸下巴，犹豫了几秒钟后说。

"还有两名同志，今天我就去找到他们。咱们今天下午六点，在鼓楼底下那个二荤铺子瑞祥居一块琢磨出一个行动计划。"

陈文蛟没说话，只是略微皱皱眉。穆立民说："四哥，你有话就尽管说——"

陈文蛟抬起头，说："穆老弟，那两位同志的身份，你知道吗？"

穆立民摇摇头，说："不知道。只知道一位住在城北的大钟寺，一位住在新街口。过一会儿我先去大钟寺，回来的路上再去新街口。"

"那就对了。"他说，"这两位同志，咱们连他们的性别、年纪、职业、家境一概不知，如果就这么在馆子里贸然坐在一起，衣着、神气都不一样。别人见了，肯定会纳闷儿。"

穆立民不好意思地挠挠头，说："是这么回事儿。要不四哥，到时我把人找齐了，我们都来你这儿？"

陈文蛟点点头："没问题。我这里怎么说也是打开门做生意的地方，几个顾客一起登门买扇子，是平常事儿，谁也不能说什么。"

穆立民告辞出了烟袋斜街，骑上自行车，过了银锭桥，沿着后海边儿慢慢骑着，不大工夫就到了积水潭。他从德胜门出了城，过了铁狮子坟、北太平庄又折向西，就到了大钟寺西边儿的明光村。正是春寒料峭的时候，骑了这么远的路，穆立民也骑累了，就下车推着。

那时，明光村一带算是地道的郊区了，但这里的人没有多少务农的，因为邻近大钟寺，有人靠给香客卖香烛供品为生，也有人打扫出几间干净屋子，给来不及回城的香客歇宿，自然也有不少人家靠早出晚归，在北平城里做些小买卖度日。穆立民按照昨天高铭志给他说的地址，到了村子南头的一棵大槐树下。这里是一个小院儿，远远望去里面是三间土房。

穆立民来到院子门口，只见上面用麻绳胡乱缠了几圈，就当作门锁了。

里面没人？穆立民有些意外。他朝四周看看，这会儿正是午饭的当口，村子里不少人家的烟囱都冒出了炊烟，村里的土路上没什么人。他解开麻绳，闪身进了院子。这院子里打扫得倒是挺干净，四下里没什么垃圾，但是房门都紧紧关着，没什么人气儿。穆立民推开房门，只见三间屋子里都是空空荡荡的，土炕上只剩下一张旧席子。厨房里也只有一副灶台，锅碗瓢盆都不见了踪影。灶台上已经有了一层灰，看来这里已经有两三个月无人居住了。

穆立民把三间屋子都细细查看了一番，没发现什么有价值的线索。只是在一个土炕的炕洞里，看到一堆灰烬，他拨弄着这堆灰烬，发现别的东西都被烧成了灰，只有一张照片，大半部分都烧得焦黑不堪，只能隐约看出上面的人物都在端端正正地坐着。这照片只有一个角，还是大体完整的，上面是一个年纪二十岁左右的姑娘。穆立民猜，这张照片看来是一张全家福，这个姑娘和他要找的人，不知道是什么关系。

他出了院子，正巧有几个村民路过。这几个村民见到他从这个院子里出来，原本有说有笑的，一下子给惊呆了，脸上的神情，就像见到鬼一样。

穆立民赶紧说："几位叔叔伯伯，这院子里的人是搬走了吗？他家是姓罗吧？"

一个农民定定地瞅着他，有些警惕地说："你认识这家人吗？你不知道他们都去哪儿了？"

穆立民想，听起来好像他家遇到了什么意外。他想了想，说："我在北平城里有个朋友，说明光村南头大槐树对面那户姓罗的人家，是他的远房亲戚，只是多年没走动了。他知道我今儿出城，特意嘱咐我顺道儿过来看看。"

那农民叹口气，说："你要是早来仨月，就能见着他们家的活人喽。"

穆立民心里一惊，赶紧说："他们家是遭了什么难了吗？"

那农民把手里的锄头往地上一蹾，眼圈儿都有些发红了，说："这户人家，可遭了大难了！他家是老两口和他们的小子、闺女，这一家四口，本来好好过日子，去年鬼子占了北平，城里城外，到处杀人抢东西。罗家的小子，从小就是犟脾气，他说，不想当亡国奴，说村里人谁想抗日，就跟他一块儿去投奔八路。村里没人和他一起去。本来都以为他这条小命得送在外面，可刚进腊月，他回来了。别人问他找没找到八路军，他说自己没路费，在外面扛了几个月的活，眼瞅着快过年了，就回来了。既然回来了，就好好过日子吧。可不知道是谁，去给鬼子告密，腊月十八那天，几个鬼子带着十几个二鬼子，还有好几条大狼狗，来村里抓他。他爹他娘，当场就让鬼子拿刺刀给捅死了。他被五花大绑，押上了汽车。他这一去呀，就再也没回来。"

"那他的妹妹呢？"

"他那个妹妹，来抓他那天，正好去城里买年货了，保住了一条命。后来，她听说她爹妈给日本人害死了，她哥也让日本鬼子抓走了，就把房门一关，进城找他哥去了，说要给爹妈报仇。她一个姑娘家，能报什么仇？还不得把自己个儿的命搭上！"

"这家的小子、姑娘，都叫什么名？"

"他家啊，小子叫罗明才，闺女叫罗明慧。"

穆立民出了明光村，低头骑车回了城。他猜得出来，罗明才一定是在寻找抗日队伍的过程中遇到了高老师，被吸收参加了地下党组织。那张从土炕炕洞里找到的照片，看来就是罗明才的妹妹罗明慧。

他从西直门进了城，没多久就到了新街口。高老师所说的另一位同志，就住在这里的一处大杂院里。这个院子前后两进，不过十四五间房，住了足足十一户人家。他挨家挨户问了，都不知道他说的那个人。问完最后一家，他还是一无所获，只好返回烟袋斜街。这时，天色已经晚了，走出大杂院时，还被一个匆匆走过的矮个儿男人撞了一下。他还没来得及看清这人的相貌，这人已经在胡同里拐了个弯儿，消失了。

回到烟袋斜街，他推开"扇子陈"的店门，回身插上了门闩。只见陈文蛟正趴在桌前，手里攥着一张砂纸，在打磨扇骨。陈文蛟听到只有他一个人的脚步声，说："一位同志都没找到？"

穆立民说："一位同志因为有过抗日言论，被鬼子抓走了。另一位同志可能地址有误。"

陈文蛟放下手里的砂纸和扇骨，拿起暖壶给他倒了杯水，说："店里向来没明火，银锭桥那儿本来还有家老虎灶，如今也歇业了，只能给你喝点白开水了。这一暖壶水，还是我去荷花市场那边找正和堂打来的。"

穆立民说："没事儿，喝什么都行。"他端起杯子来一声不吭地喝完水，却看到陈文蛟一直盯着自己。他正纳闷儿，陈文蛟笑笑，说："穆老弟，你这脸色看起来不太好，是不是担心就咱俩，这个任务没法儿完成？"

"这几天，我一直在琢磨窃取那份情报的计划，本来都已经琢磨得差不离了，但是，这个计划至少三个人才能完成。"

"你担心咱们俩完不成任务？"

穆立民使劲揉了揉脸，说："我的计划是按照四个人至少三个人来制订的。现在如果只有咱俩的话，我就赶紧重新制订计划。"说着，他起身又给自己倒了杯水。在外面骑车几个钟头，他真渴坏了。

"不用。"陈文蛟面带微笑。

"不用？不用什么？"穆立民放下杯子，一脸迷惑。

陈文蛟咳嗽了两声，慢吞吞地从兜里拿出几样东西放在桌上。穆立民看到，里面有自己的燕京大学学生证、钱包，还有在罗明才家找到的那张照片。

穆立民越看越吃惊："陈四哥，你这是——"

陈文蛟笑眯眯地说："除了做扇子，这门手艺也是我们家祖传的。只不过有祖宗遗训，这门手艺只能用来劫富济贫，不能干伤天害理的事儿。上午你从这儿离开之后，其实我一直跟着你。"他拍拍穆立民肩膀，说，"我在这个店里，等着组织派人来联系我，已经三年了。今天你来通知我，让我参加这次这么重要的任务，可把我高兴坏了。但是，我必须确定你真的是组织派来的。虽然你说的暗号很正确，但从事地下工作，一切必须小心谨慎。你离开这里后，我就一直跟着你，到了城北的明光村。你怎么和那几个老乡问那户人家的情况，怎么到新街口的大杂院里扑了个空，我都看到了。"

穆立民敬佩地看着他说："我知道了，你就是那个在大杂院外面撞了我一下的人。陈四哥，你跟着我，从我身上拿东西，我一丁点儿都没察觉出来。"

"而且，从新街口那个大杂院出来后，跟着你的，就不光我自己了。"

穆老弟瞪大眼："还有谁跟着我？"

"出了门，你往左右看看，有个裹着一身棉猴、戴着大棉帽子的汉子，应该就是咱们的另一个同志。"

他话音未落，就听见门外有人哈哈大笑了两声。两人对视了一眼，陈文蛟用拇指把那把用来切割扇骨的刀扣在手心，随时能当成飞刀扔出去。穆立民则从怀里掏出了手枪，拧上了消音器。他右手握着手枪，手放在背后，左手打开了门闩，慢慢拉开了房门。

一个四十来岁，穿戴和陈文蛟所说一模一样的汉子就站在门外，他朝他们拱拱手，然后一言不发地看着他们。穆立民让自己冷静下来，说："这绿皮儿脆心儿的大萝卜，可比鸭梨还甜。"

那汉子说："可要是地都没有了，什么萝卜都种不出来。"

穆立民一阵惊喜，低声说："你是文四方同志吧，请进！"

汉子朝左右看了看，侧身进来："我叫文四方，等待组织的命令，也已经一年多了！"

他告诉穆立民和陈文蛟，自己是两年前加入的组织。

"我打小儿在皇城根儿的亮果厂长大。父母是在八国联军进北京那年死的，没了父母后，自己在胡同里靠吃百家饭长大。大杂院里好多拉洋车的车夫，十三那年，我也开始拉洋车。我一没本钱，二没亲友，只好靠卖力气吃饭。时间一长，我又好琢磨个事儿，就学了一手修车的本事。那个大杂院里，还经常有走江湖卖艺的住进来，他们有的是真把式，有的是假把式。无论真假，时间一长，我也就跟着他们学了些拳脚上的功夫。我还曾经给一户人家拉包月儿。那户人家也有汽车，不忙的时候，我就把那辆汽车里里外外地琢磨来琢磨去。慢慢地我无师自通，修汽车、开汽车我也都学会了。有这一手修车的手艺，我能比别的拉车的多挣点儿外快。三年前有一回，我拉着一个客人，从东安市场去绒线胡同，刚到太庙，就看见一个洋人在打我一个拉车的哥们儿。我过去一问，敢情这洋人诚心让我这哥们儿拉着他绕着故宫转悠看景儿，等转悠够了，他一分钱车钱都不给。我哥们儿找他要，他就动起手来了。我气得上去就是一记'撩心脚'，立马就把这洋人蹽趴下了。这下不得了了，呼啦啦围过来好几个巡警，把我铐起来了，那洋人说要告我。结果，我那天拉的这客人出钱给我请律师，打官司，最后光赔了那洋人一笔医药费，没蹲几天班房。医药费也是那客人替我出的。等我放出来那天，那客人就在警察局门口等我。我们去前门找了个茶馆坐下，他问我，知不知道为什么洋人敢在中国横行霸道。我一粗人，说不出什么道理，就说洋人有钱，还有枪有炮，中国的那些官儿，都怕洋人。这人笑了笑，说我的话，也对也不对。总之，他后来给我讲了好多好多道理，听了这些道理，我才明白这个世界上我本来不明白的事儿，到底是怎么一回子事儿。再往后，你们大概也猜得出来，这人介绍我加入地下党，教给我革命道理，还教给我很多地下工作的经验。"

接着，穆立民也说了自己加入组织的经过，陈文蛟听他们说完，笑了笑，说："你们都说完了，那就该我说了。我家世世代代做扇子，我太爷爷还在烟袋斜街这儿开了这家店，在北平城里名气也渐渐起来了。但到了我这一辈，我从小就光爱画画儿，不爱拿着刀子剪子做扇子。我爷爷说，我想学画画，倒是也好，反正咱家做的扇子，要是再有咱家的人给画上画，那挣到手的钱更多了。于是，我爷爷就送我去荣宝斋学徒。三年前腊月十八，到了年根儿，我受掌柜派遣，去一个大户人家里要账。结果无意中知道那户人家其实是前清的太监，正把一批文物偷偷摸摸卖给洋人。这些文物，都是这个太监从前打宫里偷着带出来的，里面光国宝，像王羲之、黄庭坚的字，沈周、倪瓒这些人的画，就有十多件。我想，中国人的宝贝，可不能让他卖到外国去。这天等天都黑了，我就回到那户人家墙外，准备把文物都偷出来。可我还没等上墙，就看见墙根儿底下躺着个人。我吓了一跳，过去一瞧，这人还有呼吸，就把他送到附近的诊所里。可诊所里的大夫说什么也不肯给这人看病，说这人受的是枪伤，必须交给巡警。这人忍着疼，告诉我，他受伤就是因为他也知道这批文物的事儿，要把这批文物偷出来，结果被这家的护院开枪打伤了。至于他别的来历，他却不肯告诉我。我见他是条好汉，就逼着那个大夫给这人治好了伤，又送了他一笔盘缠。本来我都快把这事儿给忘了，后来，这位好汉带着一个人来找我。那时，我爷爷和我爹都去世了，我也回到这儿来卖扇子。那人说我有爱国心，还说，救得了一批文物，当然是好事儿，但更重要的是救整个国家。我说，我就是一个手艺人，怎么救国家？他告诉我，一个人是救不了国家，但所有的中国人团结起来，就能救中国。后来，他连着往这里来了好几回，教给我救国家的道理。有一天，我壮着胆子，问他是不是共产党。他哈哈大笑，我问他，自己能不能加入党的地下组织。他说还要再考察考察我。后来，他给我派了几个任务，我都完成了，再往后，就慢慢到了今天。"

"四哥，这人一定是高老师。"穆立民说。

陈文蛟点点头，又拍了拍自己那条有些跛的右腿，说："这条腿，是去年秋后有一天，我奉命去房山阎村刺杀一个大汉奸时，被那个汉奸的保镖开枪打的。那个汉奸帮着鬼子搜刮了十几万斤的粮食，要给鬼子当军粮。我本想把他的几个粮囤一把火烧了，结果他家有个护院，枪法挺好，开枪打中了我。我在山里躲了一个月才出来，没能及时看大夫，腿也就这么废了。"

穆立民赶紧说："四哥，你是为了除汉奸，才伤了一条腿，你真是条好汉！"

三个人自我介绍完了，陈文蛟伸手在穆立民面前的桌面拍了拍，说："穆老弟，现在咱们是三个人了，虽然还不到你期望的四个人，但咱仨应该也能对付着完成这次任务了吧？"

穆立民双手握拳，使劲按在桌上，说："我看行！文大哥一身好拳脚，能开车，能修车，陈四哥手上的功夫厉害，你们都比我强，这次的任务，我看咱们准能按时完成！"

陈文蛟从桌下摸出一张纸，摊开放在桌上。穆立民一看，只见上面已经整整齐齐画好了一栋楼，楼分四层，楼外还有一大圈围墙，楼后面是一大片空地。他又惊又喜，说："陈四哥，你太厉害了，上午我就给你说了那么几句，这会儿你就画完了。"

这张图，正是位于煤渣胡同的日军特务机关处的平面图。

陈文蛟笑笑说："我但凡要到大户人家，或者鬼子的仓库、营房之类地方去执行任务，都会先画个图，这样才心里有底。穆老弟，你说说你的计划吧。"

穆立民点点头，说："我们需要在九天内弄到的日军这份计划，平时是藏在机要室里的，机要室里白天一直有人上班，所以，要想窃取这份计划，只有晚上行动。进入日军特务机关处的院子并不太难，在白天，有个办理良民证什么的事由，就可以进去。但机要室位于四楼，要进入机要室，我算过了，至少要闯过三道锁。第一道锁，就是特务机关处这栋楼的门锁。每天晚上，这道门是锁起来的。第二道锁，是机要室的门锁。"

穆立民一边说，一边在地图上指指点点。陈文蛟点点头，接着说："进了机要室，那份军火运输计划既然是绝密文件，肯定不会直接摆在桌上，很可能锁进了保险箱。保险箱的锁，就是第三道锁。"

文四方猛地摘下棉帽子，往桌上一按，说："他奶奶的，为了这三道锁，老子情愿把命搭上！"

穆立民继续说："日军机要室白天时刻有人值班，所以，只能把行动时间定在晚上。我上次被鬼子抓进特务机关处甄别身份，是被带去地下室，地上四层的情况并不了解，仅仅知道到了晚上，特务机关处的楼门、四层机要室的房门，都会上锁，而且楼内和楼外，都会有巡夜的日本兵。所以，当务之急是要弄清这几个问题，然后才能展开行动。"他清清嗓子，说，"第一，大楼楼门的钥匙和机要室的钥匙，都由谁掌握。这样，我们才能把钥匙弄到手。第二，日本兵在巡夜时的活动规律。在楼门前站岗的兵，在夜间是有换岗的，也会短暂离开哨位，去楼里和楼后的靶场里巡查。我们只有掌握了日本兵的活动规律，才能见缝插针，进入机要室。第三，那份计划存放在机要室的什么位置。如果是存放在保险箱里，我们怎么才能打开保险箱？怎么才能弄到保险箱的密码？"

这一串问题，没有一个容易回答。穆立民说完后，整个房间里陷入沉默。三人心里有数，要搞清楚这一串问题，必须在夜晚潜入日军特务机关处。过了半晌，陈文蛟用食指和中指轻轻敲着桌面，说："日军特务机关处里，除了这栋楼，还有些什么？"

"日军特务机关处的格局，是以这栋楼为主，在楼后，还有日军操练用的靶场，这里也是处决中国人的法场。靶场的另一侧，则是一处车库，可以停放十多辆卡车和轿车。日军特务机关处机关长喜多诚一本人的轿车也在这里停放。特务机关处四周，从前都是中国老百姓的房子，自从特务机关处占据这里后，这些老百姓的房子也都被日本特务占用了。"

在穆立民说的时候，陈文蛟就把他说的内容画在了图纸上，穆立民话音刚落，一张图纸已经补充完毕。三人围在桌旁，仔仔细细地盯着图纸，一言不发。他们每个人的脑子都在高速转动着，想找出一个弄清这三个问题的办法。

"我有办法了。"穆立民微笑起来，他指着图纸上的车库位置，抬起头对文四方说，"文大哥，这回得指望你了。"

"成！老弟，你尽管说！为了抗日，你让我干什么都成！"

第十二章 验 尸

平常日子里，每天早上，在协和医院门口，总有一帮洋车车夫在趴活儿。这天，四五个洋车车夫在墙根儿下，正在闲聊着等活儿，一个生人拉着辆四五成新的洋车过来了。车夫们警惕地看着这人，这人满脸笑模样，说："哥儿几个，我不在这儿拉活儿，就是想打听点儿事儿。"

"我看你挺面熟。你平常是老在沙滩、宽街那一带转悠吧？"一个穿着黑棉袄的车夫说。

这刚到的车夫说："您在那边儿见着过我？"

"我见着过你拉车，也见过你给别人修车。"

"哟，你还有修车的本事。"一个穿着烟灰色长衫的车夫说。他的长衫，虽然也因为罩在棉衣棉裤上显得格外臃肿，但看上去的确比一身短打扮体面多了。看他神色，隐约就是这伙车夫的头儿了。

"混口饭吃，混口饭吃。"新来的车夫说。他自然就是文四方了。

穿黑棉袄的车夫对文四方说："这是我们宋六哥，东城没人不知道。"

文四方一哈腰，拱了拱手，说："那可不！甭说东城，整个北平城里，凡是咱这一行的，谁不知道宋六哥的大名？今儿我也是有福气，可算是见着您喽！"

"宋六哥"朝文四方点点头，说："甭客气，咱们都是吃这口苦饭，谁都不容易！我这车，好几回客人说坐上去觉得歪，可我看过好几回了，车座儿挺平的。邪门儿了，你给看看怎么回事。"

"那我给您瞧两眼。"文四方放下自己的车，走过来在这人的车上上下摸索了一番，蹲在地上，往上一扬脸，说，"六哥，您这车，前不久是不是让汽车给撞过？"

"哟，你小子还真有两下子。这车是让汽车给撞过，当时车上也看不出有损坏，我也就没当回事。"

文四方站直了，从自己车把上拿过手巾，擦擦手上、脸上的油汗，说："我估摸着也是这么回子事儿。六哥，汽车车头的防撞杠，比咱们的车都低，当时的情况，我猜肯定是汽车没刹住车，车头钻到您这车大箱下面了，直接把弓子给顶歪了。这种损坏表面上看不出来，可慢慢地，弓子就扯着车轴往一边儿歪，车座儿自然也跟着一块歪。时间一长，弓子就彻底变形了，到时候除非连弓子和大轴一块换，否则这车就彻底成废品了。"

一听这话，车夫们马上七嘴八舌地议论起来："甭说换弓子，光换大轴，少说也得三四十块大洋。"

"三四十大洋？修车至少还得一礼拜！这要是一礼拜拉不了活儿，全家的挑费还一分钱都不少，一家老小还不都得喝西北风！"

"他妈的，"这位宋六哥说，"幸亏让你看出来了。你能修吗？"

"没问题，我车里随时带着修车的家伙。现在还来得及，不用换大轴，光把弓子给顺直了就行。"说着，文四方又到自己车下摸索了一阵，手里多了几件粗黑的铁器。他钻到宋六哥车下，忙了一阵子，出来的时候已经满脸、满手都是油泥。

"行了！六哥，您上车试试。"文四方说。

"还挺快。"宋六哥先拉了几下自己的车，然后又跳了上去。刚一坐下，他的眼神就亮了起来。"嘿，你还真行。"

他跳下车，说："你这人不赖。说吧，你今天来这儿是为了什么事儿。"

文四方又拿过系在车把上的手巾擦擦脸，说："是这么回事儿。我有个穷亲戚，是个果子贩子。前一阵子，他给东直门内的一家果子铺送完货，在这儿让一辆汽车把腿给轧断了，就是从煤渣胡同出来的汽车。那车开得死横死横的，轧完人跟没事儿似的，一溜烟跑了。幸亏离协和医院近，我这亲戚的腿才算保住。"

听完他这番话，几个原本咋咋呼呼的车夫互相看了看，谁都不说话了。那个宋六哥叹口气，说："这位兄弟，你听我一句劝，既然你那亲戚的腿保住了，这事儿也就算了吧。你说的汽车，"他朝四周看看，压低声音说，"肯定是日本人的特务机关处的。车里坐的，不是鬼子就是汉奸。甭说咱们这些卖力气的，全北平任凭谁，拿他们都没招！"

"这位兄弟，六哥说得对，他是为了你好，这事儿就算了吧，别再计较了。特务机关处的鬼子，进出那里的汉奸，谁拿咱老百姓的命当回事儿？哎哟喂，说着说着，又出来了！"一个车夫指着煤渣胡同方向说。

文四方看过去，只见一辆黑色轿车从煤渣胡同东口冲了出来，拐了个弯，又朝南冲去。文四方赶紧在心里记下了那辆车的车牌。

这一天，矶口孝三和岗野石男过得忐忑不安。下班后，他们也无心按照老习惯去居酒屋消遣。他们盼望玉渊潭那边的大搜查没有任何结果，这样他们就不用根据尸体能够提供的线索，去调查森本峤那名特工的神秘失踪了。玉渊潭毕竟太大了，虽然森本峤派出了三个排的日军士兵，但整整一天仍然没有结果。到了第二天中午，两人在办公室里实在待不下去，请示森本峤说，自己想去那边的打捞现场看看。如果真的在水下发现了穆兴科的尸体，尸体落水位置也是重要的破案线索。森本峤点头答应了，两人跳上汽车，飞快地开出煤渣胡同，上了长安街，朝城西开去。

从前的玉渊潭一带，淤泥深积，芦苇丛生。四周更是荒凉偏僻，看不到人家。两人到了湖边，只见湖的东西两岸，各有一队日本兵，驱赶着不知从哪里征召来的民工用渔网、竹竿搜寻着湖边的芦苇丛和湖底。两人起初还不明白，为何搜了一整天还没搜完，到了这里，看了一会儿才明白怎么回事。即使不是战乱时期，也经常有在城里活不下去的老百姓来这里投水自尽。所以，才一天工夫，已经从湖底和芦苇丛里捞出了十几具尸体。只是这些尸体虽然腐败程度不一，但都不像是死亡仅仅四天的。两人看了一会儿，忽然看到中堤附近一阵骚动。

他们远远看到，几个跳下水的中国民夫，正把一个麻袋从水底捞出，向岸边抬去。一辆兵乘坐的军用卡车，正缓缓驶向岸边。

"森本课长真的猜中了。"岗野喃喃自语着。他和矶口孝三快步跑过去，看到民夫把麻袋抬上卡车，麻袋的轮廓呈人形，上面还有一大片篮球大小的暗黑色血迹。岗野石男长出一口气，对矶口孝三说："矶口君，你推测死者有很大的出血量，我推测尸体是被装在麻袋里，又装进后备厢，都说对了。"

矶口孝三点点头，说："尸体里会有远远超过那滴血迹的线索，接下来等尸体送回到特务机关处，完成尸检后，我们还会被森本阁下要求去查找凶手的。"

岗野石男轻轻叹口气，他知道，矶口孝三说的是对的。

和那几个车夫聊了一会儿，那几个车夫陆续有了生意，都拉上客人离开了。文四方的洋车，是他早上花一个大洋借的。他先把洋车还了，又回到了煤渣胡同。这回，他把棉帽子使劲儿往下拉，往胡同深处，日军特务机关处的方向走去。他找了处阳光充足的墙根儿坐下，头往墙上一靠，半眯起眼来。在任何人看来，他都是一个满大街都是的寻常流浪汉。

没多久，一大队日军的军车开进了煤渣胡同，里面卡车、轿车都有。他瞅准时机，等这个车队在自己跟前快要过去了，从怀里摸出一把东西，轻描淡写地往地面上一撒。车队的最后一辆汽车轧上了铁钉，只听连续噗噗几声，汽车轮胎漏气了，汽车都要撞到墙上了才勉强刹住。两个日本人下了车，查看了一下后车胎的情况，嘀咕了几句，就重新上车了。这时，文四方猛地从地面上像是坐了弹簧一样弹起来，飞快地掀开汽车后备厢盖子，钻了进去。

反正距离日军特务机关处已经近在咫尺，岗野石男开着轮胎漏气的汽车回到院子里，在车库里停好后，就和矶口孝三一起去找森本峤进行汇报了。后备厢里的文四方，一直等四周完全没了动静，才推开后备厢盖子出来。他半蹲着身子，打量了一番车库里的情况，钻进一辆已经落满了灰尘，一看就是闲置了很久的汽车。

北平的初春，天黑得早，六点多的时候，天色已经黑透了。陆陆续续有日本军官离开办公楼，来到车库中驾车离开。一直到晚上十点钟，文四方已经在那辆旧车里待了九个小时。这时，他听到四周已经安静下来，就钻出了汽车。他来到车库门后，朝外面打量着。只见外面是空荡荡的靶场，靶场的另一侧就是特务机关处办公楼。他正琢磨怎么才能去办公楼正面查看一下守卫的情况，这时他看到有四名日本兵正列队从士兵宿舍中走出，一直到了办公楼的正面。

鬼子在换岗！文四方心想。又过了几分钟，有八名日本兵从办公楼前绕了出来，有板有眼地踢着正步，先是绕着办公楼转了一个小圈，又绕着整个院子内部转了一个大圈。

文四方掏出怀表，记住了时间，根据他的记录，八名日本兵的两圈巡查，一共用时七分十八秒。这也就意味着，在七分十八秒的时间里，大楼正面是没有警卫的。

八名日本兵回到大楼正面后，他本以为原本站岗的日本兵会很快离开，结果他没有看到他们很快回到兵营。

这四个日本鬼子，去了哪里呢？

很快，几道手电筒的光束，在办公楼的各楼层闪动起来。原来，每次换岗，既要巡查整个特务机关处的院子，还有巡查每个楼层。

文四方看了看怀表，从他看到灯光到灯光消失，一共五分零八秒。过了两个小时，又一拨日本兵出了兵营换岗，程序仍是先巡查楼外，再巡查楼内。

一直到天亮，日军多次换岗，除了巡查，始终保持楼前有四名士兵站岗。文四方记录的时间里，日军换岗三次，巡逻时间最长一次是七分二十三秒，最短是七分零五秒。

到了早上，文四方躲回那辆旧车。靶场上开始有日本兵列队出操，车库里也陆续有车被开走。文四方看到，两个日军军官进了车库，打开一辆车的驾驶室。他快步跳出旧车，钻进这辆汽车的后备厢。这辆车被开出车库，文四方一动不动地躲在后备厢里，细细听着四周的动静。当他听到车外都是中国人说话的声音，知道已经到了日军特务机关处之外，等到车子停下，他从四周的声音判断车子停在某个路口，猛地推开后备厢，干净利落地翻身跳了出来。

这天早上，矶口孝三和岗野石男一来上班，就被森本峤叫进了办公室。

"这是验尸报告，你们看看。"森本峤把一沓纸甩到他们面前。

两人拿起来，头碰头地看了起来。上面写着，尸体为男性，三十岁左右，死因是子弹穿过右侧肺叶，并击穿了肺动脉，导致大量失血而死。根据子弹着弹处的伤口大小，可以判断当时开枪者距离死者三米左右。死亡时间在三到五天前。

两人心里一块石头落地。从尸检结果来看，和昨天的推测完全一致。森本峤又说："在这名特工的身上，还发现了一把手枪。该手枪的型号，符合中国军统组织配发给特工的装备型号。尸体上这把枪，弹舱里的子弹是满的。"

岗野石男和矶口孝三对视了一眼，他们显然明白这意味着什么。岗野石男小心翼翼地说："阁下，这是否意味着，他是一名双重间谍？"

森本峤缓缓摇摇头，说："不。他虽然是中国人，也加入了中国的军统，但他日本特工的身份，中国人并不掌握，他对皇军是忠诚的。"

岗野石男说："课长，下一步我们应该怎么办？"

"在'佩剑'所有接触过的人里，进行详细调查，看看谁的嫌疑最大。"森本峤从兜里取出一张纸，上面密密麻麻写满了人名。他说："这是已经查到的穆兴科回到北平后，接触过的所有人。这份名单里的每一个人，你们都要查清楚此人在三到五天前的活动。一旦发现有人有嫌疑，马上逮捕！"

这天下午，穆立民、陈文蛟、文四方又聚到陈文蛟的店里。穆立民听文四方说了夜间的巡查站岗情况，说："文大哥，根据你查到的情况，除了换岗后的巡查，整个楼前始终有人站岗。也就是说，只能在日本兵换岗时，在楼外巡逻的七分钟里，潜入特务机关处，取出那份计划？"

文四方点点头。穆立民盘算了一会儿，说："按照文大哥查到的情况，在整个晚上，除了日本兵进楼巡查的五分钟里，楼门始终都是锁着的。这也意味着，如果进楼窃取情报的话，要在七分钟内，打开门锁，来到四楼，打开机要室房门，找到保险箱还要打开，取出情报进行拍照后放回情报，然后赶在日军返回前离开大楼。"

陈文蛟说："这意味着，我们在行动前，必须弄到楼门钥匙和机要室钥匙！"

文四方挠挠头："大楼的钥匙，在楼前站岗的日本兵肯定有，因为他们要打开楼门进去巡逻。这把锁肯定还有其他的钥匙。机要室的钥匙，我就不知道谁有了。"

穆立民说："日军特务机关长喜多诚一和情报课负责人森本峤自然有机要室的钥匙，喜多诚一的各种公文，都由森本峤放到机要室进行保存。而且他平时寸步不离喜多诚一，这两人目标太大，不宜在他们身上动手。不过，机要室平时白天有一名秘书值班，做一些公文分档保存的工作。这人名叫稻口德夫，少佐军衔，住在煤渣胡同不远的东堂子胡同里。他平时深居简出，极少公开露面。他是把家眷从东京带来了的，他妻子名叫稻口美智子，儿子九岁，名叫稻口秀彦，在专供日本人孩子上学的学校上学。"

陈文蛟琢磨着说："看来，只有从这个人身上下手来弄到机要室的钥匙了。但这人深居简出的话，那就不太好办了。他有什么业余爱好吗？"

穆立民皱着眉，缓缓摇摇头，说："我曾经用不同的身份，去东堂子胡同打听，街坊都说只知道这里住了一家子日本人，因为他家的人都是乘车出入，街坊们都没和他们打过照面。他们的职业，家里的情况，更是一概不知。他家的各种饮食杂物，也都由日本兵上门配送，不用出门采买。"

文四方一拍大腿，说："这小子怎么跟个大闺女似的，整天大门不出二门不迈。那他平时怎么上下班？"

穆立民说："他肯定是因为负责保管绝密文件，才这么小心翼翼的。每天早上八点，特务机关处会派车接他上班，每天六点又送他下班。平时他当然也有些交际活动，但只是在周六或者周日晚上，邀请同事来家里吃饭。"

陈文蛟从桌边站起来，在房中踱了几圈，回过头来说："鬼子特务机关处的楼门钥匙，除了执勤的日本兵那里，肯定还有备用钥匙。"

穆立民皱紧眉头，回想着当初刚回到北平时的情形。他说："两周前，我因为从外地回京，被带到日军特务机关处进行身份甄别。当时，我被日本人安排住在附近的一家旅馆。有一天早上，我早早地被日本兵从外面的旅馆里带到特务机关处，我看到日本兵是从门卫室取了钥匙，才打开了楼门，带我进了审讯室。看来，楼门的钥匙，在门卫那里也一定有。"

陈文蛟说："有没有办法混进门卫室？"

"难度很大。门卫室是在白天随时至少有三名日本兵值班，到了夜里，门卫室又随时在大楼门口那几个日本兵的眼皮子底下，很难混进去。"

文四方有些不耐烦了，他摘下棉帽子往桌上一按，一只手撑在桌上，一只手用力揉着自己的头顶，说："楼门只不过是第一关，就这么费劲！往后还要进机要室，那里面还有保险箱什么的，这一关接一关地闯下去，得花多少工夫？"

穆立民脑子里盘算了一下，说："文大哥、陈四哥，日军特务机关处大楼的钥匙、机要室的钥匙，对我们都非常关键。现在，距离日军开始向鲁南前线运送军火，只有七天时间了，我们越早获得这份情报，才有更多的时间来破坏日军的计划，确保前线的胜利！日军特务机关处楼门上的锁，既然钥匙的问题解决不了，那我们就换个思路，从锁上做文章！"

陈文蛟眼睛一亮，说："穆老弟，你的意思是——"

穆立民说："这把锁白天是存放在门卫室里，那么，我们只需要白天把这把锁偷出来，换成一把我们有钥匙的一模一样的锁就可以了。"

陈文蛟和文四方互相看了看，不明白他的意思。文四方说："穆老弟，那四名守卫大楼门口的日本兵，会在换岗时用自己的钥匙去开锁，然后进入楼里巡查。如果楼门上挂的是我们自己的锁，日本兵的钥匙不就打不开了吗？"

"这个好办。"穆立民一副胸有成竹的神情。他说，"文大哥，我们只需要把那把锁，换成一把任何钥匙都能打开的锁就行了。这样一来，我们能打开楼门进去，日本兵也可以。他们也就不知道锁已经被我们给换掉了。"

文四方兴奋得一拍他的肩膀："嘿，穆老弟，你这招，高啊，真有你的！"

穆立民转向陈文蛟，说："陈四哥，你看怎么样？"

陈文蛟说："穆老弟，你脑子转得真快，这个办法倒是有戏，做出一把任何钥匙都能打开的锁，挂到鬼子楼门口，不但鬼子不易察觉，咱们还能进出自如，的确是招妙棋。这样的锁，也不难做。但有一样，我得离近了看看那把锁，这样做出来的锁，才能以假乱真。如果能把那把锁拿在手里，掂掂分量就更好了。实在拿不到手里也没关系，那么大个儿头的锁，还是铜的，能有多少分量，我倒是也有数。"

"得离近了看看那把锁——"穆立民从桌旁站起来，在房里踱着步，他自言自语着走了两圈，一抬头，说，"好，陈四哥，我倒是有个主意，咱们明天可以试试看。"

文四方一拍大腿："穆老弟，你真行啊，还是你们念书多的人脑子转得快，你说说是什么主意。"

穆立民朝着陈文蛟说："我这个主意，其实挺委屈四哥的，要让四哥当那么一时半会儿的汉奸——"

陈文蛟把脸一板，说："老弟，你别这么见外，为了完成任务，什么委屈，咱们不能受？"

文四方也一脸不高兴，说："就是，穆老弟，咱们现在都把命绑到一根绳上了，你有啥招，就直说吧。"

穆立民点点头，说："日本鬼子不是在全城贴了告示，悬赏通缉那几名行刺王克敏的刺客吗——"

他刚说到这儿，文四方气得一拍桌子，说："里面有三个人不是已经让鬼子给逮住，还把人头砍下来，挂在前门五牌楼上示众吗？这群狗东西，心肠比狼都狠！剩下的那一位好汉，可别落在鬼子手里！"

陈文蛟朝他摆摆手，说："文大哥，你让穆老弟说完。"

文四方挠着头坐下，说："唉，我这暴脾气——"

穆立民接着说："我的意思是，明天委屈一下陈四哥，就请陈四哥自称有剩下那名刺客的线索，要来领赏。我上次被抓进特务机关处的时候，看到过，凡是来报告线索要求领赏的人，都要在门卫室先登记姓名地址和良民证编号，然后，里面的人才会来把人带进去面谈。"

"那陈老弟会不会——"文四方看看陈文蛟，又看看穆立民。

"肯定没有任何危险。"陈文蛟说，"我想，鬼子既然鼓动别人来报告线索，那么，即使来人说得不准，只要不是存心戏弄他们或者有别的图谋，日本人也不会对这人下毒手。道理很简单，如果报告的线索不准确，来报告的人就会被他们杀了，那还有谁敢来报告？"

"那倒也是，那倒也是。"文四方不好意思地咧嘴一笑。

"等到进了鬼子的门卫室，陈四哥就可以好好查看一下那把大锁的情况了。"

"穆老弟这办法不错，"陈文蛟细细听着，又稍一琢磨，说，"我有个很熟的锁匠，住在城东南郊的垂杨柳。我明天上午先去鬼子的特务机关，中午回来画好图样，下午去垂杨柳找他。这种锁，如果只图样子一模一样，锁芯不必精工细作，做起来不难。如果连上做旧的话，就得需要三天。我在旁边打打下手的话，兴许两天就能做好。"

穆立民握起拳来往空中一挥，说："好，陈四哥，那这第一道难关，咱们算是有眉目了！"

文四方看着他们，说："穆老弟、陈老弟，你们都有事儿要办了，那我姓文的能出点什么力气呢？你们可别让我闲着啊。"

陈文蛟说："文大哥，你别着急，你摸清了夜间日本兵巡逻时的活动规律，这已经是有很大的功劳了。"

穆立民走到文四方面前，说："文大哥，你可以多和常在东堂子胡同一带趴活儿的车夫聊聊，看看谁拉过那个住在那儿的稻口德夫。"

文四方直点头："我这人笨嘴拙舌的，就有一膀子力气。现在让我打听什么事儿，那我也乐意，总比看着你们立功，我一身力气没处用强！对了，穆老弟，鬼子的机要室里，得有保险箱吧，咱们就算能顺顺当当进了机要室，保险箱怎么开？"

陈文蛟拈起一把削竹子制作扇骨的小刀，用刀背轻轻敲着桌面，说："其实，如果撬开保险箱的话，并不是非常困难。但是，如果被鬼子知道我们已经掌握了这份计划，他们势必改变军火运输方案，这样的话，我们就前功尽弃了。所以，最好能顺利打开保险箱，取出情报。要顺利打开保险箱，只有两个办法，一是掌握保险箱密码，二是有高人能打开保险箱。"

穆立民说："陈四哥，既然你这么说，你一定有办法！"

陈文蛟说："保险箱的密码，估计只有森本峤自己掌握，连稻口德夫都未必知道。这么一来，就只有找到高人，试着打开保险箱了。"

穆立民说："陈四哥，你就是高人，你本事这么大，能打开保险箱，对不对？"

陈文蛟笑笑说："人外有人，天外有天，我不敢自称什么高人。不过，这些年我倒是也见识过不少保险箱，这玩意儿虽然不断有新货色出现，可大体的道理是不变的。穆老弟，等咱们能进入机要室里了，我倒是可以试试。"

"四哥，你真行！"穆立民兴奋地说。文四方更是笑得满脸花，直朝陈文蛟竖大拇指。

陈文蛟站起身，说："文大哥、穆老弟，如果我明天上午一切顺利，我下午可就直接奔垂杨柳了，就连明天、后天晚上，都得住在那里。直到铜锁做好，我才能回来。咱们就大后天下午，还是在这里见。"

穆立民点头答应，又转向文四方，说："文大哥，咱们都抓紧时间行动，如果有消息，咱们不用等到后天，就明天下午两点，在银锭桥见。"

文四方嗯了一声，穆立民看着他枣红色的脸膛和憨厚的眼神，说："文大哥，我知道你功夫好，可你这么钻进鬼子的汽车后备厢，风险实在太大。"

文四方抓起旁边的茶缸子灌了几口水，抹了抹嘴，说："没事儿，穆老弟，我在鬼子的特务机关处门口都留意看过了，随时都有汽车、摩托车什么的进进出出，鬼子根本来不及一辆辆检查。再说了，就算真被鬼子发现了，我的拳脚可不是吃素的，总能拉一两个鬼子垫背。"

穆立民看着他说："文大哥，要是真遇到鬼子检查，你不用和鬼子拼命，他们的命，没有你的金贵，你得好好活着，以后有的是杀鬼子的机会。咱们留得青山在，不怕没柴烧！"

文四方憨憨一笑，说："行，我听你的！"

第十三章 吟 诗

穆立民骑着自行车出了烟袋斜街，望着不远处一前一后的钟鼓楼，心里竟有一阵茫然。毕竟，从接到获取日军军火运输计划的命令开始，已经过去了四天，虽然有一些进展，但决定性的问题——楼门钥匙、机要室钥匙、机要室保险箱，还没有明确的解决方案。他沿着地安门大街向北，很快到了鼓楼下。他向西绕过鼓楼，从鼓楼斜街一直穿过德胜门，上了城外的官道，又向海淀方向骑去。

这天晚上，穆立民回到燕京大学时，已经是晚饭时间。他来到食堂，只见几名同学正围在餐桌旁大声讨论着什么。郑国恒、焦世明几个男同学都已经双眼通红了。

郑国恒抹抹眼泪，说："我在广播里听到，在徐州方向，日军的阪垣师团和矶谷师团分东西两路进攻，这是两个甲种师团，都是日军里面最精锐的部队，兵员最多，装备也最好。日军东路的阪垣师团从山东潍县南下后，已经攻占了沂水、莒县、日照，正直扑临沂。现在，李宗仁长官已经命令庞炳勋将军死守临沂，挡住阪垣师团的正面攻击。庞炳勋是年过六旬的老将军，为了守住防线，他把自己的卫兵、伙夫都派上前线了。其实，谁都知道，他本来是冯玉祥的嫡系出身，根本不受蒋介石待见，只靠手里这点部队才能立足。但这回，为了守住临沂，他连自己家底都不要了。眼看庞炳勋就算拼光了部队也守不住临沂了，李宗仁长官迅速调派张自忠将军的第59军，日夜兼程驰援临沂——"

焦世明急得把拳头攥得紧紧的，说："庞炳勋和张自忠，一直有积怨，多年来可一直势不两立，张自忠肯去救援庞将军吗？"

郑国恒说："要不怎么说李宗仁长官，是真正的帅才呢。他对张自忠将军说，我知道你和庞将军之间的宿怨，而且，当年的确是庞将军受了他人利诱，才对你同室操戈，错在他，不在你。但是，如今庞将军正在和日寇顽强作战，随时可能牺牲，咱们都是军人，此时应当以国家民族为重。张自忠将军呢，本来也绝非鼠肚鸡肠之人，他当即表示愿意尽释前嫌。他的第59军，本来远在淮河流域，但他一接到驰援临沂的军令，立刻以最快的速度，向临沂方向增援。他还宁可步行，也把自己的战马贡献出来运送机枪。此时日军也掌握到张自忠部的动向，但是日方估计，59军最快也要三天的时间，才能从峄县赶到临沂，所以日军认为可以抢先击溃已经在临沂弹尽援绝的庞炳勋部，然后再以逸待劳地反击张自忠部。但是张自忠却率领59军进行日夜的急行军，在一日一夜之内，提前赶到临沂。因此59军在鬼子完全没有预备的情况下，就有如从天而降般地猛攻日军第5师团背侧，庞炳勋部将士更是玩命地从阵地反击，日军绝对没有想到中国军队竟然会进行这种内外夹攻的拼命打法。因此，在1938年3月14日到18日的临沂决战中，日军第5师团遭到极其惨重的损失，造成日军部队已经无法继续支撑作战，只有先撤退回莒县以困守待援。当时日军虽以超过一百多辆的卡车，满载阵亡的日军尸首匆促地奔逃，但战场上仍然遗留了不少的死尸。日军向来重视同胞尸首的处理，不是危急到没有办法，通常都会设法带回焚化，将骨灰带回日本。看来这一仗，真是把鬼子打疼了。阪垣师团肯定不会坐以待毙，等补给运到，很快就会重新发动进攻。"

有同学听到这儿，插话说："你说的是东线战场的情况，西线呢？"

"广播里没说，只是说西线的战事，比东线还要惨烈。"

焦世明把手一举，说："西线我知道！"他从怀里拿出一张报纸，在桌上铺开。只见上面有一张军人的照片，旁边则是大字标题："死守滕县，王铭章将军壮烈殉国！"一群同学顿时有人叹息，有人跺脚，又围起来细细看着报纸。穆立民也挤了进去，看到报上写着，日军西路矶谷师团对滕县进行了饱和式的狂轰滥炸，全部城墙都已经被炸成了破砖烂瓦，负责守城的第122师五千名川军将士伤亡殆尽，师长王铭章已经壮烈殉国。滕县一旦失守，日军随时会进犯徐州。"

"徐州会不会危险？"几个同学都议论起来。这时，郑国恒看到穆立民，赶紧说："立民，你前不久刚从武汉辗转回来，都快和鬼子打上照面了，你觉得，徐州、临沂的这场仗，咱们能打赢吗？徐州保得住吗？"

穆立民说："徐州这场仗能否打赢，徐州能否保住，现在说都为时尚早。22集团军以劣势之装备与兵力，阻击绝对优势之敌达三天半，日寇的兵员、弹药都损失巨大。无论滕县能否守得住，这已经是奇功一件了。"

第二天下午，北平城上空愁云密布，又是一个大阴天。穆立民骑车进了城，站在什刹海东岸的银锭桥下，看着桥身，想着这几天自己知道的鲁南战场上的惨烈战况，心里浮想联翩。当初在武汉东湖岸边，他在高铭志老师的召唤下，加入了地下党组织，成为一名红色特工，就已经下定决心，要随时准备为了完成党的任务付出任何代价。如今，他所肩负的任务能否顺利完成，对国家、民族的命运都将产生重大影响，这是他从前所未曾想到的。每次在报纸、广播里知道鲁南战场上的战事，每次想到日军在中华大地上犯下的累累罪恶，他都会攥紧拳头，命令自己哪怕豁出性命也一定要完成这次任务，彻底粉碎日军向鲁南前线进行支援的图谋。"慷慨歌燕市，从容作楚囚。引刀成一快，不负少年头。"他轻轻地说着。

这时，他也从桥下的湖水里，看到银锭桥另一侧另外两个人的倒影。这两人都戴着鸭舌帽，帽檐压得极低，还围着厚厚的围巾，一直在朝自己这边打量着。这两人，最近这几天他已经看到几次了。他猜出了这两人的身份，不由得摇摇头。

"先生，要车吗？"

这时，有人在身后说。他回头一看，只见文四方身穿一身粗布棉袄，正拉着一辆洋车，一脸毕恭毕敬的神情站在身后。同时，他还朝后一努嘴，朝自己使了个眼色，意思是让自己上车。

穆立民心想也对，两人衣着不同，站在一起的确有些古怪。他上了车，文四方拉着他，沿着什刹海慢慢走着。他看到，文四方一直在打量四周的情形，看来他有重要的事情要和自己说。

"穆老弟，有好消息要告诉你！"

终于，到了一个四周没人的地方，文四方仍然拉着车，但放慢了速度，身体微微颤抖，压低嗓子说着。

穆立民看看四周，除了远处湖边有一两个钓鱼的，再也没别人了。他轻声说："文大哥，东堂子胡同那边，你有收获了？"

"对！穆老弟，你可真行，出的招真管用！我照着你说的，找老在煤渣胡同、东堂子胡同一带拉活儿的穷哥们儿问了，还真给问着了！那户日本人，还真有些不地道！那个稻口德夫，每周四凌晨四点不到，都会从他们家后门出来，去东直门箕街！你猜他去干吗？"

穆立民想了想，说："他去的是箕街的鬼市？"

"对！"

听到这里，穆立民已经彻底明白了。这个稻口德夫，看来喜欢中国文物。北平是古都，自然有大量文物在市面儿上流通。其中的精品，自然是从故宫里流出来的，其次就是那些清廷大臣家里流出来的，再有就是不甘心当亡国奴的北平人家，卖了自家祖传的文物，当作路费离开北平的。还有一种，就是当了汉奸的，仗着日本主子的势力，到处强抢了文物后再出手的。这些文物自然有明面儿上的售卖场所，琉璃厂就是如此。但是，也有那种来路不明的文物，就在鬼市寻找买主。因为在这种地方，人们都是鬼鬼祟祟交头接耳地做交易，再加上这种交易都是在天亮前进行，这类场所也就被叫作鬼市了。那时，北平城里有好几个鬼市，距离东堂子胡同最近的，就是东直门箕街的鬼市。

文四方拉着车，慢悠悠地说："这个日本人，每回去箕街，总是叫车夫在箕街东头下车，又让车夫去西头那棵大槐树底下等着他。每回他都往家运不少东西。这些东西都拿包袱卷儿裹着，也不知道有多少咱们中国的好东西！这个鬼子，每次都很准时，六点天亮前准到家。怪不得周围的街坊都不知道他有这一手！"

"文大哥，明儿就是礼拜四。"

"对！咱哥儿俩好好合计合计，明儿给他来个明抢！他整天待在特务机关处，咱拿他没辙。等明儿他落了单，看咱弄不死他！"

"文大哥，多杀一个两个日本人，虽然解气，终究不是要紧事。他要是死了，那个日本鬼子的特务头子森本峤肯定怀疑，肯定就把那份情报换地方了，咱们得不偿失。更何况，咱们的目的，是从他那里弄到机要室的钥匙，这样的话，就更不能引起他的怀疑了。明天，咱们还是要智取！"

"行，你脑子灵，听你的。"

穆立民想了想，说："明天一早，你早点儿到箕街去，在那儿等着我。你要找辆洋车，我和稻口德夫见了你后，你把他拉陈四哥那去，五点前就必须到。我到时骑自行车在后面跟着你，也到那里去。"

"把那个鬼子带到那儿去？"文四方有些犹豫。

"文大哥，我知道你的意思，你不用担心，到时我会蒙住他的双眼，他根本不知道自个儿去的是哪儿。再说了，就算知道，他也不敢声张。到时那份军火运输计划因为他落在咱们手里，他要是敢报告，自己个儿就得先被军法处置。"

"那倒是！穆老弟，你说说到时让我干什么？"

"你到了那里后，就和稻口德夫到里屋去，你要让他在里面至少待上三分钟。拿钥匙在蜡版上印蜡模，有个三分钟就差不离了。"

"行。你说的，我都记住了。对了，穆老弟，你刚才在银锭桥那儿念的那首诗可真好听。是什么人写的，你怎么好好念起诗来了。"

"写这首诗的人，你肯定知道，就是国民党副总裁汪精卫。现在全中国，除了蒋介石，就数他官位高了。"

"你说的，就是那个批准了和鬼子签订的好几个条约的汪精卫？"

"对，他是批准了《何梅协定》《秦土协定》，前一个协定把河北送给日本人，后一个协定把察哈尔送给日本人。"

"这个狗东西，如果不是这两个协定，鬼子还没法儿这么快就打下北平。他这首诗也不是什么好词吧，你背谁的诗不好，偏偏背他的。"

"文大哥，汪精卫的这首诗，倒真是写得意气风发、慷慨激昂。"

"这个卖国贼，还能写出什么好词儿？"

"这首诗，是他年轻时写的，距离现在已经二十八年了。那年，辛亥革命就快要爆发了，他早就参加了孙文先生的同盟会，当时他到北京，计划行刺清廷摄政王载沣。行刺的地点，就选在了银锭桥，因为载沣每天上朝都要经过那里。他在桥下埋了炸弹，想炸死载沣。但他的行动失败了，被捕入狱。这在当时当然是死罪。汪精卫知道自己难逃一死，他在狱中写下了这首绝命诗。"

"这首诗听起来还挺好听，是什么意思？"

"这首诗的第一句和第二句，叫作'慷慨歌燕市，从容作楚囚'。这是个典故，说的是从前春秋战国的年代，一个名叫荆轲的刺客到了燕国，整天和当地一个名叫高渐离的好汉饮酒，还边喝边唱。"

　　"荆轲我知道，曾经刺杀过秦始皇。我知道了，他这是把自己比作荆轲这样的英雄。"

　　"按照他当时的行为，的确算得上大英雄，和荆轲相比也没问题。他这诗的第二句，是'引刀成一快，不负少年头'，意思是说为了国家，被砍头也没关系，年轻人就应该为国牺牲，这样的死法，是人生一大快事。当时他已经被判死刑了，这首诗就是他被关在监狱里等死时写的。如果不是辛亥革命很快就爆发了，他还真就为国捐躯了。"

　　"哼，说得怪好听，这个汪精卫，以后他还指不定干出多么卖国的事儿呢。现在他是全国权力第二大的人，要是卖起国来，那可把中国人坑惨了。"

　　两人又商量了一会儿第二天的行动，就各自回去准备了。这天晚上，穆立民又把计划盘算了好几遍，确信已经是万无一失了。

第十四章 古 董

　　稻口德夫对于在中国的生活，基本是满意的。这天的清晨，一开始他觉得一切都和往常一样。他的闹钟凌晨三点半就响了。他起床后，穿好一套中国男人常穿的长袍马褂，戴上瓜皮小帽。这些衣物，都是五成新的，质地都是中上等。他知道，去篑街的话，衣物不能太差，因为如果穿得破破烂烂，那些卖主会觉得自己没什么实力，不会把珍贵一些的文物给自己看。同时，衣服也不能太好，太像个阔少，因为这样的话，又有被"宰"的风险。他知道自己的汉语水平，简单的几句对话，还是能蒙混过去的。如果说得多了，就可能露馅。

　　他知道，特务机关处里有专门的部门，在调查搜集中国的文物。他很看不起那些人，觉得他们缺乏文化的熏陶，仅仅是把搜罗文物当成一项枯燥乏味的工作，自然也不能从中国的文物里享受到很多乐趣。自己就不是这样。他觉得，中国的文物，无论是瓷器，还是绘画或者别的古董，都是无与伦比的艺术品。当他把一件中国的文物弄到手，在家中细细观赏的时候，都觉得文物能带给自己一种巨大的愉悦。他曾经在英国、美国、法国的很多博物馆里看到过中国的文物，他知道，这些文物都是中国在被这些国家侵略时被那些外国兵掠夺走的，或者是被外国的学者以"研究""保存"的名义，在中国人手里连偷带骗地弄走的。每当这时候，他都觉得这些欧美列强真是一群强盗，仗着自己的军事实力，在全世界横行霸道，简直可恨至极。但是，对于日本在中国夺走的文物、矿产、粮食、木材，他却觉得是理所应当的。因为他觉得，大和民族是世界上最伟大的民族，其他国家就应该把最好的东西贡献给日本。文物、矿产这些宝贵的东西，留在原来的国家完全是浪费，都不如让日本人拥有他们。他日复一日地这样想着，却丝毫没想到自己的想法里有多么大的矛盾。

在所有的中国文物里，他最喜爱的，还是中国的瓷器。在日本国内的时候，他经常去博物馆里欣赏那些中国瓷器，他往往在瓷器前，一站就是几个小时。建窑油滴窑变茶碗、越窑秘色釉青瓷杯、龙泉窑粉青釉香炉这些宝贝，让他朝思冥想，渴望自己有朝一日也能拥有。终于，他被一纸调令调到了中国，在踏上中国的土地第一天，就打算好好收集一番中国的文物。他知道自己从事着情报工作，凡事要小心谨慎，刚来到中国时，根本不敢去琉璃厂这些最有名的古玩市场。后来，他听说中国有钱人家的破落子弟，经常把手里的家传文物在凌晨的鬼市上出手，仔细盘算了几天，就专门在这个时间出门购买文物。尤其是他知道距离自己家不远的东直门内簋街就有这种鬼市，就把这里当成扩充自己收藏品的来源了。

这天凌晨，他起床后，简单洗过脸，拎着一只皮包就出门了。皮包里，还放着一块足有半张床单大小的包袱皮。他所希望的，是从鬼市上返回时，皮包和包袱里都装得满满的。

他穿过后院，到了后门，先是抽下门闩，慢慢打开院门。这个时间的北平，还处于黑夜之中，院外的胡同里还是黑魆魆一片，他冷得哆嗦了几下，然后朝着胡同深处轻声叫着"车，有车吗"。

黑暗中，一阵车轮碾动的声音传来，一个穿得破破烂烂的中国车夫，拉着一辆洋车出现在他面前。

他迈上车，轻声说了句"簋街"，然后就一声不出了。那车夫也没再多问，就径直朝东拉去。两人出了东堂子胡同，往北一折，不远就到了交道口。稻口德夫远远望过去，沿着簋街一直到东直门城楼底下，已经影影绰绰站了不少人，讲究点的，在脚底下摆下盏油灯，在油灯旁边摆上各种物件儿。那些不讲究的，就把要出手的物件儿，随随便便往脚边一撂，然后把手往袖筒里一揣，背靠在墙上，眯起了回笼觉。

"停下，停下，你去西头等我。"稻口德夫让洋车停下，自己迈腿下车。他又拿过围巾，把口鼻围了一圈，为了让自己说起话来更含混，别人听不出自己是日本人。

整条簋街最东头的那个摊儿，摆的倒是自己最喜欢的瓷器。但是，他收藏瓷器，也有些年头了，书房里已经有了十来件不同朝代、不同品种的瓷器。对于中国古瓷，他已经有了些眼光。此时摆在簸街东头街面上的瓷器，他不用问就看得出来，这些都是很普通的晚清民窑。

他往前踱着步，第二个摊子，是七八个蛐蛐儿罐子。看到这些，他嘴角露出轻蔑的笑容。这几乎是他最鄙视的一类收藏品了。这些罐子，的确很精致，罐子上的图画都很精美。但是，在他眼里，养蛐蛐儿、遛鸟这些消遣，几乎可以和吸鸦片画等号，都代表着这个民族堕落腐朽的一面。

第三个摊子，终于值得他停下脚步，弯腰审视一番了。这里摆放的是几沓线装本古籍。他拿起一本，认得封面上的字迹，是中国明朝刊刻的大学者宋濂的《宋学士文粹》。他拿起来翻了翻，觉得书页也都是地道的白棉纸。他心想，明朝的中国，还是远远领先于日本的，只是日本在明治维新后，就把中国越甩越远了。他随口问了问价钱。摊主说这套书不全，只有七到九卷，"这三卷您包圆的话，给两块大洋就得了。您要是单买，可就得一卷一块大洋了。"

他买了三册，继续慢慢朝前走着，眼看就要把这一大片摊子转完了。当然他也看到了几个专卖瓷器的摊子，但这些瓷器要么年代不老，要么保存得不好，多有缺损，品相实在不好看。终于，转完最后一个摊子，他只买了那三册明版书。这时，一个穿着大号棉袄的汉子，从墙根儿底下站起来，凑到他面前。

他下意识地往后退了一步。他知道，每次鬼市，都有几个蹲在墙根儿那边的。他们每人就那么一件两件货色，没法儿摆摊。更重要的是，他们的东西，基本都来路不正，非偷即抢。那汉子见他想走，绕到他面前，从怀里摸出一样东西，沉着嗓子说："您瞅瞅！"

那东西已经横在稻口德夫面前，他接过来细细看了一阵子。这是一只斗彩大碗，上面画着用火焰纹围着的吉祥四宝——金鱼、胜利幢、宝伞、白海螺，碗口处还有一层海水纹。稻口德夫心里一动，把碗接过来，看了看碗底。

碗底是明明白白的白沙底，双圈纹里的六个楷书大字"大清雍正年制"更是端正紧密。稻口德夫惊喜得有些眩晕，他控制住神色，又细细看了看纹饰，说："这应该是斗彩吉祥八宝海水纹碗。这种碗向来都是成双成对的，另一只碗呢？"

"您是行家！"那汉子朝他竖起大拇指，说，"另一只您也想要？"

稻口德夫点点头："你开个价。"

那汉子微微一笑，伸出三根手指，在他面前晃了晃。

"这对碗三十块大洋？"

"一只三十，一对六十。"

那时北平的中等人家，一个月的衣食用度也不过两块大洋。这对碗虽然是雍正官窑精品，六十块大洋的价钱也着实不低。稻口德夫不想多耽误时间，就说："行。碗呢？"

那汉子说："您是识货的，这整个鬼市上，都没这路宫里的细货。我要是把俩碗都拿来，那不是招贼惦记吗？另外那只，在我家，您真诚心要，那您受累，跟我去一趟。"

稻口德夫看看手表，已经四点五十分了，他说："您家在哪里？"

那汉子说："您这话可就又外行了。我家在哪儿，我能随便说吗？不过，我倒是能告诉您，上了洋车，十五分钟，准到！"

稻口德夫一咬牙说："行，我有车，我跟着你去。"

那汉子嘿嘿一笑，往他跟前凑了凑，压低声音说："我可不敢让您就这么去，我怕您记路。您要真想去，得按我的规矩。"

稻口德夫不明所以，说："你的规矩，是什么规矩？"那汉子说："这规矩，其实也挺简单。您哪，得坐我的车。"

稻口德夫跟着他绕到东直门城墙底下一棵大槐树旁，只见一辆洋车正停在树后面。"您请上车。"那汉子说着，从怀里掏出一根两寸多宽的蓝布带子，说，"这位爷，得给您戴上这个，把眼蒙住。"

稻口德夫说："你是怕我记住你家在哪儿吗？你放心，我是本分人。"

那汉子笑眯眯地走到他跟前，说："给您说实话吧，我知道，您是皇军。您的中国话，说得已经挺溜了，但要是细听，还是能听出来不够地道。您要是日后带上好几号皇军，到我那儿把东西都给充公喽，我往哪儿说理去？"

稻口德夫只得答应，那人把他的眼拿蓝布蒙好，这才拉起车。稻口德夫把手枪轻轻拨开保险，在兜里攥得紧紧的。

那汉子拉着蒙上眼的稻口德夫，一路跑到了烟袋斜街。他把车停在暗处，扶着稻口德夫下车，进了陈文蛟的扇子店。他掩上门，才把蒙眼布摘下来。稻口德夫一看，屋子里掌着几处油灯，所以四处都亮堂。

"碗在里屋。"那汉子朝里屋的方向指了指。稻口德夫刚要往里走，那汉子伸出右手，做了个开枪的动作，说："您身上带着硬家伙吧？您要进去看货，得把家伙留下。"

稻口德夫无奈，只得把枪取出。那汉子说："您多包涵，我还得搜身。"

"我就带了这一把枪！"

"嘿嘿，您要是藏把着枪进去，把东西直接拿走，我也不敢追您，所以啊，我还必须得搜一搜您。"

稻口德夫只得张开双臂，任由那汉子搜身。等摸到他右手手腕，那汉子一皱眉，摘下一枚用皮绳绑在手腕上的钥匙。他随手就拉开抽屉，把钥匙放在手枪旁边，然后把稻口德夫推向了里屋。稻口德夫看了一眼钥匙，稍一犹豫，还是进了里屋。

那汉子插上里屋的门闩，先是弯腰掀开墙角一只樟木铜活箱子，从里面取出一个木盒，双手托着放到桌上，接着把怀里那只斗彩大碗取出来，"您上眼。"

稻口德夫打开木盒，取出里面的大碗，左右手各执一只，细细看了起来。新看到的这只碗，大小形制，还有海水纹、底款，都和刚才那只一模一样，只是图案变成了吉祥八宝里的另外四宝——莲花、宝瓶、吉祥网、金轮。他知道，在中国的文物古玩行当里，有"大开门儿"的说法，指的是那种不用细看，只凭各种显而易见的特征，就足以令人相信是真品无疑的古物。他收藏品鉴中国瓷器多年，多少有了些眼力，在他看来，这一对碗，就是"大开门儿"的好东西、真东西。他现在的反复观看，不是在鉴定，而是在欣赏。

过了片刻，他才想起自己正身处陌生环境，不知道此地离家多远。他定定神，说："好，是真东西，我要了。"说着，他从公文包里掏出一只鼓鼓囊囊的牛皮纸信封，从里面数出六十枚银圆，摆在桌面上，朝那汉子做了个"请"的手势。

"您容我数数。"那汉子扯过椅子，嘴里念念有词地数了起来，还每数一枚，就吹口气，在耳边听听成色。稻口德夫有些焦急了，抬起手腕看看表，已经是五点五十分了。他回头瞟着门闩，恨不能拉开门闩冲出去。

终于，六十枚银圆点完，那汉子微微一笑，说："和您做生意，真痛快。"他站起身，打开了屋门。稻口德夫把两只碗都放进木盒，夹在腋下快步走了出去。他到了外屋，拉开抽屉，看到自己的手枪和钥匙在原地纹丝不动，这才长出了一口气。那汉子到了他身后，嘻嘻笑着说："得罪了，还得给您蒙上。"

文四方拉着洋车，把稻口德夫送回了篁街，又把洋车还给了车厂。下午两点，他又来到陈文蛟的扇子店，陈文蛟和穆立民都已经在里面。穆立民一见他，马上说："文大哥，你早上干得太漂亮了，你把稻口德夫领到里屋，我就在外面用蜡模印好了钥匙。"

文四方哈哈一笑，说："那个鬼子，当时在里面急得跟热锅上的蚂蚁似的，既想拉开门冲出来，可又舍不得那一对瓷碗。看瓷碗的时候，那眼神还时不时往门这边瞟。"

陈文蛟接着说："蜡模我已经交给了朋友，今晚就能刻好钥匙。"

文四方问："陈老弟，那把铜锁造好了吗？"

陈文蛟微微一笑，拉开了抽屉。文四方一看，只见里面是一只七八成新的铜制大锁。他拿在手里掂了掂，正是这种锁应该有的分量。他从怀里掏出把钥匙，往锁眼里一捅，又是一拧，锁应声而开。

文四方使劲搓着手，说："陈老弟，你这哥们儿可真行！明明是新做出来的，偏偏看上去跟旧的似的。而且，还真是有把钥匙就能打开！"

穆立民打量着陈文蛟，只见他不过三天没见，脸上已经瘦了一圈，可见这三天他几乎没怎么休息。穆立民说："四哥，你三天没睡安稳觉了吧，赶紧好好补一觉吧。"文四方也说："是啊，陈老弟，这三天你肯定是连轴转了。"

陈文蛟笑笑，朝他们说："文大哥、穆老弟，把锁做旧并不难，难的是你们把稻口德夫真给蒙住了，还让他乖乖地把机要室钥匙交出来。"

穆立民说："现在距离日军开始运输军火还有四天，明天上午，我和文大哥到特务机关处演一场好戏，用这把锁把警卫室里的锁换过来。"

文四方一拍胸脯，说："行！这回也该我去了！"

　　穆立民说："文大哥，您甭着急，怎么换锁，我都想好了，到时咱哥儿俩一块去，准能把事儿给办成喽！"

　　穆立民把锁装在书包里，穿上学生装，按照约好的时间来到煤渣胡同。在警卫室门口，已经排了一支不短的队，足足有二十多号人，在那里低垂着头，一个接一个走进警卫室。自从日军占领了北平城，就强迫城里百姓必须持良民证，才能出入城门，办各种手续。但北平人不到非办不可的程度，都不愿办这张证。

　　穆立民排到了队尾，这时，在队列的前方，有个穿着一身棉猴的高个儿，正时不时朝队尾方向瞟着。文四方见穆立民来了，心里一喜。队伍在慢慢向前移动着，不大工夫，文四方就进了警卫室，马上就轮到他办手续了，他已经看到，那枚巴掌大的铜锁正挂在警卫室的墙上。他把穆立民告诉他的行动计划回顾了一遍，忽然一侧脸，对身旁一个拎着枪站岗的日本兵说："长官，刚从这儿出去的那人，我看着特别像通缉令上的一个人。"

　　那日本兵哗的一声把枪举起来，用半生不熟的汉语说："你说的是谁？"

　　文四方伸出胳膊，远远地朝院门胡乱指着，大声喊着："就是他，刚出去的那个男的！"说完，他扑通一声倒在地上，一口气扫倒了几个人，还大喊："谁推我，是不是凶手的同党？"人群顿时骚乱了起来，原本整齐的队伍变得不成形了。穆立民则大声朝四周喊着"前面有通缉犯，谁抓住谁有赏"！他自己朝警卫室冲去，顺势推倒了几个人。此时，警卫室内外更加混乱，正在警卫室周围的日本兵一看形势不对，纷纷端着枪冲了进来，警卫室的人吓得想逃出去，外面的人则想着抓通缉犯领赏金。文四方和穆立民互相使了个眼色，文四方一纵身，跳到桌上，又从窗户跳了出去，嘴里喊着："皇军要杀人了，大伙儿快跑，别要钱不要命了！"

　　穆立民趁着别人的注意力都集中在文四方身上，从怀里掏出那把假锁，和墙上挂着的锁换了过来。

　　一个日本军官举起手枪，朝空中砰的一声开了一枪，人群顿时安静了下来。文四方装出恭恭敬敬的样子，对这人说："长官，我刚刚看到一个人，长得和通缉令上的人一模一样。"

"他在哪里，你把他找出来。"这个日本军官说。

文四方点头哈腰地答应着，把人群里的中国人一个挨一个地细细打量起来。看完一个人，他摇摇头，说："不对。"直到把警卫室内外的中国人看完，他都没找到他说的像通缉令上凶手的人。他垂头丧气地说，"皇军，那人大概逃跑了。"

"八嘎！"一个日本兵气得把枪口对准文四方的额头，拉动了枪栓。人群一阵惊呼，这时，那个军官往他身后一伸手，把枪夺了过来，还用日语说了几句。那个日本兵大声"嗨"着答应了，把枪收了起来。他对文四方说："你，快办手续吧！"

文四方满脸堆笑地回到警卫室，人群也恢复成了长长的一队。有中国人在小声议论着："刚才那个当官的鬼子，说了些什么？"

"他呀，说的是你把这个人打死了，以后就没人向皇军报信了。"

"鬼子还真滑头！对了，你说刚才前面真有通缉犯吗？他们都被通缉了，还敢来领良民证？"

"那谁知道！不过，通缉犯都是不怕死的！"

在人们的胡乱议论中，队伍恢复了秩序，重新向前缓慢移动起来，就像刚才没有发生任何事一样。

穆立民和文四方回到烟袋斜街，陈文蛟见他们一起进屋，这才放下心来，又见他们脸上均有笑意，知道事情已经办妥了。他给两人各端上一碗茶，还是忍不住问："文大哥、穆老弟，锁换过了吧？"

文四方三两口喝完茶，把碗往桌上一撂，抬起袖口抹抹嘴，说："你放心，锁都换好了，穆老弟下手换的，动作利索着呢，神不知，鬼不觉！"

穆立民把碗放下，笑了笑，说："全靠文大哥装得像。"

陈文蛟还是不太放心，说："两把锁，是一模一样的吧？"

穆立民从怀里把那把换下来的铜锁往陈文蛟手里一塞，说："四哥，这两把锁，大小轻重，还有新旧，全都一样，就算整天用的人，都分不出来！"

陈文蛟掂了一阵子锁，这才说："看来，这三天的辛苦，没白费。穆老弟，那到了今儿晚上，我和文四哥混进鬼子的特务机关处去。机要室的钥匙也做好了，运气好的话，今儿晚上就能把鬼子的情报弄到手。就算那里面真个是保险箱，我今儿看明白它到底什么样，回来后慢慢琢磨琢磨，也准能把它弄开。"

穆立民摇摇头，说："四哥，晚上还是我和文大哥去，咱们今天晚上，主要是为了探路，如果那里有保险箱，虽然我没办法打开，但我拍下照片回来给你一看，那不就和你亲自去看一样吗？"

陈文蛟摇摇头："穆老弟，你是整个行动的负责人，你可不能出意外。更何况，你是穆家的公子，你们家呢，是北平城里有名望的高门大户，家大业大，如果你的身份被日军识破，对你家太不利了。我就不一样了，孤家寡人一个，哪儿死了哪儿埋！再说了，穆老弟，我混偏门都混了二十年了，对保险箱比你熟。"

文四方伸出左右两只胳膊，拍拍两人肩膀，说："你们两位都是为了完成任务，都不怕危险，可有一样，行动的时间可就那么七分钟。这七分钟里要干哪些事儿，你们都知道，可我还愿意再说一遍。要打开楼门的锁，再到四楼机要室，再打开机要室的门，拿照相机拍下保险箱。然后关上保险箱，原路返回。这些事儿，可真不少，陈老弟，我觉得还是让穆老弟去，最起码他到楼里面去过。而且，陈老弟，我说句不中听的，穆老弟的腿脚，多少也比你利索点，对吧？"

陈文蛟一言不发地坐下，眼圈已经通红了，他猛地一拍自己的右腿，"不争气的东西！"

"四哥，你可别这样，你的贡献已经够大了！"穆立民忙说。

文四方轻轻打了一下自己的脸，说："打你这臭嘴！"接着，他一扬脸，说，"这都晌午了，咱们赶紧议议晚上的行动。"

穆立民拿过一支毛笔，蘸了清水，在桌上画了一条湿线，又在线上画了六道横线，把湿线分成七份，这才说："文大哥上次摸黑潜到鬼子的特务机关处，查到那几个警卫晚上到楼后巡逻的时间都是七分多钟，那么，咱们就按照七分钟，来算从进那栋楼再到出来的时间。如果还是按照文大哥在车库里看到的，那八个日本兵从楼的东侧巡查射击场开始算，我从车库出来，在楼的另一侧绕过去，跑到楼门口打开锁，大概需要半分钟，跑上四楼又需要一分钟。打开机要室房门，找到保险箱，大概需要一分钟。给保险箱拍照，是最费时的一步，这也可以说是最危险的一步。因为为了避免被人发现，我不能用闪光灯。保险箱我至少要拍三张，才能保证清晰拍下保险箱的图样，这至少需要两分钟。这已经用去四分半钟了。接下来，我必须在两分钟内，离开机要室，再离开特务机关处大楼，藏身到大楼的东侧，这样才能避免被那八名日本兵发现。因为这时他们正巡逻到了大楼西侧。然后，等日本兵回到大楼门口，我就可以撤到车库里了。"

陈文蛟看了一会儿那条渐渐消失的水线，说："你们怎么混到车库里去？还是用文大哥上次的办法？"

穆立民想了想，说："文大哥的办法挺管用，也没有被鬼子察觉，我觉得可以继续用。"

文四方说："那天一黑咱们就过去。"

几个人又把当晚的行动过程细细分析了一遍，确定由文四方在车库里计算时间和观察情形，穆立民负责潜入日军特务机关处机要室，摸清保险箱的情况。

这几天，矶口孝三和岗野石男一直按照森本峤给他们的那份名单进行调查。在调查中，两人有过分工，矶口孝三负责调查穆兴科的家庭成员，岗野石男负责调查家庭之外和穆兴科有过接触的人。这天下午，两人来到常去的居酒屋里，盘算着这几天的调查结果。因为这几天一直没什么像样的收获，两人都是心事重重，不知道如果森本峤盘问起来，他们该如何回答。为了排遣烦躁惶恐的情绪，两人决定索性奢侈一番，要了一个包间，点了满桌的高档料理，光寿司就有七八种，还有寿喜烧、天妇罗之类，他们还点了刚刚从日本国内来到北平的艺伎来包间里为自己表演。

两人几杯清酒下肚，看着艺伎曼妙的舞姿，都感叹这样有酒喝、有歌舞可以欣赏的生活，才是自己这样的男人应该过的。但是，两人都知道，虽然自己工资不低，但还是无法维持太多今晚这样的享受。两人越喝越多，忍不住发起了牢骚。

艺伎在房间的另一端舞动起来，矶口孝三看了一会儿，低头抿干了一杯清酒，说："穆兴科回家后，仅仅和家人有过接触。除了曾经到特务机关处进行身份甄别，就一直待在家里。"

岗野石男闭着眼睛，专心咀嚼着一枚寿司，一脸满意的神情。等咽下寿司，他才睁开眼，说："难道他的家里，隐藏着中共或者军统的特工？"

矶口孝三摇摇头，说："他的家人中，除了父母、奶奶、弟弟，还有十多个仆人或者他家那个天祥泰绸缎庄的伙计。这些人我都已经调查过了，都是北平城外穷人家庭出身，全部都在穆家做工多年。来穆家时间最短的，也已经有八年了。"

岗野石男细细打量着面前的各种食物，嘴里说着："这么说的话，杀害穆兴科的人不会在他的家里。按照森本课长的说法，他把穆兴科发展成为大日本帝国服务的间谍，最多也不过七年的时间。所以，他的家人里不会有人是杀害他的凶手。"

矶口孝三端起酒瓶，又给自己倒满了一杯。他端起酒杯，刚要喝，像突然想到什么似的，把酒杯拿开，说："岗野君，穆兴科有没有到他家附近别的店铺去过？森本课长说他除了是大日本帝国的特工，他也是中国的军统特工。说不定军统方面会把他家附近的某家店铺作为接头地点，后来，在这家店铺里工作的中国人，发现了他为大日本帝国服务的身份，就杀害了他。"

岗野石男从寿喜烧火锅中用筷子夹起一大片牛肉，先是欣赏了一会儿牛肉细腻精美的纹理，抽动鼻头嗅了嗅肉片的香味，才把牛肉放入口中嚼了起来，嘴里还发出啧啧的赞美声。等他咽下牛肉，才说："他家所在的珠市口一带，我们早就派驻有多名情报人员。其中有一位铁匠，已经在那一带潜伏了多年。可惜的是，他前不久被害了。好在有别的情报人员，在一直观察穆兴科的活动。他们告诉我，穆兴科回到家里后，极少出门，从他打过交道的人里，找不出任何怀疑对象。"

矶口孝三垂着头看着自己面前的酒杯，喃喃自语："家人没有嫌疑，家庭之外的其他人也没有嫌疑，难道我们的调查方向搞错了？"

这时，岗野石男已经紧紧盯住寿喜烧火锅中一块浸饱了汤汁的豆腐，他眯起眼睛，就像是要对暗处的敌人发起突袭一样，嘴里不出声地嘀咕着，瞄准着正在汤汁中翻滚的豆腐，把筷子慢慢伸了过去，猛地夹住了自己的目标。他看着冒着热气、滴着汤汁的滚烫的豆腐，重重咽了口唾沫，说："森本课长给我们的名单上，一共三十多个中国人，现在，我们把每个人的情况都摸清楚了，里面没有人值得怀疑。这说明，这个办法是行不通的。毕竟，矶口君，我们两个人不可能在短短三天内，对这个名单上每个人的情况进行特别详细的调查。"

矶口孝三脸上的愁容越来越密，说："那可怎么办？我们一定会被森本课长军法处置的。"

岗野石男瞟了他一眼，慢条斯理地说："矶口君，昭和六年的满洲事变（1931年的九一八事变——作者）后，我记得你跟随所在的第二师团，奉命进驻在中国的长春。当初你做的是什么工作？"

矶口孝三不知道他为什么在这个节骨眼儿上忽然提起这件事，但他知道，岗野这家伙不会随便问问的。他挠挠后脑勺，说："当时我在第二师团步兵第四联队，奉命清剿长春周围的东北抗日联军。"

"那你一定打过不少仗吧？"

"对。中国人的这支武装力量，是由中共领导的，装备虽然很差，但战斗力非常强。我们每年都要集中大批的兵力，连续进行扫荡，但也难以消灭他们。当时我们在长白山的密林中和中国的这支部队作战，对方明明都是装备低劣，连食物都很少的游击队，我们不但难以剿灭他们，还经常在战斗中输给他们。我的很多仙台老乡（日军第二师团的兵员主要来自日本仙台，故该师团又名仙台师团——作者），都在一场场遭遇战、埋伏战中被打死了。那时，我眼看着身旁的老乡，被不知从哪里射出来的子弹打死，他们脑门上、胸前蹿出的鲜血把面前的白雪染红，心里害怕极了。后来，我因为汉语学习得快，在中国生活的时间长，森本课长组建北平特务机关处情报课的时候，就把我从前线部队中招入了。"

"当时我在独立步兵第一大队，驻扎在公主岭。这支部队也在和中共领导的武装力量的交战中，受到很大损失。"

"岗野君，森本课长随时可能查问我们的调查进展，如果他对我们不满意的话，一定会给我们极其严厉的惩罚。这个时候，你回忆从前的事情做什么？"

岗野石男神秘地笑了笑，扬起手来重重拍了拍。房间另一侧的艺伎停下了舞动腰肢的动作，和乐师一起朝他们鞠完躬，就拉开房门退了出去。

等四周都安静下来，岗野石男起身开门，确认门外空无一人，这才回到座位上，压低声音，说："矶口君，我们两人都有大量的战斗经验，但是，森本课长却没有，对不对？"

矶口孝三一歪脑袋想了想，说："对。森本课长虽然也在短暂的时间内担任过低级军官，但他的兴趣一直在情报工作上，没有太多实战经验。岗野君，森本课长的经历，和我们正在进行的调查，到底有什么关系？"

"矶口君，穆兴科的尸检报告上有个问题，我希望你能够注意。穆兴科死于枪伤，我们在战场上，知道这种击穿肺部动脉的枪伤，虽然很致命，但从被击中到失去还击能力，至少还有十五秒钟的时间，这足够一名训练有素的士兵开枪还击敌人了。但是，死者当时明明有一支手枪，枪里也有子弹，他似乎并没打算还击。森本课长虽然杀过很多人，但他都是用刺刀刺穿敌人的心脏，或者直接开枪射击敌人的头部，死在他手下的人，都是在瞬间就死掉了。所以，森本课长没有想到死者在中弹后，为何没有开枪还击这个问题。"

矶口孝三愣住了，他开始觉得这些情况的确非常可疑，但这些能说明什么，自己还真的想不到。

第十五章 夜 探

　　这天晚上，在陈文蛟的扇子店里，穆立民和文四方对好表，穆立民带上小型照相机和钥匙，文四方带上上次用过的工具，出发到了煤渣胡同。这次恰好有一辆车厢里盖着篷布的卡车要返回日军特务机关处，两人在旁边看到车里空空荡荡，文四方略施小计逼停了卡车，两人飞快地翻上车钻进了篷布下面。

　　卡车开进车库停下后，驾驶员大摇大摆地回兵营了。两人在车上等着，一直到了天色黑透，整个大楼灯光熄灭，才跳下车，守在车库门口，通过门缝盯着外面的情形。八点钟到了，日本兵开始换岗，每一步都和上次文四方看到的情形一模一样。等到这八名兵结束换岗，穆立民一看时间，是七分三十二秒，和文四方记录的时间相差无几。

　　"文大哥，鬼子下次换岗时，咱们动手。"穆立民说。

　　十点钟到了，两人看到四名日本兵出了兵营，迈着正步走向大楼正门，穆立民朝文四方点点头，拉开车库门，轻轻走了出去。

　　此时，整个射击场上空无一人，清冷的月光洒在沙石地面上。一身黑色短衣的穆立民，飞快地穿过射击场，跑向特务机关处大楼的东侧。这段路不过六十米左右，文四方生怕他会中途摔倒，紧张得两只手一直在紧紧攥着。他觉得这段路简直远得跑不完。终于，穆立民跑到了楼旁，贴墙站着。他的衣服颜色和大楼的水泥外立面别无二致，就算在他身边走过，都未必能发现他。那八名日本兵在大楼西侧出现了，齐步走的声音在深夜时分格外响亮。文四方看到，穆立民快步绕到了楼前。

从这时开始，文四方就看不到穆立民了，这让他更紧张了。他瞪大眼睛看着大楼的每一扇窗户，想象着穆立民的行动进展。然后，他又死死盯着四楼最西侧的那面窗户，那就是机要室的位置。可是，那里始终没有任何灯光。他知道，穆立民的计划是进入机要室后，如果里面的确有保险箱的话，就用手电筒当作光源，来拍摄保险箱。为了避免光线泄露，他随身携带了一块巨大的黑布，足以连人带保险箱一起蒙住。他看看手表，已经过去三分钟，那八名日本兵已经走完射击场外围的一大半。他们越来越接近车库了，那十六只马靴在地面上重重起落的声音，震得他耳膜有些刺痛了，好像每一次落下，都是踩在他心脏上一样。

不知为何，他竟然在这个时候想起了自己的童年。八国联军打进北京的时候，他已经记事了。

那时，他全家都住在一个有爵位的大人的府里。父亲是大人的幕僚，其实，每天的工作就是陪着大人下棋、听戏。八国联军打进北京后，一队扛着膏药旗的日本兵闯进了那个府第所在的胡同，一家挨着一家地抢东西，杀人，糟蹋女人。那位大人早带着老小跑了，自己一家无处投奔，就只好原地不动。结果呢，父亲被日本兵拿刺刀捅死，母亲被糟蹋了跳了井。那口井里，后来足足漂起了十一具女人的尸体。他是躲在马厩里，钻进了马粪堆，才保住了命。战事结束了，他也无家可归，住进了一个破破烂烂的大杂院，靠吃百家饭活命。再往后，他大了些，开始琢磨事理了，弄不明白中国也是一个国，日本也是一个国，俄罗斯、美利坚、英吉利也都是一个国，为什么这些国就能把兵派到中国，抢中国人的东西，烧中国人的房子，还杀中国人。等长成半大小子后，他开始拉车，自己能养活自己了，但因为穷，没家没房子，始终娶不上媳妇。后来，他遇到了高铭志，高老师还去车厂免费给车夫上夜校，他说给自己听的那些道理，竟然把自己总弄不明白的问题，都解开了。但他有了更多的问题。他拿问题去问高老师，高老师别看和自己差不多年纪，说出的话，还真让自己明白了很多事儿。有一天，高老师问他愿不愿意除了救自己，还去救更多的中国人，自己二话不说就答应了，从此走上了今天这条路。

他正走神想着从前的事儿，日本兵的脚步声再一次响起。他们绕到楼后，贴着大楼外侧巡逻。穆老弟该出来了！他想。他知道，这个时候，如果穆立民平安出了大楼，也是紧贴着大楼西侧，自己现在还看不到他。

他看看表，已经六分四十八秒，那些兵马上就要回到大楼门前了。顺利的话，穆立民现在应该往这边跑了。他一定要在那四名要返回兵营的日本兵出现前，回到车库里。

穆立民离开车库后，快步跑到大楼的东侧，紧贴着外墙站着。他侧耳听着楼前那几个日本兵的动静。一听到他们离开楼门的哨位开始巡逻，他就飞快地几步跑到楼前，用一把旧钥匙打开了楼门上挂着的那把铜锁。锁开得很顺利，他心里赞叹着陈文蛟那个在三天内仿造出这把锁的朋友。他进了日军特务机关处大楼，只见面前一片漆黑，只有玻璃窗户那里，渗进微弱的月光。他踩着楼梯到了四层，发现所有办公室的铭牌上，都刻印着日文。他来到走廊的最西头，只见这间办公室的房门铭牌上，刻印着"機密を扱う部門"几个日文。看来，这里就是机要室了。他拿出陈文蛟配好的那把钥匙，在钥匙孔里轻轻转动几下，暗锁就打开了。他侧身进去，掩上了房门。

到此时为止，一切都很顺利，他估计，自己比计划多赢得了四十秒的时间。这时，他的眼睛已经适应了黑暗，他隐约看到，这里和其他普通办公室看上去没有任何区别，门口是一排高大的档案柜，靠窗处是一张办公桌，桌旁有椅子，桌上整齐摆放着几沓文件。日军绝密的军火运输计划不会出现在这里，他还是决定花上十秒钟的时间检查这些文件。他知道日文"军火""运输""计划"这几个词的写法，他快速翻动着这些文件，没有哪份文件上同时有这几个词。但他觉得这里的文件都很重要，还是从怀里拿出微型相机，飞快地拍了几张文件的照片。然后他放下文件，继续观察房里的情况。

军火运输计划会藏到哪里呢？如果是藏到保险箱里，那么，保险箱又会被安放在哪里？他心里反复琢磨着，同时仔细盯着整个办公室里的每一个角落、每一件陈设。这间办公室的墙上，有一只直径一尺的大钟，钟的秒针发出了嗒嗒的声音，这声音也是这里唯一的声响。

这时，他看到，在办公桌对面的墙上，挂着一幅浮世绘，画面的内容虽然看不清楚，但这幅画出现在这里，还是太古怪了。

他走过去取下这幅画，果然，一个一尺多宽、半尺高的保险箱出现了。这个保险箱紧紧镶嵌在墙上，散射着幽冷的金属光泽，上面有一只成年人拳头大小的密码盘。看来，那份军火运输计划就锁在里面。穆立民再次取出了微型照相机。胶卷早就检查过了，他把镜头对照密码盘。他轻轻按下快门，从不同角度连拍了三次特写，又拍了两张整个保险箱的全貌。做完了这一切，他收好照相机，把浮世绘放回原处。一切都很顺利，他拉开办公室门，准备离开，但是，就在他一只脚迈出的时候，一丝阴影在他心底掠过——

不对。这个保险箱，虽然被藏在画的后面，但还是过于容易被发现了。他慢慢收回脚，关上门，重新站在房间中间，扫视着整个办公室，不放过任何细节。墙上的挂钟，在嘀嗒嘀嗒地走着，他看看手表，距离必须从这里离开只有一分零八秒了。如果不能按时离开，他就无法赶在日本兵完成巡逻前离开大楼。自己一旦被发现，整个行动计划就彻底失败了。他做了一次深呼吸，强迫自己放弃其他一切想法，把思路集中到找到真正的保险箱上。

但是，面前的一切，所有的物品、陈设，都是一个办公室里最普通最常见的。

如果眼睛看不到，就用耳朵听——

他忽然想起高铭志的这句话。他闭上眼，让自己的呼吸平缓下来，用耳朵细细捕捉着所有的声音。

咝，咝，咝——

他似乎听到一阵若有若无的电流声，方向似乎来自那个占据了半面墙的文件柜。他站在文件柜前，细细打量着每一个柜门。这时，他看到，文件柜两侧各有三十厘米宽的空隙。他皱皱眉，为什么这里会有这么宽的空隙？窗外，一阵幽冷的月光照了进来，给整个文件柜都镀上了一层淡淡的银色。他发现，右边最外侧的一个文件柜门上，那只把手格外光滑，上面似乎反射着更多的光线。这意味着，那只把手一定被更频繁地拉开。

他深吸一口气，伸手握住这只把手，往外一拉，把手纹丝不动。他又拧动把手，把手果然能慢慢转动。等转到九十度时，穆立民听到，文件柜深处传出一阵齿轮咬合的吱吱声，他面前这半面墙的文件柜突然从中间裂开，分成两部分的文件柜向两旁滑动，占据了两旁原有的空隙。很快，文件柜中间出现了一道半米多宽的缝隙，这里的墙面上，镶嵌着一个保险箱。这一个保险箱是竖直放置的，高度接近一米，宽也有半米，比浮世绘后面的保险箱至少大了两倍。这个保险箱的密码盘也大了很多，足足有两只成年人的手掌那么大，上面安装了六层数字。这意味着，这是一只非常罕见的六级密码锁。穆立民重新取出照相机，发现里面只有最后一张胶片了。他回忆着当初在拍照的培训课上学习的内容，屏住呼吸，分开双腿，确保相机端得稳稳的，这才按下快门，重新拍下了这个密码盘。

当他关上机要室房门，快步跑下楼，跑出楼门时，看了一下手表，已经是深夜二十二点六分十七秒，比原定时间晚了十三秒。

此时，距离日军特务机关处不远的那家居酒屋里，客人已经不多了，在最深处的包间里，矶口孝三被岗野石男的问题问得目瞪口呆。穆兴科为什么没有在临死前向击中他的人开枪还击，他完全没有想到这个问题。他使劲抓了几下头皮，说："是不是他没来得及把手枪从枪套里拔出来？"

岗野石男摇摇头，说："死者穿的是大衣，手枪牢牢安放在腋下的枪套里，枪套根本没打开。死者是一名经验丰富的很厉害的特工，对危险肯定有着超过常人的敏锐。死者从车行租了汽车后，在深夜开车出城，这说明，他根本不觉得他的目的地有任何危险。到了目的地后，他也始终没打算拔枪射击。"

"那他去见的人，究竟是谁呢？"

"第一，这人住在城外，中国人的那种洋车到不了，穆兴科必须开车前往。第二，这人和穆兴科有着非常深厚的关系，哪怕自己被这人开枪击中，他也不愿还击。"

矶口孝三听完，喃喃自语："符合这两个条件的，会是谁呢？"他从怀里掏出森本峤给他的那个名单，铺在面前，一个名字一个名字地看了起来。

岗野石男一杯接一杯地品尝着清酒，一脸胸有成竹的神情。过了十几分钟，矶口孝三抬起头，眼睛里闪动着喜悦的光彩，仿佛有了巨大收获。他说："这里面只有一个人符合这两个条件。"

在靶场里巡逻的日本兵，分成两列在车库前走过，齐刷刷的马靴声渐渐远去，车库里的文四方，两只手紧紧扒着门缝，朝靶场两侧瞪大了双眼，期待能早点看到穆立民从楼里跑出来。这里太安静了，他简直能听见自己剧烈快速的心跳。他的心里想的是，如果日本兵发现了穆立民，自己就冲出去，和日本兵拼命。

终于，一个黑影在大楼西侧出现了。他并没有快速奔跑，而是紧贴着大楼外墙，绕到了大楼西侧，站在墙角的阴影里。文四方明白，这一定是那四名下岗的日本兵马上就要从楼东侧出现，为了避免被他们发现，穆立民要等他们回到兵营后再返回车库。

果然，穆立民刚站好，那四名日本兵就列队出现了，迈着正步返回兵营。等他们的脚步声消失后，整个靶场又陷入一片沉寂。又过了几分钟，穆立民离开了墙角，返回了车库。他把车库门推开一道一尺多宽的缝隙，侧身进来，就转身把门又拉严了。他朝暗处轻声喊着"文大哥，文大哥"。

"老弟，你可真沉得住气！机要室里有没有保险箱？"文四方看清楚进来的的确是穆立民，从暗处走了出来，拍了拍穆立民的肩膀说。他盯着穆立民的神色仔细看着，想看出这次潜入鬼子的机要室，究竟有什么发现，整个行动顺利不顺利。

穆立民朝他笑了笑，说："挺顺利，保险箱也的确有，而且不止一个。"他告诉文四方，自己按照起初的计划，等换岗的八名兵都离开大楼正门后，就打开那把仿制的铜锁，进入了大楼。

到了早上，两人用文四方的老办法，准备等有日本兵来到车库开车时，就钻进车的后备厢。没等多久，那辆把他们运进来的卡车又要开走，等卡车启动后，他们爬进车篷，顺利离开日军特务机关处。

"这个名单上有三十八个人名，符合条件的只有一个人？"岗野石男从寿喜烧火锅里捞出来一筷子的牛蒡丝，刚要吃，听到矶口孝三的话愣了一下，停下了手里的动作。

矶口孝三用力点点头，说："嗒，就是这个人。"他把名单举起来，放到岗野石男眼前，指着上面的一个人名说。

"穆立民？他是穆兴科的弟弟吧？"岗野石男瞟了一眼名单，说，"嗯，即使他是穆兴科的弟弟，符合那两个标准的话，他的嫌疑也非常大。"

矶口孝三失望地把名单随手一放，说："这个人刚刚回到北平时，是我把他带回特务机关处进行身份甄别的。在整整三天的甄别过程中，我问了他上百个问题，这些问题涉及他在离家两年内的经历，他去过哪些地方，和什么人有过交往，他为何突然回到北平，他对我的每一个问题都回答得滴水不漏，完全没有任何破绽。他随身携带的武汉大学的证明文件，也没有任何问题。所以，杀害穆兴科的，应该不会是这个人。岗野君，你查找凶手的办法失败了。"

岗野石男仰头大笑了几声，说："矶口君，你那时向穆立民提出的问题，假如他真的是中共或者国民党方面的特工，他一定受到过这方面的训练，他肯定能应付这些问题。"

矶口孝三说："在穆兴科被杀的那天晚上，据我们潜入燕京大学的特务报告，当晚燕京大学没有任何异常。而且，当晚穆立民就在燕京大学，始终没有离开。"

岗野石男说："矶口君，一个训练有素的特工，在面积广阔又是空旷无人的环境里，无声无息地杀掉一个人，并不是很困难的事情。"

矶口孝三低头想了一会儿，说："我还是觉得不可能是穆立民。我毕竟曾经在三天的时间里直接面对他，他从哪个方面来看，都不像是一名特工。在面对我的审讯时，他的确比同样年龄的中国年轻人镇定一些，但是，他毕竟生长在大富之家，又在外面漂泊磨炼了两年，阅历很广，有很好的心理素质并不奇怪。"

寿喜烧火锅中只剩下汤汁了，岗野石男用筷子在里面捞了一阵也没什么收获，他遗憾地叹口气，放下筷子。他拿起毛巾擦擦嘴，这才说："矶口君，我已经向我们安插在武汉的特工拍发了电报，让他彻底查清穆立民这两年来在武汉的活动踪迹，大概很快就会有结果。如果穆立民真的是中国特工，那么在长达两年的时间里，他一定会露出一些痕迹。等我们的特工掌握到这些情况，穆立民的真实面目，就会出现在我们面前了。"

还没等对方回答，他拍拍矶口孝三的肩膀，说："矶口君，如果我们按照这个办法，调查出穆立民的身份的确是中国特工，那么我们就为皇军立下大功了。所以，今天的这顿美餐，就由你来结账吧。"

穆立民和文四方两人回到了陈文蛟的扇子店，陈文蛟一看他们回来，放下手里正在切削的扇骨，站了起来，拿起毛巾递给他们。

穆立民擦了把脸，从怀里拿出微型相机，递给陈文蛟说："陈四哥，机要室里的确有保险箱，而且有两个。第二个保险箱藏得非常隐蔽，是我后来才发现的，那时只剩下一张胶卷了，就只拍了一张照片。"

陈文蛟点点头，说："我这就把胶卷洗出来。后面的卧室，可以当暗室。"说完，就带他们进了后面的卧室。他把门窗关严，拉好窗帘，房间里顿时暗了下来。他把衣柜上一只抽屉拉开，里面排满了各种装在瓶子里的药剂。他把最大的一瓶药剂倒入一个铁盒，放进相纸，又从照相机里取出微型胶卷。忙碌了一阵后，他用一只木夹子把药剂中的相纸夹了出来。他轻轻抖动着湿漉漉的相纸，穆立民看到，相纸上渐渐出现了那个硕大的密码盘。

陈文蛟还没等照片完全清晰，眉头就紧锁起来。穆立民见他神色异常，说："陈四哥，这密码锁挺不一般吧？"

"这种保险箱，是德国西姆隆公司3月前的最新产品，是全世界最难打开的保险箱。这种保险箱采用订单式生产，而且，每一个订单都需要经过德国纳粹党审核后才能投入生产。也就是说，不是任何人都可以买到这种保险箱的。因为工序过于复杂，制造成本太高，这种保险箱即使在全世界，也不超过五个。"

文四方看着照片，挠挠头，说："从前我给人拉包月儿的时候，在那些大户人家里，倒是也见过几次保险箱。这个密码锁，是六级的，是比我见过的那些四级、五级的复杂，但至于那么玄乎吗？"

陈文蛟不吭声，他把照片挂在几个人头顶的挂绳上，随着水分的流失，照片又清晰了一些。陈文蛟指着照片，说："一个保险箱，安全不安全，容不容易打开，最关键的问题不在于有几级密码，而在于密码锁的功能。这个保险箱上的，就是一个非常罕见的密码锁。它有一个极其特殊的功能。"穆立民和文四方互相看了看，都是一脸迷惑的神情。陈文蛟说："这个功能叫作定时开锁，也就是说，这个保险箱内部安装有一只精密的时钟，用来计算时间，从而确保保险箱从每天零点开始，在固定时间内，只能打开有限的次数。按照目前的技术，这一类装置能够做到每二十四小时可以打开一次。比如像这次的军火运输计划，鬼子如果设定为每天打开一次，那么当天曾经打开过，晚上，即使我们弄到了密码，进入了鬼子的机要室，也无法打开保险箱——"

　　"那我们就过了半夜十二点再打开——"文四方脱口而出。

　　穆立民摇摇头："这样的话，如果这天鬼子再想打开保险箱，却发现无法打开，自然就知道军火运输计划已经泄密，也就不会继续使用这份计划了。"

　　"妈的，这群小鬼子，太贼了！"文四方一掌重重拍在墙上。

　　穆立民想了想，说："四哥，这种锁，先不管什么定时开锁功能，光说密码这部分，你能打开吗？"

　　陈文蛟盯着照片细细看了看，点点头，说："密码这部分，虽然也很复杂，但我还对付得了。"

　　"你打开密码锁，需要多长时间？"

　　"如果环境足够安静，没有任何噪声的话，我打开一级密码大概需要一分半钟，六级密码不到十分钟就能打开。"

　　文四方摇头："鬼子换岗的时间，一共才七分多钟。"

　　"而且——"陈文蛟低头看看自己的右腿，牙齿咬得咯咯作响，"我这条腿，也跑不了你们那么快，进出大楼，上下楼梯，花的时间都比你们长"。

　　穆立民说："大哥、四哥，你们都甭着急，咱们再想想办法。还有两天时间呢，咱们进步越来越大了，眼下不是只剩下最后这一个难题了吗？"

　　"妈的，等弄到了鬼子的情报，老子就不要命了，一把火把鬼子的军火都炸了，炸死一个鬼子就够本，炸死两个就赚一个！"

　　"文大哥，这样吧，昨晚咱们都没休息，这会儿呢，咱们都回家补个觉，"穆立民看看手表，说，"这会儿是九点，咱们都歇会儿，到了下午三点，等有了精神头儿，还是在这儿，再好好合计合计，肯定能琢磨出个办法来，你们看行不行？"

　　文四方还没回答，忽然，陈文蛟一拍脑门，说："时间到了！"说着站起身，趴在地上，伸长了胳膊，往衣柜底下摸索着。很快，他拖出一个不知道裹着什么东西的包袱。他一层层打开包袱，露出一只木匣式的收音机。

　　他把收音机放在桌上，把耳朵紧紧贴在收音机喇叭上。他轻轻扭动开关，又慢慢调整着频率。穆立民和文四方莫名其妙地看着他，不知道他为什么在这个节骨眼儿上，突然要听电台。随着他扭动调整频率的旋钮，电台里的内容五花八门，终于，他的手指停了下来，喇叭里传出一串沉重的新闻播报声——

"3月23日，日军由枣庄遣兵南下，逼近台儿庄北侧的康庄一带。同日，国军31师的一支骑兵连在刘兰斋连长率领下，从台儿庄出发，向峄县方向侦察搜索，在骑兵连后方，国军91旅旅长乜子彬率部跟进，183团在康庄与日军遭遇。两军相遇，战斗正式打响，敌我后续部队相继投入战场。在千年古镇台儿庄，一场中日大战已经拉开序幕。"

"嘿，终于打起来了！这回非得让小日本死上几万人不可！"文四方兴奋得直跺脚。

收音机里继续说着——

"日军在台儿庄镇北部的刘家湖村，已经建好炮兵阵地，以重炮向台儿庄猛轰，杀伤我方军民。183团3营营长高鸿立犹如张飞再世，他身先士卒，一马当先，和麾下士兵每人身背大刀，腰悬手榴弹，不顾日寇炮火阻拦，杀入日寇炮兵阵地。日寇难以抵挡，死伤惨重，侥幸生还者已经逃离阵地。现在，台儿庄一带，已经开始流传活张飞大闹刘家湖的佳话。以上是本台最新信息，关于战事的进展，本台将及时为您播放。"

说到这里，关于前线的新闻就说完了，收音机里开始播放别的内容，三个人还是恋恋不舍地看着收音机，舍不得关掉。过了一阵子，陈文蛟先说："别看咱们的兵器没鬼子的先进，可咱们的大刀，真是让鬼子吓破了胆。五年前，也是3月份，日军进攻喜峰口，想突破长城防线，一举占领整个热河省。赵登禹旅长知道咱们火力不足，不能和鬼子拼坦克大炮，就设下埋伏，命令两个营的兵力等鬼子的队伍离得近了，才冲出来，用大刀拼鬼子的刺刀。这一仗，砍下满地鬼子的脑袋，没几天，赵旅长又组织了第二回夜袭，这次出动的人更多，足足四个团，还是都身背大刀。那天夜里，赵登禹、佟泽光两位旅长也是身先士卒，亲自杀入鬼子的阵地。有的鬼子，还睡着大觉，脑袋就被砍了下来。这场夜战，29军的好汉们共砍死砍伤鬼子一千多人，还缴获了十多辆坦克、装甲车六辆，机枪大炮就更多了。对了，还直接缴获了鬼子一架飞机。从那之后，不少日本兵晚上睡觉，脖子上还要戴上一个铁围脖儿，以防脑袋被稀里糊涂地砍掉，他们就连说梦话都是'大刀队来了，快跑呀'！"

听到这些，文四方兴奋得直搓手，说："陈老弟，还是你们读书人记性好，把从前的事儿都记得这么清楚。以后，我们也要学赵旅长、高营长，和鬼子们拼了！"

陈文蛟说："大刀再厉害，也打不过大炮。眼下，台儿庄那边的鬼子，因为前一阵子连吃了几个大败仗，还没缓过劲儿来，主力部队还在休整。这次如果让鬼子把增援前线的这些军火都运到，咱们必吃大亏。要是台儿庄丢了，徐州就保不住。徐州要是保不住，整个华东这一大片，就都成鬼子的盘中餐了。而且鬼子还能腾出手，把兵调到武汉方向去，到那时，全中国都危险了！"

"上了前线的，敢拿大刀和鬼子的枪炮干，我文四方也没啥可怕的。穆老弟，那个保险箱再厉害，也难不倒咱们，咱们一定要想方设法把鬼子运军火的计划弄到手，非得把这批军火给炸了不可。鬼子想占咱们的地，咱们就把他们的军火变成大炮仗！"

第
十
六
章　恭　喜

穆立民出了烟袋斜街，寻思着已经好几天没回家了，也该回去看看了。他骑着自行车，往南穿过地安门，绕过景山、故宫神武门，沿着筒子河一直向南，再穿过长安街，很快就到了前门。穿过了五牌楼，他拐进胡同，到了自家宅子门口。他正要推门，门倒自己开了，袖儿手里攥着一只手帕，急急忙忙往外走。

袖儿一看见他，先是扑哧一下笑了出来，这才行了个礼，说："哎哟，二少爷，今儿又不是周末，您怎么就回来了？"

穆立民刚要回答，袖儿又说："二少爷，我先提前恭喜您啦！"

穆立民被她说得莫名其妙，说："袖儿，我有什么喜事儿？我奶奶、我妈都在家吗？"

"老爷让双林哥陪着，去白云观了，说是去和那位玄妙道长下棋了。老夫人、夫人都在正和居呢。"

穆立民有点摸不到头脑，说："现在还没到饭点儿呢，她们去正和居干吗？"

"二少爷，我先不和您细聊了，老夫人叫我回来拿个东西，她这会儿正等着我把这个拿过去呢。"说着，袖儿把手帕里的东西朝他亮了一下，就揣进兜里，快步朝正和居的方向跑去。

穆立民进门回到屋里，三亭子来给他沏了茶。此时，院子里颇为清净，只有一阵阵鸽哨声偶尔从空中传来。他端着茶碗，琢磨着那个保险箱究竟如何打开。一碗茶喝完，还没想出来头绪，因为一夜没睡，他也头脑一阵昏沉，就躺下睡了。

他是被一阵饭菜香给弄醒的。他从床上坐起来，一看墙上的挂钟，已经十二点多了。只见桌上摆着两只小碟子，里面各有一些食物。虽然是凉菜，也散发出阵阵香气。一只碟子里，是一块三明治，另一只碟则是三块蛋糕。他看着碟子，正纳闷儿，三亭子敲门进来，说："二少爷，您醒啦？这是老夫人和夫人给您带回来的。"

"我奶奶她们不是去正和居了吗？这两样，可都是西餐里的点心。"

三亭子眨眨眼，神色颇为诡异，说："我可不敢蒙您。夫人说了，这些点心，您无论如何得尝尝。您吃了点心，就到里院去，老夫人和夫人都在里面等着您哪。"

这两碟点心看起来颇为精美，但穆立民心里惦记着盗取日军情报的事儿，没什么胃口。他胡乱吃了块蛋糕，就去了里院。

穆老夫人和穆夫人刚刚吃过午饭。北平人家，平时午饭都简单，即使是富贵门第，午饭都比晚饭简单很多。这天穆世轩不在家，女眷们就每人吃了碗银丝面。穆夫人见他过来，问他吃没吃那两碟点心。他摇摇头说刚睡醒没胃口，老夫人问他想吃什么，他想了想说吃碗炸酱面吧，学校食堂里虽然也有炸酱面，但面煮好后不过水，吃起来不够清爽。

穆夫人点点头，说知道他打小儿就不爱吃锅挑儿。说着，她就嘱咐袖儿去厨房安排。

从前在北平，炸酱面，尤其是用肉丁小碗干炸做出来的酱，多少有些奢侈品的意思，一般老百姓，不太舍得用那么多的油来炸酱。另外，面煮好后，又分为两种吃法，一种是从锅中直接捞出，叫作"锅挑儿"，另一种是面条还要在凉白开中过一遍。前者口味醇厚一些，后者较清爽，爱吃的人更多。穆立民昨晚忙了一整夜，早饭也没怎么吃，就决定这会儿好好吃顿面。

穆立民腹中饥饿，拈起桌上放着的干果吃。他吃了几粒花生，这才看到奶奶和母亲都在笑眯眯地看着自己。他正纳闷儿，母亲开口说："立民，你还记得正和堂潘老板家的姑娘吗？"

穆立民点点头，说："记得，您怎么忽然提起她来了？是要说给我哥，给我当嫂子吗？她不是出国留学了吗？我记得是我中学还没毕业，她就离开家，出国留学了。"

"已经回来一个礼拜啦。"

"我记得她是去德国留学了吧？北平城如今不太平，她怎么这个时候回来？"

"潘老板两口子把姑娘教育得好，有孝心，明事理，人家姑娘在外国，听说鬼子兵占了北平，放心不下，无论如何都要回来看看爹妈。"

穆立民点点头，继续吃着花生。穆夫人继续说着："这两口子，自己家是开饭店的，本来不让姑娘学开饭店这一套。可姑娘到了外国，偏偏喜欢炒菜烧饭这一套，立民，你桌子上那两碟子东西，就是潘家姑娘做的。"

穆立民说："在国外，厨师的社会地位挺高的。那个蛋糕做得还不错，比我们学校做甜点的厨师做得好吃。"

"一开始潘老板他们不想让姑娘回来，生怕和你一样，被抓到日本人的特务机关处里。"

穆立民说："这不用担心。她去德国大使馆开个证明就行了，证明这几年她一直在德国留学。有了这么个证明，鬼子肯定不敢把她关到特务机关处。"

穆夫人有些纳闷儿，说："潘夫人刚才倒是说了，她家姑娘的确有这个证明。这个证明怎么会这么好使？"

"您这是不知道，日本鬼子现在在国际上，根本不敢得罪这些欧美国家，鬼子生怕这些国家对自己搞禁运。如果一禁运，自己国家需要的各种原材料就运不进来了。没有了煤，没有了石油，鬼子的飞机大炮也造不出来了。就算以前造出来的，也飞不起来、跑不动了。"

"那这些国家不知道鬼子在中国干的坏事吗？"

"知道，这些国家在中国都有很多记者，这些记者不停地把鬼子在中国是怎么杀人放火、掠夺资源的事儿发给国内。"

"那这些国家怎么不对鬼子禁运？他们这不相当于合伙儿和日本欺负中国人吗！"

"妈，咱中国这么大的国家，不能都指望别的国家来帮自己！归根结底，还是得咱们自己强大起来。中国不强大，中国人就得受欺负！"

穆立民一边说着，一边注意到，奶奶和母亲两人一个劲儿地互相使眼色。他看着两位长辈，说："奶奶、妈，你们这是演什么双簧呢？"

穆夫人端正了一下脸色，说："你爹今天去白云观了，你知道吧？"

"不是去和那个什么道长下棋了吗？"

"名义上呢，你爹是去下棋，其实呀，你爹是去给你和潘家姑娘看生辰八字去了。"

穆立民噗的一声，把满嘴的茶水喷了出来。"妈，您这是闹得哪一出？我这还上着学呢，怎么可能娶媳妇呢。"

"你也不小了，按年纪说的话，也该成家立业了。你奶奶可是都把手镯给人家姑娘当见面礼了。"

穆立民说："见面礼归见面礼，奶奶是祖辈，给街坊家几年没见的孩子点好东西，挺正常的。"

穆夫人说："你这孩子，我可告诉你，这镯子可和一般的东西不一样，是不能轻易给人的。是吧，妈？"说完，她把脸转向穆老夫人，连使了几个脸色。

穆老夫人会意，赶紧连连点头，说："就是就是。这只镯子，比你爹的岁数都大，是我的婆婆，也就是你们的祖奶奶当初给我的。当初，你们祖奶奶把这镯子交到我手里时，就千叮咛万嘱咐，要让我把它一辈辈地传下去。"

穆立民瞅着这两位长辈叹口气，说："奶奶、妈，您二位就别演双簧了。古人都说了，匈奴未灭，何以家为？您二位知道这是什么意思吗？这话的意思就是说，敌人还没消灭掉，男子汉大丈夫，哪里顾得上成家的事儿呢？现在日本鬼子在城里城外到处横行霸道，恨不能明儿就把中国给灭了，把中国的地占完，把中国的好东西抢完，我哪有心思谈婚论嫁啊！"

穆夫人瞪他一眼，说："古人说古人说，就你有学问？古人还说过不孝有三，无后为大呢。立民，我可告诉你，这潘家的大小姐，我和你奶奶可都见着了，老话儿说女大十八变，人家打小儿就水灵，大眼睛细身段儿的，如今她这一留学回来，那可更成了万里挑一的人才，比挂历上的那些个女明星都美。她家和咱家又是门当户对，相互知根知底，往哪儿找这么合适的？"

"你们没跟人家提亲吧？"穆立民小心翼翼地说。

"没呢，等你爹去白云观给你们看完八字再说。"

"那就好，那就好，"穆立民长出一口气，他又说，"你们怎么有人家姑娘的八字？大姑娘的八字，不是不能轻易给别人说吗？"

"咱家跟潘家，是上百年的邻居了，他家姑娘什么时候落生的，八字是多少，我还能不知道？"

"我和潘家这姑娘，打小儿一块儿上学念书，在一条胡同里打闹惯了，我一直把她当亲妹妹似的，压根儿没动过这方面的心思。"

"打小儿就在一块玩，这不就是古人说的青梅竹马吗，那不更好？"

穆立民心里连连叫苦，他不想再说这件事，眼睛胡乱在房里打量着。忽然，他看到装干果的果盒下面，露出一个红彤彤的请柬。他拿过请柬，只见上面写的是明晚，也就是三月二十七日，北平临时政府计划在中央公园新民堂（日军占领北平后，将中山公园改名为中央公园，将中山纪念堂改名为新民堂——作者）举行庆祝成立一百天的宴会，邀请穆世轩和穆夫人参加。宴会将于当晚七点举行，宴会结束后，还将举行庆祝舞会。

在请柬里面，还夹着一份长长的宾客名单，里面有北平城里政界、商界、学界的名流，还有各国驻华外交机构代表，以及各国大型企业驻华办事处的代表。

穆立民注意到，德国西姆隆公司驻华办事处也在被邀请之列。

这个北平临时政府，当汉奸还觉得倍儿光荣，还弄个成立百日庆典，真无耻！看样子，他们想把整个北平城的头面人物都请到，好给自己脸上贴金。不过，这倒是一个绝佳的机会，这个德国西姆隆公司的代表，肯定对他们公司生产的那个保险箱非常了解。他心想。他对穆夫人说："妈，这个宴会的请柬，是怎么回事？我爹打算去吗？"

"这个请柬，是北平临时政府刚派人送来的，还没顾得上扔呢。你放心，这个宴会，你爹肯定不会去。"

他想了想，说："那好，我替你们扔了。"说着，把请柬塞进了裤兜。这时，炸好的肉酱、豆芽等各种面码，还有已经过了水的面也端了上来。他先用筷子拈出几块炸得油亮焦香的肉丁吧唧吧唧地吃了，又把小碗里的肉酱、面和面码一股脑儿倒进大海碗里，胡乱拌了几下就大口吃了起来。一大碗面很快就下肚了，他看看手表，时间已经快两点了，把碗一推，说，"奶奶、妈，我该回学校了。"

他出了家门，正要跨上自行车，忽然后腰一紧，似乎被什么东西顶住了。

"跟我往宪兵队走一趟吧。"一个嘶哑的声音说。

"你是谁，我有良民证。"

"你兜里是什么，快交出来。"

"是请柬，明天晚上参加临时政府成立百日庆祝宴会的请柬。"

他感到那张请柬被人慢慢抽了出来，接着头顶被重重拍了一下，一个人影闪到面前，说："好你个穆立民，你够给祖宗长脸啊，连汉奸的饭局你都去。"

他一看，面前是一个二十出头的年轻姑娘，穿着银灰色呢料大衣，脚上是一双高筒黑色皮靴。这姑娘化着淡妆，一双杏仁大眼水汪汪，亮晶晶，再衬着一头烫出来的波浪式卷发、一张瓜子脸和细腻晶莹的肤色，着实好看。她的神色五官看起来都面熟，可实在想不起她是谁了。

姑娘一脸得意扬扬的神色，上下打量了他几眼，突然说："Are you studying at Yanjing University?"

穆立民已经猜出她是谁，马上回答："Yes.Why did you suddenly return home?"

姑娘在他肩上捶了一拳，说："行啊，穆立民，英语说得挺溜。不愧是燕京大学的大学生。我在欧洲待了三年了，都不会说中国话了，你正好给我当翻译吧。"

这姑娘，自然就是刚刚从欧洲回国的正和堂大小姐潘慕兰了。潘慕兰和穆家哥儿俩，从小就在一条胡同里玩，后来还去同一所小学和中学读书。后来，潘慕兰中学毕业后，就去欧洲留学了。

穆立民想起他妈给自己说的那些信息，说："你本来不是在德国留学吗，怎么回国了？"

潘慕兰说："我本来在德国学得好好的，可希特勒从前几年上台开始，就开始压迫犹太人，还排斥外国人。整个国家对待外国人的态度，一天比一天严厉，每个留学生都觉得周围的环境越来越不友好。很多留学生都离开了，我算是行动得晚了。对了，听说你上燕京大学了？"

穆立民点点头，潘慕兰高兴得抓着他的小臂摇了起来，说："那你帮我问问，我在德国修的学分算不算？要是算的话，我也去燕京大学。"

穆立民说："你明天拿着在德国的成绩单，来燕京大学找我吧。我带你去见校长。"

潘慕兰兴奋得直跺脚，拍拍穆立民的肩膀，说："太好了，你真够哥们儿！"

穆立民回到烟袋斜街，陈文蛟和文四方都已经在那里了。他进屋一看两人的神色，就知道他们没想出办法。他说："文大哥、陈四哥，别介啊，咱们还有两天的时间呢。那个保险箱只剩下最后一步了，咱们准能想出个好主意来。"

陈文蛟说："立民，你跟我来。"

两人进了暗室，穆立民看到，自己昨晚在机要室里拍下的微型胶卷里的照片，都在吊绳上晾干了，照片看起来也比上午刚刚从显影液里捞出来时清晰多了。

"立民，你看这里。"陈文蛟指着一张照片说。穆立民看到，那是自己在机要室里拍摄的第一张照片，他拍的是稻口德夫办公桌上的文件。

陈文蛟说："照片上文件的内容，是日军特务机关处机关长喜多诚一，将在明天和一位名叫柴山兼四郎的日军军官在通州会面。"

穆立民说："我知道柴山兼四郎，他本来是日本驻华大使馆的武官，听说他将要担任天津特务机关处的机关长。"

"现在台儿庄方面战事刚开始，全日本军方的注意力都在台儿庄，这个时候喜多诚一离开北平，去通州和柴山兼四郎会面，肯定和这次日军军火运输计划有关。"

穆立民点点头，说："我猜一定会。说不定两人见面后，还会对计划的内容有所调整。这也就意味着，我们必须在明晚完成任务。"

陈文蛟眉头紧张，想了一会儿，才说："根据那个保险箱定时开锁的功能，明天鬼子在打开保险箱放入新的军火运输计划后，即使晚上我们再潜入到机要室，在午夜十二点前也是无法打开保险箱的。而且，明晚十二点后，即使我们打开保险箱弄到了情报，也会导致到了后天白天日本鬼子无法打开保险箱。这样一来，他们知道军火运输计划已经被我们盗取了，也就不会再用这个计划，改用别的方案向台儿庄运送军火。我们千辛万苦弄到手的计划，也就变成废纸了。台儿庄的日寇，也会用别的办法，获得这批军火。"

他这一番话说完，房间里沉默下来，只有文四方把拳头攥得咔咔作响的声音。穆立民慢慢地说："明晚是我们最后的机会，无论如何，我们还是要弄到这份情报，交给组织。然后，我们再密切观察日寇的行动，看看他们究竟会如何运送这批军火。"

陈文蛟点点头，说："这也是唯一的办法了。"

穆立民抬起头，紧紧盯着挂在绳上的那张保险箱密码锁的照片。突然，他脑子里掠过一道火花，说："德国西姆隆公司在北平是开设有贸易代表处的，这个贸易代表已经接到邀请，去参加明晚那个临时政府的成立百日庆典。这个人很可能有办法对付那个保险箱！"

他把那张请柬拿出来放到桌上，看起那份受邀宾客名单来。只见在德国西姆隆公司几个字后面，是"贸易代表 丹特森"字样。

陈文蛟说："这人肯定有办法对付那个保险箱。但是，他是德国人，现在国际上，日本和德国的关系，可是特别亲密，他能帮咱们去盗取日本人的情报吗？"

穆立民眉毛一扬，说："无论如何，我要去见见这个人，争取能让他帮我们！"

文四方说："穆老弟，你说得对，明天晚上咱们怎么办，你说吧！"

穆立民琢磨了一会儿，脑子里渐渐有了整个行动的方案，他说："文大哥、陈四哥，明晚咱们兵分两路，我去那个百日庆典，想方设法从那个丹特森那里弄到调整保险箱定时设置的方法，然后赶到日军特务机关处。陈四哥、文大哥，请你们潜入日军特务机关处机要室，先打开保险箱，取出文件并拍照。然后，你们就离开那里。我赶到后，再重新设定定时装置。到时，咱们在特务机关处的车库里见。这样的话，整个任务就算完成了。"

陈文蛟细想了一会儿，说："穆老弟，你真能从那个德国人丹特森那里，弄到调整保险箱定时开锁功能的办法？"

其实，穆立民想的是，即使不能说服丹特森帮助自己，自己也要回到日军特务机关处。到时，自己假装没有及时逃脱，被鬼子的兵巡逻时抓住，这样一来，对方就不会怀疑那份情报已经泄露了，仍然会按照原计划运输那批军火。

穆立民使劲笑了笑，说："你们放心吧，我有办法。现在想想关于那个延时开锁的问题该怎么解决。说白了，就是陈四哥在解开前四级密码后，肯定不能留在机要室里。文大哥，日军特务机关处，你都已经去过两次了，你有什么办法？"

文四方张开大手摸摸自己头顶，说："每次换岗时，日本兵都会全面检查整个大楼，每一间办公室，所有的角落都不放过。陈老弟进机要室，到底该怎么办呢？"

穆立民在桌上摊开整个特务机关处的结构图。楼梯位于整栋楼的中间，走廊向两侧延伸。

"文大哥、陈四哥，到了明晚十点，你们继续按照前两次的方式，潜入日军特务机关处机要室，盗出军火运输计划完成拍照。到了十二点时，我会从临时政府的庆典上来到日军特务机关处，调整保险箱的定时开锁功能，确保天亮后鬼子能正常打开保险箱。这样的话，他们就不会知道这份计划已经落在咱们手里。只是需要陈四哥尽快打开保险箱，这样才能确保你们在七分钟内离开大楼，返回车库。"

陈文蛟思索着穆立民说的整个过程，说："穆老弟，开锁的事儿你放心，这几天我找了好几个保险箱反复练习，最快的话能在三分钟内打开六级密码锁。但是，你的这个计划里，等你离开那个临时政府成立庆典赶到特务机关处时，整个特务机关处肯定是大门紧闭，无法进出，你怎么到楼里来呢？"

穆立民已经想到了一个办法，但因为非常危险，他决定还是不说出来。他说："到时我是从临时政府的庆典上赶来，肯定有办法进去。你们放心。总之，陈四哥，到时你们拍下了日军的军火运输计划，就需要尽快离开，完成任务是最主要的，不用管我。"

陈文蛟微闭着眼睛，想了一会儿才睁开眼，说："穆老弟，你不说清楚你怎么说服丹特森，我就不答应你刚说的行动计划。"

他把脸转向文四方，说："文大哥，我猜出来了，穆老弟就算不能把丹特森说服，他也会去日军特务机关处的。"

文四方愣了一会儿才明白过来，他一把抓住穆立民的肩膀，说："我差点让你给蒙了过去。我懂了，就算你没能说服丹特森，你也会去，你就是想让鬼子在你鼓捣那个保险箱时把你抓住，这样的话，鬼子就不知道他们的计划已经泄露了。到时，你自己可就小命难保了！"

穆立民看着他们，长长叹了口气，说："只要能破坏鬼子的军火运输计划，我一个人是死是活，有那么重要吗？"

"我不能眼看着战友去送死。"陈文蛟慢慢地说。

穆立民使劲笑了笑，说："明天我会见到一个会说德语的朋友，到时他会帮助我和那个德国人沟通的。明天下午五点，咱们还是在这里碰头，确定好明天晚上的每一步行动。"

出了烟袋斜街，他骑上自行车回到了珠市口。但他并没回家，而是去奎明戏院买了两张当晚七点的电影票，这天的影片是大明星葛丽泰嘉宝主演的《大饭店》。他还叫戏院的听差把一张票给潘慕兰送去。天祥泰绸缎庄的二少爷，正和居的大小姐，是珠市口那一带的名人。那听差认识穆立民多年，他接过赏钱，笑嘻嘻地就走了。

这天晚上，穆立民在家吃过晚饭，就来到奎明戏院门口。没等多久，潘慕兰也来了。看了一阵子电影，并没有多少嘉宝的镜头，穆立民低声说："这电影没意思，咱们还不如去撷英番菜馆喝咖啡。"

两人出了戏院，因为撷英番菜馆就在前门外的廊房头条，距离珠市口一带步行过去也不过三五分钟，就一路走过去。穆立民点了咖啡和甜点，潘慕兰看着身穿标准西式装束的侍应生离开，单手托腮笑嘻嘻地说："又请我看电影又请我吃西餐，穆公子，你真想追本小姐？"

穆立民想了想，说："我问你一件事儿，你可得好好回答我。"

两人从小玩到大，早就熟得不得了，但潘慕兰还没见过穆立民这么严肃的神情。她神情不改，说："你是想问我在外国有没有男朋友吧？"

穆立民摇摇头，说："我可不敢干涉你的恋爱自由。我是想问你，你家接到明晚中央公园的请柬了吗？"

"你问这个干什么，你还真想去？"

穆立民郑重地点点头。潘慕兰的眼睛慢慢瞪大了，用搅拌咖啡的银质小勺指着穆立民说："姓穆的，你想当汉奸的话，我这辈子可一句话都不跟你说了。"

穆立民说："什么汉奸不汉奸的，我要去参加那个临时政府的百日庆典，是有用意的。"

潘慕兰戒备地看着他，说："什么用意，你给我说了，我才信。"

"北平临时政府搞这种事，日本人一定会来凑热闹，表示对临时政府的支持，对吧？"

潘慕兰点点头。穆立民向前凑了凑，说："这两年在国际上，日本和德国，一直眉来眼去，走得挺近，对吧？"

潘慕兰刚从欧洲回国，自然对此更是心知肚明，她也点点头。

"这个北平临时政府，是鬼子扶持的傀儡政权，国际上没几个国家承认，但德国驻北平的领事馆，我猜会来给他们捧场，因为给他们捧场，就相当于给日本人捧场。我要告诉他们，别支持日本人的侵略行为，否则就是和六万万中国人作对。"

潘慕兰的脸色缓和下来，说："吓了我一跳，我还以为，你真要去给那个汉奸政府捧臭脚呢。实话告诉你，我家呢，是接到临时政府的请柬了，但我爹我妈都说了，绝不会去。你来问我这件事，我猜，你是想让我给你当翻译，把你这个意思翻译给来参加庆典的德国人听，对吧？"

穆立民点点头，说："其实，我想找到的，就是一个人，这人就是德国西姆隆公司驻北平的贸易代表，名叫丹特森。"

这天，在日军特务机关处，矶口孝三一直在不停看表，一副心烦意乱的样子。终于，他找个四周没人的机会，问岗野石男有没有收到从武汉发回的电报，岗野石男告诉他："如今，中国国民政府就在武汉，他们从南京迁来这里后，为了躲避皇军的威胁，还会继续向中国内陆迁移。我们虽然在武汉派驻了不少特工，但他们还有大量工作要做。矶口君，你放心吧，负责调查穆立民的特工，一定会进行非常全面彻底的调查的。"到了下午，矶口孝三被森本峤派出去执行一项任务，等他完成任务，刚驾车回到特务机关处，就看到岗野石男正坐在办公桌前，双手抱肩，一脸无奈的神情。在他面前，平铺着一张白纸。

"岗野君，是武汉方面发来电报了吗？"矶口孝三指着那张纸，大踏步走了过来。

"电报里说，我们的特工已经对穆立民在武汉的活动踪迹进行了详细调查。"

"有可疑的地方吗？"矶口孝三抄起那张纸来。

岗野石男摇摇头，说："我们的特工调查了穆立民的同学、房东，没有发现任何异常。"

矶口孝三紧皱着眉头，仔仔细细看着那份电报。他反复看了几遍，都是一无所获，把电报往桌上一放，慢慢坐了下来。岗野石男说："在武汉的调查没有找到他的证据，并不能证明他一定没问题。他离开武汉大学回到北平，是因为他患上了疟疾，但是，他回到北平后，并没有出现疟疾的症状。这说明，他很可能是受到派遣，才用这个借口返回北平的。"

矶口孝三摇摇头，说："我把他带到特务机关处进行调查的时候，就问过他这个问题。他说，他的症状在他回来的路上就消失了，所以当时可能是误诊。"

岗野石男说："难道他真的不是枪杀穆兴科的人？但是，在森本课长给我们的名单里，只有七个人住在城外，这七个人里，和穆兴科关系最深的，就是他了。矶口君，你想想看，如果他真的是中共的特工，他的同伙一定会把有可能泄露他身份的各种信息都隐藏起来。我们派驻在武汉的情报人员，现在最重要的工作是刺探中国国民政府的重要动向，没有充足的时间来调查穆立民的过去。"

"岗野君，因为你觉得他的嫌疑最大，我们放弃了对其他人的调查，白白耽误了几天时间。现在如果穆立民也没有嫌疑，那我们的这个调查，是不是就是彻底失败了？"

岗野石男脸上掠过一丝得意："我们没失败，我们还有最后的办法。"

"什么办法？"

"森本课长命令我们查出杀害穆兴科的凶手，是因为我们即将向徐州方向运送大批军火。在那里，皇军的两个师团即将和中方的军队进行最后的决战，他们急需这批军火。这次运输行动关系着那里战事的胜败。如果北平城里的中方地下情报网仍然活动猖獗，没有被肃清，那么，这次的行动就有可能被他们破坏。中国人要破坏这次行动，就必须盗取到我们的军火运输计划。这次的计划，一共有两份，分别保存在我们的情报课机要室和北平治安委员会行动处。其实，要确保这两份计划都很安全，并不困难，我们只需要控制住一个人，就可以了。"

矶口孝三满腹狐疑，说："你说的是谁？"

岗野石男说："德国西姆隆公司驻华贸易代表丹特森。"

"这人是谁？他和我们的军火运输计划有何关系？"

"矾口君，这两份绝密情报，虽然保存在不同地点，但这两个地方的共同之处是都使用德国西姆隆公司制造的保险箱。这种保险箱，质量非常棒，是现在世界上最可靠的保险箱。要打开它就已经非常困难，而且它还有非常特殊的功能，可以完全确保我们的情报不会泄露。"

"是什么功能？"

"这属于皇军最高的军事机密，我也不完全了解。但我可以确信，中国方面的情报人员如果不掌握密码，绝没有任何办法打开保险箱。除非他们绑架了这个德国西姆隆公司驻华贸易代表，否则他们就拿不到我们的情报。所以，只要我们提前动手，控制住这个德国人，情报就万无一失了。"

矾口孝三难以置信地摇摇头，说："事情会这么简单？"

岗野石男拍拍他的肩膀，说："矾口君，森本课长的命令，我们必须执行，但要查清枪杀穆兴科的人，毕竟还需要时间。如果我们把全部力量放到这上面，忽视了保管军事情报，说不定中国的情报人员就会趁机下手窃取情报，再根据军火运输计划来破坏这批军火。所以，下一步我们应该提前对丹特森下手，以免他落入中国人的手里。"

矾口孝三揉搓着自己满是胡须的下巴，犹豫着说："岗野君，你这么说的话，倒是也有道理。但这个人毕竟是德国人，我们总不能对他采取过激的手段。"

看到矾口孝三再一次被自己说服，岗野石男得意地微笑起来，说："当然。我们只需把他控制到我们把军火运到了徐州前线就可以。军火何时开始运输，我们虽然不知道这种绝密情报，但从现在的形势来判断，不会超过三天。再加上运输所需要的时间，我们最多控制他五天就可以了。"

矾口孝三说："我们去哪里才能找到这个德国人？"

岗野石男微笑着说："明天的中央公园，会举行北平临时政府成立百日庆典，这个丹特森也接到了邀请。"

矾口孝三双手握成拳头，在胸前碰了碰，说："那明晚我们一起去中央公园，把这个德国人控制起来。"

"不，我们先要问问他，有没有中国人找到他询问那两个保险箱的事。如果真的有人找过他，那么这将是我们破获中国人在北平的地下情报网的重要线索。"

　　这天深夜，在故宫北门神武门外的景山东大街，槐树阴影下的一个四合院门里，几个人影正隐藏在墙角和廊柱旁。他们都手握驳壳枪，警惕地扫视着院里和屋顶上的一切。远处，故宫角楼上，四个端着刺刀的日本兵，正朝东南西北紧紧盯着，这也让角楼看起来就像一头巨鹰的利爪。已经是深夜了，大部分市民人家已经熄灯就寝，这时，一辆洋车正从地安门方向跑来，停在四合院门口。一个身穿黑色西装、留着整齐分头的年轻人跳下洋车，等车夫离开，他才有规律地敲响房门。

　　咚咚，咚，咚咚——

　　两长一短的敲门声响过，一个管家打扮、身穿烟灰色茧绸长衫，头顶有些秃的中年人打开门。他警觉地看看四周，猛地拉开门，说："快进来！"

　　那个年轻人闪身进了门，中年人马上关上门，插上了门闩。他倒背着手，脸上神色阴郁，低声说："查清楚了吗？"

　　年轻人点点头。中年人面无表情，说："马站长一直在等你。"说完，他转身朝里院走去。年轻人一路跟着，两人走得很快，但落脚都很轻，没出什么声音。两人到了里院西厢房下，中年人弯着腰，轻轻敲了敲房门，说："马站长，人回来了。"

　　"进来吧。"

　　中年人把房门推开一尺多宽，示意年轻人进去。

　　年轻人进了房间，只见一个四十出头、脸形清瘦的男人正微闭着双眼，手里轻轻打着拍子，细细听着收音机里马连良的《斩马谡》。年轻人做了个立正的姿势，借机定了定神，调匀呼吸，这才说："站长，我们已经查清楚，丹特森在受邀请名单之列。"

　　这个正听戏的男人，自然就是国民党军事统计局驻北平的负责人马淮德了。

　　年轻人低着头，恭恭敬敬地说完，马淮德一声不吭，脸上更是看不出任何神情，仍然沉浸在剧情中。

　　年轻人的脸上冒出了汗珠，他把头垂得更低了。"那个德国人，懂怎么摆弄那个保险箱上的那个，那个什么装置？"

"定时开锁装置，定时开锁装置，"年轻人说，"他是德国西姆隆公司驻北平的贸易代表，而且，他是工程师出身，北平治安委员会里的那个保险箱，就是他安装的。所以，他肯定会。"

"你下去吧。"马淮德用壶盖敲了敲桌面，这个年轻人连忙点头答应，转身出去了，门外的那个中年人马上开门闪身进来。

马淮德说："金科长，共产党那边，最近有什么动静？"

"穆立民这一阵子，总爱往什刹海烟袋斜街那一带跑。那里有个做扇子的，看来是他们的人。煤渣胡同那边，他们去过几次，但似乎也没什么进展。"

"中共在北平的地下党，绝不会什么都不做，你们还得给我继续盯紧点。虽说现在国共联合抗日，可万一让他们先拿到日本人的军火运输计划，那么戴老板在蒋委员长面前，可就抬不起头来了。还有——"

马淮德把声音压得更低，那位金科长连忙把头垂得更低，离马淮德更近。马淮德说："现在的局面，说是全民抗战，李宗仁、白崇禧他们，嘴上也一直说服从蒋委员长的领导，可他们毕竟是桂系，这么多年来，蒋委员长最放心不下的，可就是桂系。这回，要是咱们把日本人的军火运输计划弄到手，再把这批军火给毁了，你想想，桂系是靠咱们给他们帮了这么大的忙，才把台儿庄这场仗打赢了，他们以后在蒋委员长面前，还能耍威风吗？"

金科长连连点头，说："您深谋远虑，属下佩服！"

马淮德并不在意这样的恭维，他说："那个德国的贸易代表，你们明天先给他开一张支票，美国花旗银行的，票上的数目，他可以随便填。然后，请他和你们一起去开保险箱。"

金科长面露难色，问："那个德国人的路数，咱们谁都不了解，他要是不要钱呢？"

"不要钱？"马淮德冷笑起来。他站起身来，手里继续打着拍子，走向里屋，嘴里轻轻地跟着收音机里的马连良哼着："先帝创业三分鼎，险些一但化灰尘。将身且坐宝帐等，马谡回来问斩刑。"

"属下明白。"金科长朝着他的背影，毕恭毕敬地立正。等到马淮德关了里屋的房门，这个房间和整个四合院都变得一片漆黑，他这才在黑暗中伸出手，慢慢拧着关掉了收音机。

第十七章 赴宴

第二天一早，潘慕兰来到燕京大学，穆立民带她去见了校长司徒雷登。司徒雷登看过了她的学籍证明和成绩单，又问她为何回国。她说这几年德国对犹太人的迫害变本加厉，社会氛围越来越紧张，校园里已经没办法安心学习了，再加上自己惦记父母，就回国了。

两人出了司徒雷登的办公室，潘慕兰说："幸好我在德国的学分这里也承认，否则我只能从大一读起。"

"走，我带你去参观一下以后的宿舍。"

"你先带我去看看未名湖和博雅塔吧，我见过那里的照片，觉得太漂亮了，一点儿也不比欧洲的那些著名学府差。听说燕京大学的学生，都住在未名湖旁边的德才均备斋？"

穆立民点点头。"太棒了！"潘慕兰心花怒放地说着。这时，穆立民一边给她带路，脑子里已经开始琢磨如何在当晚的庆典上，接近那个名叫丹特森的德国工程师，渐渐就不怎么说话了。潘慕兰见他神色不对，说，"立民，你今天怎么回事？我昨天就觉得你哪里不对劲。"

穆立民笑了笑，说："昨天晚上先请你看电影，又请你喝咖啡，足足花了三块大洋，花钱太多，心疼了。"

潘慕兰捶他一拳，说："你就知足吧，在德国的时候，别人排着队想请我吃饭看电影，都快从柏林排到慕尼黑了，我都没答应。"

"对了，你是怎么来的？"

"我爸给我在永和车厂租了辆汽车，在校门口停着呢。对了，你下午回家吗，可以坐我的车一起回去。"

"那好啊，省得我自己骑车了。"

说到这里，穆立民想，今天，很可能是最后一次见到自己父母、奶奶了。

"对了，德才均备斋离这儿还挺远的，我骑车带你去吧。"他指了指自己停在一旁的自行车。

潘慕兰跳上自行车后座，欣赏着校园里的风景。此时，河边垂柳已经长出了嫩芽，草地上也有了些毛茸茸的绿意。三三两两的男女学生夹着书在四处说笑走动着，潘慕兰伸出胳膊揽住穆立民的腰。穆立民身体一颤，但很快稳住了，继续朝前骑着。

两人到了未名湖畔，湖边有不少学生在放风筝，读书。潘慕兰跳下车，更兴奋了，她看着倒映在湖水里的博雅塔，兴冲冲地说："这塔能爬吗？"

穆立民点点头，潘慕兰惊喜地喊叫了一声，拉着穆立民钻了进去。"哇，真高。"潘慕兰跃跃欲试地望着螺旋形的梯子说。"先回家吧，把能来读书的事儿，早点给你爹你妈说说，让他们早点儿放心，反正以后来的机会多着呢。"穆立民说。

"以后的事儿，以后再说。"潘慕兰大步迈上楼梯。穆立民只好也跟了上去。两人到了最高处，这里只有半米见方，两人几乎转不动身了。一阵暖洋洋的阳光洒进塔里，湖边青年学生的歌声也在空气中四处飘荡，潘慕兰望着四周的湖光山色，说："这里太美了，是个读书的好地方，更是个谈恋爱的好地方。"说完，她瞟了穆立民一眼，闭上了眼。穆立民看着她翕动的睫毛和涂得亮晶晶红彤彤的嘴唇，定定神，说："咱们早点回去吧，等你办完入学手续，我再带你好好逛逛。"

潘慕兰睁开眼，有些失望地瞥了一眼穆立民，扭头望着湖边的男女学生，说："你看，这些年轻人都这么快乐，但我在德国，已经很久没看到这种平静幸福的场面了。在德国，希特勒上台后，颁布了《纽伦堡法》，凡是德国的犹太人，都被剥夺了公民身份。那些本来好好过日子的犹太人，一下子变成了下等人。很多人莫名其妙地失踪了，很多人被关进监狱，更多人被赶出了自己的房子。很多犹太人都是有钱人，一夜之间，他们的房子、首饰、存款，甚至生命，都不属于自己了。人的生活，太容易被改变了。现在日本鬼子占领了北平，说不定以后会怎么样对待我们。所以，我觉得，现在每一个快乐的日子，我们都要好好把握，否则，等到越来越多的地方变得像地狱一样，那时想为自己多寻找一些快乐，也没机会了。"

穆立民拍拍她的后背，说："对于侵略者，我们如果都不反抗，他们就会变本加厉地欺负我们。那样的话，我们永远都不会拥有平静幸福的生活。所以，为了国家，为了民族，为了我们的亲人，我们一定要反抗侵略者。就算现在要付出一些牺牲，那也是值得的。"他抬起手腕看看手表，说，"已经十一点了，咱们回城里吧。"

潘慕兰又捶了穆立民一拳，说："回城回城，就知道回城，和我多待一会儿就这么难受吗？"她重重哼了一声，顺着楼梯走了下去。

到了下午，穆立民离开家，按照约好的时间来到烟袋斜街。临出门前，穆老夫人和穆世轩夫妇都在午睡。穆立民先来到奶奶的卧室，趁着坐在旁边椅子上打盹儿的袖儿不注意，跪下来给奶奶磕了仨头，又来到父母卧室，给父母磕了仨头。当他站起身来时，不禁已泪流满面。

他还来到穆兴科的房间里待了一会儿，这是这一阵子他第一次来到这个房间。他在穆兴科的书桌前坐了一会儿，又到他的床边坐了一会儿。他看着房间里的每一样东西，回想着自己记忆里和穆兴科有关的一切。房间里最大件的家具就是衣柜和书柜。他记得很清楚，八岁那年因为调皮，在外面玩耍时，趁着葆顺堂药店那位老太爷过马路时，抽走了他的龙头拐杖，害他在路上摔了一个大马趴。结果那位老太爷来天祥泰绸缎庄兴师问罪，父亲气得要揍他，他吓得躲进哥哥穆兴科的衣柜里。哥哥不肯告诉父亲他躲在哪里，结果被父亲重重责打不说，还被罚跪了五个时辰。至于书柜，他想了起来，自己十岁那年，弄丢了一个同学的大风筝，那个"沙燕儿"，是从前宫里的匠人做的，价格昂贵。穆兴科就用自己的学费、书费，买了新风筝还给同学。结果他不但自己上课没书看，还因为不肯说这笔钱是怎么花掉的，又被父亲请出了家法，用藤条重打，腿上腰上都受了伤，连续十多天没能下床，半夜里都疼得呻吟个不停。这天，穆立民看着仍然伫立在墙角的衣柜、书柜，轻轻抚摸着穆兴科用过的书桌、床单，拿过书桌上的一只镜框，喃喃地说："哥，你怎么这么糊涂，竟然相信日本人的话，给日本人当特务，还出卖你自己的同志。他们都是为国立过功的，是你害死了他们——"

镜框里镶嵌的是穆兴科中学时的一张照片。照片上，穆兴科一副英俊帅气的样子，他身穿学生装，手里握着一卷书，微笑着看着镜头。他那神情仿佛在说："傻弟弟，你太年轻了，你根本不懂我的心思。我帮日本人，归根结底还是为了中国好。国民党的官员太腐败了，中国的国力太弱了，根本打不过日本。咱们只有放弃抵抗，接受日本人的统治，采用日本的制度，才能实现和平，尽快强大起来。"

"不，哥，你错了，你上当了！日本人只想征服中国，掠夺中国，哪里会帮助我们！中国要强大，只有靠中国人自己！你走的路，完完全全是错的！我不能让你在这条路上继续走下去，否则，你还会害死更多的人，做更多的错事！"穆立民盯着镜框，再也忍受不住，一头趴在枕头上低声痛哭起来。

这天下午，穆立民在商量好的时间到了陈文蛟的扇子店，对文四方和陈文蛟说："今天晚上，我去参加那个临时政府的宴会，到时我设法从丹特森那里弄到调整保险箱定时开锁设置的办法。"

他还正说着，陈文蛟打断了他，说："我通过黑道上的朋友，了解了一下这个丹特森。穆老弟，你猜他是什么人？"

穆立民有些纳闷儿，说："他是德国大企业的工程师，自然是德国人。"

陈文蛟摇摇头，说："他其实是中国人，噢，他可能的确加入了德国国籍，但他从根儿上说，却是个中国人。他出生在中国，后来才去了德国。"

穆立民本来端起一杯茶水在喝着，这会儿险些把茶水喷出来，他万万没想到，这个自己费尽心思想要建立联系的丹特森，居然有如此的家庭背景！他说："陈四哥，你的消息准确吗？"

陈文蛟笑了笑，说："你放心，绝对准确。这个人既然是保险箱方面的工程师，眼下又来了北平，那么在我们黑道上，自然有人去打听他的情况。今天中午，我专门找了道上的朋友，详细了解了他的情况。穆老弟，你先说你的计划，待会儿我再把他的情况，一五一十地告诉你。"

穆立民眉毛一扬，说："那太好了，知道了他的底细，我就更有把握说服他了。两位哥哥，请你们在晚上十点潜入鬼子的特务机关处，打开保险箱后，拍下那份军火运输计划。我到了临时政府的宴会上后，无论是否说服了丹特森，我都会去鬼子的特务机关处。到时，无论我身上发生了什么，你们都别管。对咱们来说，最重要的事情，就是完成党交给的任务。这个任务，就是取得日军的军火运输计划，再交给党组织。文大哥、陈四哥，如果一整夜我都没能去车库和你们会合，你们拍下的照片，就要由你们送给上级。我和上级的接头地点，按照工作纪律，不到事态紧急、万不得已的时候，是不能告诉第三人的，哪怕是自己的同志，未经上级同意，都不能透露。眼下的形势，显然就算这种紧急情况了。"接着，他把西苑那里那处老槐树，告诉了陈文蛟和文四方。

文四方一把抓住他的胳膊，满眼泪花地说："穆老弟，你还年轻，又有学问，以后能做的事儿，多着呢。我大老粗一个，没什么本事，还是让我留在机要室，让鬼子把我抓走。"

陈文蛟也攥住穆立民的手，说："穆老弟，最应该留在机要室的人，是我！我是孤家寡人一个，你有奶奶、父母，你家离不了你。这几天我也看出来了，你遇事处理起来有条理，心思沉稳，脑子快，以后还能为组织、为国家、民族做好多事儿！"

穆立民微笑着听着，等他们情绪缓和了一些，这才说："文大哥、陈四哥，咱们不是早就说清楚了吗，请柬上写得明白，请的是天祥泰绸缎庄的人，就凭这一条，你们谁都替代不了我。你们放心，我没那么容易死的。"

陈文蛟和文四方互相看了看，陈文蛟说："看来，也只能这样了。穆老弟，还有一件事，我得告诉你。最近两三天，总有几个不知什么来历的人，在烟袋斜街上转悠。其实，整条街上，都没几家还在做生意，这几个人，眼露凶光，身形剽悍，看着也不像喜欢文玩字画这类东西的人。"

穆立民说："我猜，这几个是国民党军统那边的人，他们想知道我们的行动到哪一步了。"

"对了，你从那个临时政府的宴会上，怎么回到鬼子的特务机关处？"

"这个宴会，肯定有大批鬼子从煤渣胡同过去参加。到时我找一辆返回煤渣胡同的车就行了。"

"穆老弟，给你这个，你或许用得上。"文四方从怀里掏出一张纸片递给他。穆立民一看，上面写满了车牌号码。

"文大哥，这是你在鬼子车库里记下的车牌号码？"

文四方咧嘴一笑，说："前两回，在车库里一待就是一整夜，反正也闲着，就把鬼子的车牌号码都记下来了，心想说不定什么时候就能用上。"

穆立民说："文大哥，你真给我帮了大忙了，到了临时政府的那个宴会上，我根据你写的这些号码，看哪辆车是从鬼子的特务机关处开出来的，我就进哪辆车！"

几个人又互相叮嘱了几句，陈文蛟把自己白天打听到的关于丹特森的所有情况都告诉了穆立民。此时夜幕已降，穆立民出了扇子店，上了一辆洋车，从烟袋斜街往南穿过地安门，又经过景山东大街，到了故宫神武门外。洋车沿着筒子河，到了中山公园——请柬上的"中央公园"——北门。

这座"中央公园"，原名中山公园，位于故宫西侧，与故宫东侧的太庙遥遥相对，是民国初年由从前的社稷坛扩建而成的。明清之时，社稷坛是皇帝们祭祀土地神和五谷神的地方，里面保存有拜殿、来今雨轩、宰牲亭等名胜古迹。民国时，社稷坛扩建完成后，曾经叫作"中央公园"。孙中山先生去世后，曾经停放他灵柩的拜殿，改名为中山堂，这里也由刚建成的中央公园改名为中山公园。日军占据北平后，又把这里改名为"中央公园"，把中山堂改名为"新民堂"。

此时，整个公园都挂满了彩色电灯，各个门口更是张灯结彩。到了公园北门这里，洋车不能继续向前了，门卫验过了穆立民的请柬，他只能步行进去。到了宴会大厅门口，只见周围已经停了不少汽车，车里的新贵们下了车，相互鞠躬作揖，笑容满面地走了进去。穆立民对于这些投靠日本人和临时政府的汉奸，自然厌恶至极，但他知道不能流露出半分心里的想法，调整好表情，继续朝前走去。

举行宴会和舞会的"新民堂"，早就把里里外外装饰得富丽堂皇，四处摆放着日本国旗和临时政府的旗子。每棵树上都挂满了彩色灯泡，树木之间的绳索上，系着印有"日中共荣、和平团结"字样的彩纸。穆立民没有急着进去，而是细细打量着四周的情形。他看到，已经有十多辆汽车停在"新民堂"外的草坪上，看来乘坐这些车来的，不是临时政府的高官要人，就是日军的高级军官。

他拿出文四方记下的那些车牌号码，果然发现其中有两辆车就来自日军特务机关处。草坪上，应邀而来的宾客们正在说说笑笑，穆立民看到的，基本都是黄皮肤的中国人和日本人，只有寥寥几个白种人。

他走进宴会厅，只见里面已经把主席台布置得花团锦簇，主席台后方是两面足有两米多高的日本国旗和临时政府旗。整个大厅里，摆了大概二十张桌子，每张桌子旁放了十二把椅子。大厅天花板上，挂着一只直径至少三米的硕大的水晶吊灯，把大厅的各个角落都照得明晃晃的。

他假装寻找自己的座位，在整个大厅里找了一遍，可没有哪个桌签上写着德国西姆隆公司驻北平贸易代表丹特森的名字，他只得找到写着父亲名字的桌子坐下。距离庆典开始的时间越来越近了，四周的人并不多，穆立民这张桌子，连他只有四个人。有人一落座，马上把面前的桌签藏起来，他起初还有些纳闷儿，但马上就明白了，这些人是在害怕被别人看到自己来参加这次庆典了。

很快，庆典开始的时间就快到了，大厅里的座位，只坐了不到五成。稀稀落落的样子，看起来毫无欢庆之意。几个穿着黑色礼服的男女侍应生，在穿梭忙碌着，给这里增加了少许的生气。几个胸前别着小红花的人，看起来在临时政府任职，他们神色颇为焦急，里里外外地快步穿梭，似乎还在互相埋怨着。已经是六点五十分了，距离庆典开始只有十分钟。这时，厅外忽然涌进来一群男女，四面散开，坐在大厅各处，让这里的人气旺了不少。这些人看起来衣着普通，神色也颇为拘谨，显然是临时赶来的。这时，原本坐在穆立民旁边的一人低下头，低声说："这位仁兄，你看出新来的这些，都是些什么人吗？"

穆立民摇摇头，这人鼻孔里重重哼了一声，说："我猜，都是今天里里外外来回走动的这些人的家眷。临时政府要把这个活动搞得热热闹闹，可没多少人给他们捧场，这些司职庆典的人，自然心里着急，但别无他法，只好把自己家眷亲友叫来充数了。"

说话间，穆立民忽然闻道一阵淡淡的幽香，一个穿着红色裙装的年轻女人径直坐在他旁边。这女子身形高挑，头颈白皙，钻石耳环、珍珠项链在吊灯的照射下散射着柔润的光芒，这身行头一看就价值不菲，她自然就是正和堂潘家大小姐潘慕兰了。

穆立民压低声音，指了指靠近主席团的一张桌子，说："那个德国人的桌签在那边，他人还没来。"

潘慕兰嘻嘻一笑，说："你放心，德国人一向守时，他肯定会准时到来的。"

"那就好。"穆立民点点头，不想让自己过于显眼，转过脸来，不再看她。他端起茶杯，慢慢啜饮着，脑子里则在琢磨，等那个丹特森到来后，自己的开场白应该怎么说。

这时，一个女侍应生在不远处的桌旁端着托盘，给宾客的高脚酒杯中倒红酒。虽然她只是侧着脸在穆立民面前一闪而过，穆立民却有些诧异，他觉得这人自己似乎在哪里见过。

潘慕兰顺着他的眼光望过去，看到这名女侍应生倒完了酒，就回到墙边，一声不吭地和其他侍应生站在一起。她小声对穆立民说："这姑娘你认识？"

穆立民摇摇头，低着头喝茶。潘慕兰见他脸色郑重，不敢再说什么了，只好自己漫无目的地朝四周张望。忽然，大厅外传来一阵喧哗声，还夹杂着一串外语。穆立民听得出这不是英语，他低声问潘慕兰："外面是有人说德语吗？"

潘慕兰点点头，说："非常标准的德语。"这时，两名宾客被几个临时政府的官员簇拥着进来了。其中一人高鼻深目，身形高大，比身边的中国人至少高了半个头。他身穿黑色燕尾服，打着墨蓝色领结，脸上始终浮动着一层笑意，面带春风般对来和他握手的中国人，用德语飞快地说着什么。他旁边那人，是个清瘦的中国人，戴着厚厚的眼镜，一直在紧抿着嘴，一言不发，谁来和他握手，只是客气地朝对方点点头。

"那个德国人在说什么？"

潘慕兰听了几句，说："他是德国驻北平领事馆的商务参赞汉特，但这次是用自己的民间身份，德国商会驻北平的代表来参加庆典的。"

穆立民冷笑着说："怪不得这群汉奸这么前呼后拥的，他们这个临时政府，国际上压根儿没几个国家正式承认，这个百日庆典的请柬，不知道发出去几百张，各个领事馆肯定都发遍了，根本没人搭理。如今可算来了个洋人，还有正式身份，他们当然要拼命拍马屁了。他身边的那个中国人，是他的翻译吧，怎么一句话不说。"

"他身边那人可不是翻译，人家是德国西姆隆公司驻北平的贸易代表，名叫丹特森。"

穆立民点点头，说："原来他就是丹特森。"

潘慕兰又侧耳听了听，说："听别人的介绍，没错。西姆隆公司是德国的大型企业，在政界商界都有着巨大影响，想不到他们的驻北平贸易代表竟然是个华人。"

穆立民心想，这一点陈四哥早就告诉了我，要不然我也得大吃一惊。他看着丹特森坐下，四周都是临时政府和日军特务机关处的头面人物，心想应该怎么和他接触呢？

他看看手表，已经六点五十五分，还有五分钟，晚宴就要开始了。这个时间，陈文蛟和文四方应该已经潜入日军特务机关处的车库了。

这时，有几个日本军人走过去和丹特森握手，丹特森客气地用德语和他们应酬着，脸上还是没有任何神情。穆立民说："你把这个丹特森说的话，翻译给我。"

潘慕兰低下头，仔仔细细听着丹特森的话，说："那几个日本人，都是过来感谢丹特森的，说感谢他安装了那么牢固的保险箱。本来北平有很多特务，他们窃取了大量重要情报，给日本军队造成了非常大的损失。现在有了非常可靠的保险箱，就可以放心了。"说到这里，潘慕兰已经气得脸色通红，说，"他真是个汉奸，明明是中国人，偏偏去给日本人造保险箱，去保存日本人的情报！"

这时，两个身穿日军制服的日本军官走了进来，站到丹特森身前，说："我是大日本皇军华北方面军驻北平特务机关处少佐矶口孝三，这位是岗野石男少佐，请丹特森先生随我们出来一下。"

那个名叫汉特的德国人，冷冷地说："丹特森先生是德国企业的重要雇员，我要对他的安全负责。"

这两个日本军官自然不敢得罪德国外交官，矶口孝三赶紧说："请汉特先生放心，我们绝对保证丹特森先生的安全。我们上司只是想向他请教一下有关保险箱的技术问题。"

　　汉特还要再说，丹特森侧脸和他小声说了几句，就站起身来，说："好吧，我和你们出去一下。"

　　三人出了大厅，穆立民站起身来，把餐巾往桌上一拍，说："我跟他们去一趟！""我也去！"潘慕兰也跟着站了起来。穆立民做了一个往下压的动作，说，"你别去了，就在这儿等着我吧。"

　　"你又不懂德语！"

　　"我会让他说中国话的。"

　　穆立民把潘慕兰按回了座位，自己走出大厅，看到两个日本军官和丹特森，沿着公园里的小路朝北走了几十米，进了旁边的一排殿宇。他从前多次来到这个公园，当时，这里还叫作中山公园，还没被日本人改名为中央公园。那排房子原本是一处名叫戟门的宫门，后来砌上了墙，改名为戟殿，可供重要宾客休息。他刚要跟过去，只见树后突然跳出两个身穿黑色夜行衣的人影，跟着丹特森三人，到了戟殿旁。两人并未进去，而躲到窗户下方，把耳朵贴在墙上，在听着房子里的动静。

　　这时，两个正在四周巡逻的日本兵看到了这两人，马上端着刺刀，慢慢地靠近他们。两个黑衣人似乎在全神贯注地听着房间里的动静，对身后的情形一无所知。

　　日本兵距离他们越来越近了，到了离两人身后只有两米的时候，两名日本兵互相看了看，又点点头，做出了一个向前刺杀的动作。眼看两个黑衣人就要被刺刀刺穿后背，死在刀下，这时，一枚石子不知从哪里飞来，砸中了一名日本兵的鼻子。日本兵惨叫一声，用手捂住了鼻子。两个黑衣人发觉情况不对，立刻飞身跳起，快步钻进了树影里。两个日本兵哇啦哇啦叫着，顾不得找偷袭自己的人，朝黑衣人飞奔的方向追了过去，在四周巡逻的日本兵和临时政府的特务，也跟着追去。这时，戟殿的房门打开，矶口孝三走出门，朝四周看了看，又关上了门。

　　"先生，需要酒吗？"

　　穆立民顾不得想这两个黑衣人是什么来历，心里犹豫着要不要过去听一下那个房间里，两个日本军官和那个丹特森在谈些什么。他觉得，他们在说的事情，一定和日军的军火运输计划有关。这时，忽然听到有个女人的声音在旁边说。他扭头一看，正是那个自己看着有些面熟的女侍应生，在端着一个托盘对自己说，托盘里是十多只盛满了红酒的酒杯。

他刚要回答，这个女人压低声音说："想知道他们在说什么吗，你在前面，我跟着你。"

穆立民打量着她，只见她和自己差不多的年纪，虽然是侍应生打扮，却用一种期待、亲切的眼神看着自己。

"我是罗明慧，罗明才的妹妹！"她低着头，轻声说着。

"你是罗明才的妹妹？"穆立民大吃一惊。他想了起来，当初，高铭志老师告诉他本次盗取日军绝密情报的行动，计划由四名成员参加，其中一人名叫罗明才。当他按照高老师提供的地址，找到罗明才家时，才知道他已经被日军抓走。后来，在罗明才家里，他在地上一张烧掉一大半的全家福照片上，看到过这个年轻女子。

"时间紧急，你先往那个方向走，我再慢慢给你说。"罗明慧说。

穆立民点点头，装出一副喝醉的样子，脚步踉跄地朝那几间房子走过去。"先生，请注意别摔倒！"在他身后，罗明慧一边说着，一边跟了过来，托住他的胳膊，挽住了他。两人一前一后渐渐离开了宴会大厅，来到载殿外。

"你怎么会在这里？"穆立民歪歪斜斜地走着，还揉着自己的太阳穴，在任何人看来，他都是一副醉汉的样子。

"我哥哥被日本人害死了，我一定要为他报仇。后来，我听说那个汉奸组织北平治安维持会招收新人，我去应征，我就这么进了治安维持会。到了治安维持会，就能和鬼子打交道了，我已经偷偷杀了好几个鬼子、十几个汉奸了。"

穆立民一边摇摇晃晃往前走着，一边努力回想着当初高老师给他说过的话。想了一会儿，他说："天不早了，家里有几个人，全都上桌吧。"

罗明慧不知道他在说什么，抬起头瞅他一眼，眼神里满是迷惑。穆立民见她没回答，心里一阵失望，嘴上说："你哥没给你说过？"

"这是接头暗号？他是冷不丁被抓走的，我连他最后一面都没见到。"罗明慧咬着嘴唇说着，眼睛里冒出了大颗的眼泪，扑扑簌簌掉在了地上。尽管如此，她脚步倒是丝毫没慢下来。穆立民稍微挺了挺腰杆，让自己压在她身上的体重减轻了一些。

她对不上暗号，应该怎么办？但是，从所有的线索来看，她的的确确是罗明才的妹妹。那张在罗明才家中发现的照片上的女子，的确是面前这个人。而罗明才和文四方、陈文蛟一样，是高铭志老师亲自发展的地下党同志。但是，按照工作纪律，暗号是唯一用来证明身份的方法，不知道暗号，就不能将其视为和自己一起完成这项任务的同志。

穆立民紧张地思考着。罗明慧察觉出了他的顾虑，用袖口擦擦眼泪，说："我知道，我对不上暗号，你就不可能相信我。那也没关系，你觉得该保密的，就对我继续保密，什么都不用给我说。现在我已经在这里了，你就当我是个想多消灭一些鬼子的中国人，最普通的中国人。你需要我做什么，直接告诉我就可以。只要能打鬼子，只要能给我哥报仇，让我干什么都行。"

既然她了解治安维持会的情况，那么现在就借助她来完成这次任务。我绝不向她吐露任何机密。

穆立民心里想着，再往身后一看，两人已经离开礼堂很远了，似乎没人注意到自己。他指了指戟殿的那几间房子，压低声音，说："去听听那几个人在里面说些什么。"

罗明慧点点头，问："他们是什么人？"

穆立民有些语塞，罗明慧马上明白了，冷冷地说："我知道了，我根本不该问。"

穆立民脸上泛红，刚要解释一下，忽然，罗明慧似乎注意到什么，一拉他的胳膊，把他拽到一棵松树后面。两人轻轻探出头，只见刚才那两个日本兵正从那片树林中走出来，两人相互嘀咕着什么，看来没有找到那两个钻入树林的黑衣人。这时，一道寒光闪过，一名日本兵胸前被刺入了一柄匕首。他来不及惨叫，就瞪大眼睛向后倒去。另一名日本兵马上紧张起来，把步枪端了起来，他正四处张望，一个黑影从天而降，正落在他身后。日本兵还没来得及转身，那个黑影比他高大得多，伸出胳膊勒住他的咽喉，然后用力一扭，只听咔嚓一声，他的颈骨就被拧断了。他像一根面条一样倒了下来。这时，又有一个黑衣人从树顶跳了下来，两人一起把两个日本兵的尸体拖进了树林。片刻间，他们出了树林，又快步走向那片房舍，一起在窗下蹲了下来。

其中一个黑衣人在拖尸体时，被日本兵的步枪枪口把脸上的黑色面罩扯开了。虽然只是一秒钟的工夫，树林里又颇为昏暗，但穆立民还是看清楚了，那个黑衣人，就是前不久他和高老师在一处大杂院里遇到的为国民党军事统计局驻北平负责人马淮德拉车的车夫。

　　毫无疑问，发生在穆立民眼前的这一幕，意味着国民党方面派出的特工在获取日军军火运输计划方面，也已经取得了重大进展。他们潜入临时政府成立百日庆典现场，显然和穆立民他们一样，有着同样的目标人物，那就是那个名叫丹特森的德国西姆隆公司贸易代表。

第十八章 遭 遇

当初，国共两党的情报组织负责人，曾经约定分头获取日军情报，马淮德负责的是存放在北平治安维持会的军火运输计划，穆立民则负责盗取日军特务机关处里的那份计划。

穆立民看了看周围的形势，自己和罗明慧所在的松树下，距离灯火通明的礼堂有五十余米，那片房子则在前方三四十米处。那两个国民党军统特工，本来一直一动不动地蹲在窗下，忽然，两人眼神一变，互相看了看，一起站了起来。其中一人转身藏到墙角，只露出半张脸，朝着四周打量着，另外一人则从怀里掏出一把手枪，背靠着房门，随时准备转身冲进去。

他们想干什么，不怕打草惊蛇吗？穆立民心想。他马上猜到，这两个军统特工，准备直接绑架丹特森，从他嘴里获取打开保险箱的办法。这样的后果是，虽然能在日军开始运输军火前，拿到这份计划，但是，他们的行动也会被日军察觉，从而放弃原定的计划。这样一来，日军必将采取新的运输计划！

时间太急迫了，穆立民压低嗓音，在罗明慧耳边轻声说了几句，罗明慧点点头，两人分头从那栋房子两侧绕了过去。

那个背靠房门的特工，从门缝里侧耳听了听里面的声音，转过身来正要破门而入，忽然觉得腰后一冷，接着不知是谁贴着自己身后，用极低的声音说："是自己人，先别动手，跟我来。"

这个声音听起来很年轻，也有些熟悉。他一低头，看到地上的影子，一个高个子正用手枪抵住了自己的后腰。自己身旁，也有一个黑影，用同样的办法制住了另一个特工。

在国民党军统特工里，他也算临阵经验丰富了。他琢磨了一下眼前的局势，做了一个朝向树林那边的手势。四人离开房前，进了树林。等到了树林深处，穆立民收起手枪，朝着两个军统特工一拱手，说："得罪了。"

那个领头的国民党军统特工，名叫金观楼，他也认出了穆立民。他朝穆立民和罗明慧打量了几眼，冷冷地说："穆老弟，你这是唱的哪一出？咱们两家的上峰，不是早就说明白了吗，你们盗取日军特务机关处里的行动计划，我们呢，盗取治安维持会里的那份，井水不犯河水，哪一家先得手，就算是哪一家的功劳。"

"你以为我们要和你们抢功劳吗？"罗明慧心直口快，踏上一步说。

穆立民朝她摆摆手，说："金大哥，我没猜错的话，刚才看你们的阵势，是准备闯进门去，把那个德国西姆隆公司的贸易代表绑走？"

金观楼倒是爽快，他点点头，说："不错。维持会的那份情报，是锁在一个保险箱里。那可不是一般的保险箱，只有里面那个人能打开。"

"他还在那边宴席上做客，如果你们真的把他绑走，肯定就打草惊蛇了。就算那份情报真的从保险箱里弄出来，日军也不会按照上面的计划运送军火了。新的计划会是什么，我们谁都不知道，说不定这批军火就真的会被鬼子运到鲁南前线去！"

金观楼冷冷一笑，说："鬼子会继续怎么做，和我们都无关了。只要我们弄到日军的计划，就能对全国的舆论有个交代。到时，我们把这份计划公之于众，普天下都知道我们在积极抗战了。"

罗明慧忍不住了，冷冷地说："你们只是为了应付舆论，并不是为了帮助李宗仁将军在台儿庄打一场胜仗？"

金观楼斜瞟了她一眼，没理她，仍然对着穆立民说："穆老弟，我是军人，服从命令是天职，既然上峰命令我们窃取日军军火运输计划，那么，别的我们都不用关心了。"说着，他掂了掂手枪。这把手枪虽然没打开保险，枪口朝下，但威胁的意思是再明显不过了。

罗明慧急得想跺脚，可又怕发出声响，她的眼睛已经通红了，伸出胳膊指着金观楼说："你们光想着让全国上下觉得你们积极抗日，有没有想过，日军不再执行这份军火运输计划，改成用别的法子运送军火。到了那时，我们根本来不及重新破坏他们的计划，这么一来，台儿庄前线的将士，一定会因为日军获得弹药补给而大量伤亡，这场大战，极有可能因为这个而输掉！"

穆立民轻轻按下她的胳膊，朝金观楼拱拱手，说："金科长，眼下我们的确已经有了鬼子机要室的全套钥匙，但保险箱上的密码锁，是有特殊之处的，每天只能打开一次。这样一来，如果我们取出情报完成拍照，鬼子就会知道这份情报已经泄露，也就不会按照这份计划来运送军火了。"

"我倒是还不知道那个保险箱有这种玄机。不过那也没关系，不管什么难题，反正那个假洋鬼子都能解决。"金观楼继续努着嘴说。

"以小弟的拙见，不如将那位贸易代表请到日军特务机关处，请他改动一下保险箱的机关，然后将日军军火运输计划盗出。这样一来，日军并不知道情报泄露，仍然会按照原计划运输军火，我们的上级就可以根据这份计划，来炸毁这批军火了。"

金观楼皱皱眉，刚要说什么，穆立民明白他的心思，马上接着说："金科长已经追踪那个贸易代表到了此处，对获取这份情报出力极大，到时金科长如何向上汇报，我们悉听尊便。"

金观楼干笑了几下，又说："穆老弟既然这么会做人，我也不必客气了。只是，我们马主任和贵党的高同志已经约好，双方分头盗取日伪两方保存的情报。他们虽然没说一定要比个谁输谁赢，但既然双龙戏珠，哪条龙抢到了，哪条龙白忙一场，总还要见个分晓。今天就是最后一天了，明天日军就要开始按计划往鲁南方向运送军火，现在，你我二人在这里碰上，哈哈，眼下这局面，恐怕是两位长官当初没料想到的——"

穆立民自然明白，金观楼无非是担心被自己抢去盗取日军情报的功劳。只听罗明慧在他耳边恨恨地说："都什么时候了，还只想着争名夺利！"

穆立民轻轻拍拍她手背，淡淡一笑，说："此次行动一旦成功，首功肯定要记在金科长身上。"

金观楼长出一口气，拱拱手，说："那我就多多承老弟的情了。"他指了指身边那名军统特工，说，"他叫肖听风，也是马主任手下。"

穆立民和罗明慧朝这人拱手致意，这人也还了礼。

这时，那扇戟殿的大门打开，丹特森在先，那两个日本特务在后，三人出来了。金观楼飞快地说："那边挂德国领事馆牌照的车，我们已经弄到了车钥匙，把那个丹特森，绑到那辆车上去！"说完，他不等穆立民回答，一扭脸，把手枪插回怀里，和另一名军统特务快步朝树林外走去。

"穆大哥，咱们怎么办？难道真的任由他们把丹特森绑架走？"罗明慧眼看他们两人即将走出树林，距离那三人越来越近，拽了拽穆立民的衣袖，着急地说。

从穆立民接受情报工作的训练那天开始，到这时也不过一年半左右的时间。这段时间里，他虽然单独执行过很多任务，杀过出卖国家利益的汉奸，炸掉过日寇的几处军火库，也盗取过日军机密情报，但像今天这样，需要他在极短时间内做出下一步如何行动的判断，他还是第一次遇到这种情况。

如果制止金观楼他们，那么丹特森返回晚宴现场后，可能今晚再也没有机会控制住他；如果任由金观楼绑架丹特森，上了他们开到这里的汽车，那么，谁也猜不到金观楼会不会把丹特森交给自己。

刚才，金观楼虽然答应把丹特森交给自己，但这种老奸巨猾的特务，显然不会太把这种承诺当回事。如果金观楼执意要把丹特森绑架到北平治安维持会行动处，去打开存放在那里的保险箱，那么毫无疑问，日军将在第一时间知道这份军火运输计划已经泄露，会采取另外的办法运送军火。

穆立民感觉到自己的心脏在胸腔里怦怦跳动，他命令自己冷静下来。略一思索，他说："这里日本人和临时政府的人太多，我们先帮他们控制住丹特森，等上了他们的汽车，离开这里后，再想办法把丹特森带到日军特务机关处。"

他和罗明慧快步走过去，只见两名军统特务已经来到那三人身后。他们快步贴到两名日军军官身后，挥动手掌，猛地切到他们的后颈部。这两人马上像面条一样，瘫软了下来，走在前面的丹特森听到后面声音有异，刚一回头，金观楼飞身上前，从怀里抽出什么东西，捂在丹特森嘴上。丹特森只觉得大脑一阵眩晕，也倒下了。金观楼扶住丹特森，朝肖听风使个眼色，他两只胳膊一左一右，把丹特森和一名日军军官拖到了树后，肖听风则把另一名日军军官拖到旁边大树后方。

因为他们的位置距离灯火辉煌的晚宴那边还挺远，四周光线昏暗，加上他们行动迅速，没有引起周围卫兵的警觉。

金观楼他们把两名日军军官藏到树后黑影中，然后一左一右扶着丹特森，装作丹特森已经酩酊大醉，朝着一辆挂着德国牌照的汽车跟跟跄跄地走过去。

"跟我来！"穆立民低声说。他和罗明慧走出树林，走到那两棵树后，穆立民想到了什么，他弯腰先后在两名日军军官身后搜索了一番，找出了一枚汽车钥匙。

"会开车吗？"他低声问。罗明慧点点头，穆立民把钥匙递给她，说，"试试看哪辆车能开，然后跟上我。"

说完，穆立民跟着金观楼钻进了他们的车，罗明慧则俯下身子，躲避着卫兵的巡视，一辆辆汽车试过去，找到能用这把车钥匙启动的汽车。

这时，穆立民已经上了那辆汽车，钻进了后排座。只见车子的方向盘正握在肖听风手里，金观楼则紧紧抓着丹特森的胳膊，坐在后排。金观楼看到他钻进车子，对他的出现似乎并不意外，淡淡一笑，说："穆老弟，你行动得蛮快啊。"接着，肖听风转动车钥匙，打着了火，然后踩下油门，车子慢慢从几排汽车中行驶出来，朝着公园大门开去。

穆立民朝后看了看，罗明慧还没跟上来，他对金观楼说："金科长，咱们刚才不是说好了，把丹特森带到日军特务机关处去吗？"

本来晚宴四周有好几层的卫兵把守，每一辆汽车进出都会被严格盘查。但此时日本因为入侵中国，在国际上被孤立，只有德国、意大利寥寥几个国家还对日本比较友好，所以，凡是日军占据的地方，德国、德国的外交人员和国民颇受礼遇。眼下金观楼的这辆车，正因为挂着德国牌照，一路畅通无阻地开出了公园。

此时已经是深夜时分，距离和陈文蛟、文四方约好的时间，已经越来越近了。穆立民看看车外，只见车子已经出了公园北门，绕上了南长街，正往长安街开去。

金观楼又是几声干笑，说："穆老弟，北平治安维持会那边，我们早就做足了功课，这会儿，维持会的要员们，还在中央公园的晚宴上，维持会机关里，统共不会有几个人。虽说我们还没弄到特别行动处的钥匙，但我们这位肖老弟，"说到这里，他朝前努努嘴，说，"可是有一手开锁的绝技，天底下就没哪把锁能难住他。"

穆立民想了想，说："金科长，这车能一直开到维持会大门里面？"

金观楼颇为得意地说："维持会的警卫，我们都已经摆平了，无非就是几根金条的事儿。"

原来他们买通了北平治安维持会的警卫。穆立民略一思忖，说："金科长，有没有可能你们摆平的警卫，后来又反水，给你们布下一个口袋，等着你们去钻？"

"你是说，我们可能会中埋伏？"金观楼的身体微微颤了一下，他伸手拍拍椅背，肖听风像接到命令一样，车速慢了下来，车子慢慢停到了路边。

"听风！"他侧了侧脸，对肖听风说。

肖听风赶紧说："科长，肯定不会，北平治安维持会负责今晚执勤的两名警卫，每人都收了咱们五根金条。北平治安维持会是把这份情报存放在行动处，我们用十根金条，买通了他们一个姓关的特务，他把行动处的钥匙和保险箱密码都给了我。而且，咱们也把丑话给他们说在前面，如果他们有什么异常，不光他们自己，他们的老婆孩子，都小命难保！"

金观楼一声不吭，只是透过车窗注视着冷冷清清的街面，看来是在思索着什么。

此时的南长街，寒气袭人，寒风凛冽，街面上空无一人，街旁的民房里，家家户户都是门窗漆黑一片，路边树木上刚刚有些冒头的绿色叶芽，在寒风里颤抖着，似乎随时会缩回到枝干深处。琢磨了一会儿，金观楼睁开眼，说："听风，去煤渣胡同。"

"科长，维持会那边，弟兄们已经把几个警卫都摆平了，日本特务机关处那边的情况，咱们谁都不清楚——再说了，马站长早就命令我们，一定要严格按照即定计划行事，绝不能擅自行动。"肖听风有些迟疑，犹豫着说。

金观楼的语气坚决了一些，说："听风，听我的，去煤渣胡同。根据眼下的情况，穆老弟他们几位，把保险箱的情况摸得更细致一些。咱们去煤渣胡同那里，打开保险箱弄到情报的机会更大。北平治安维持会那边，咱们虽说买通了警卫，可保不齐那几个警卫会不会出卖咱们，两头通吃。他奶奶的，这些人能给鬼子当汉奸，还有什么事儿干不出来？况且，咱们最终的目的是拿到情报，只要咱们情报在手，马站长不会怪罪咱们的，古时候还讲究个'将在外，君命有所不受'呢！"

肖听风不再说了，紧紧抿着嘴，启动了汽车。此时，车子已经接近长安街了，如果要去日军特务机关处所在的煤渣胡同，从长安街一路向东，到了王府井再向北转弯是最方便的。虽然长安街上军警众多，加上时间早已到了宵禁时刻，但他因为开的是德国领事馆牌照的汽车，倒也不担心。

直到此时，夹在穆立民和金观楼之间的丹特森，还是昏迷不醒，一动不动地倚靠在座椅上。肖听风身子直挺挺的，端坐着开了一会儿，他微微扭头看了看后排的情况，神色有些犹豫，低声说："金科长，这人可是德国人，咱们这么把他绑走，可别捅出什么娄子。他可是和那个德国什么商务参赞一块儿来的，这回咱们把他们的车都开走了，万一以后事儿闹大了，不知道戴局长愿不愿意保咱们呢。"

金观楼叹口气，说："你说的这个，我何尝不知？可咱们眼下最要紧的是完成任务，只要把情报搞到手，别的也只能听天由命了。再者说了，那个叫汉特的德国商务参赞，是看到两个日本人把他带走的，这人最后的下落，扯不到咱们身上。到时他去找日本人的特务机关处要人，要这辆车，随他的便。"

很快，车子穿过长安街，拐进了王府井，刚刚进了煤渣胡同，意料之外的事情发生了，一个重兵守卫的岗哨出现在面前。只见荆棘密布的铁丝网挡住所有进入胡同的车辆，足足一个班的日军士兵分布在岗哨四周，其中两名士兵趴在岗哨上，面前还摆放着一挺歪把子机关枪。一串长长的子弹链，正从旁边的子弹箱里延伸进了枪身。岗哨上空还架设了探照灯，把半条胡同都照得亮如白昼。

此时，车里的人都愣住了，穆立民尤其惊讶，他随即想到，这一定是因为第二天就要开始运送军火，日军特意加强了戒备。

肖听风正犹豫着要不要掉头离开，已经有两名日军端着步枪走了过来。车里几个人的心脏都剧烈跳动起来，穆立民更是在想，陈文蛟和文四方是否已经在岗哨建立起来之前，就进入了日军特务机关处。

两名日军士兵站在车头两侧，每人都亮出了步枪上锃亮的刺刀，闪着寒光的刀尖明晃晃地对着车内的几个人，示意司机位置的肖听风摇下车窗。其中一名日本兵嘴里还叽里呱啦地说了一通什么。

"科长，他们要我们熄火，还问这里是军事禁区，我们到这条胡同里干什么？"肖听风懂日语，他扭过脸，对金观楼说。

金观楼说："告诉他们，我们是德国领事馆的车，刚刚离开北平治安维持会成立百日庆祝晚宴，到这里来，只是要抄个近路回领事馆。"

穆立民心里想了想，这么说倒是也说得过去，晚宴在中央公园，德国领事馆在东交民巷，煤渣胡同正好位于二者中间。

肖听风点点头，朝车外的日本兵说了一通日语。穆立民虽然听不懂他们说的是什么，但这番话看起来起作用了，两名日本兵都把刺刀垂了下来。刚才那个日本兵又说了几句什么，这次的语气缓和多了，肖听风却紧张起来，他的脸色唰地变成一片惨白，回头对金观楼说："科长，他们说，检查完咱们的外交证件和车内情况，就可以放咱们过去了。"

金观楼扫视了一下前方，说："你在前面找找，看看能不能找到证件。"肖听风答应着，低头在四下里翻找起来。两名日本兵等了片刻，见他始终没拿出证件，相互看了看，神情又变得警觉起来，重新端起刺刀，朝车窗又逼近了一些，刺刀的刀尖，几乎已经伸到车窗里了。

肖听风越发紧张不安了，穆立民一侧脸，看到金观楼慢慢地要把手伸进怀里。只听金观楼压低嗓音对肖听风说："你打左边，我打右边，再倒车冲出去！"

穆立民知道，按照这个岗哨的火力，即使能一枪打死一名日军士兵，那架机枪，就能把这辆车打成筛子！更何况，不管能否驾车逃走，今晚盗取日军情报的行动，也会彻底失败！

这个时候，他已经没有任何思考的时间了，必须马上做出反应。他的下一步，究竟应该怎么办？

第十九章 卧底

"新民堂"里的宴会早已经开始了，潘慕兰等了个把小时，也没有看到穆立民回来，而且，刚才穆立民随之而去的德国西姆隆公司贸易代表也没回来。她渐渐有些心神不安，对面前的各种美味佳肴完全没有了胃口。她瞅瞅穆立民留下的空椅子，心里越发担忧，索性站起身来，出了宴会厅。在礼堂外，固然灯火辉煌，但在灯光照亮的地方之外，却是漆黑一片，只能看到一些模模糊糊的树木和殿宇的轮廓。忽然，她一抬头，瞥见那个女侍应生出现在不远处停车场里。她正扶着一名看起来喝得醉醺醺的日本军官上了一辆轿车。她把这名军官安放到后排座后，自己又坐到驾驶座，发动了汽车。潘慕兰回想着这人和穆立民相互注视的场面，觉得他们之间一定有什么不为人所知的秘密。眼看汽车即将启动，她一咬嘴唇，快步跑过去，掀开汽车后备厢盖子，钻了进去。

罗明慧没有注意到有人上了车，开车驶出了公园。

那名日本兵的刺刀，已经一大半伸进了车里，停在肖听风的额头旁。他的眼神也越来越凶狠，正死死盯着肖听风的一举一动。毫无疑问，一旦他确定肖听风没有证件，一定会把刺刀刺进肖听风的额头或者喉咙。

穆立民看着肖听风颈后大颗大颗的汗珠和颤抖的手脚，定定神，平静地说："金科长，说不定这个丹特森身上有证件。"

金观楼伸到怀里的手指，已经碰到手枪的枪柄了，听到穆立民的话，马上缩回手，在丹特森身上翻了起来。很快，就在上衣口袋中，找到了一个证件。他看看封面，上面都是不认识的外文字母。他顾不上打开证件细细研究，就交给肖听风了。肖听风赶紧把证件递给车窗外的日本兵，这个兵接过证件，一页页细细翻看着。这段时间里，车里三个人都咬紧牙关，一言不发，除了昏睡中的丹特森沉重的呼吸声，车里再也没有任何声音了。

这个日本兵把证件翻到最后一页，脸色渐渐和缓下来，又重新把步枪背好，刺刀自然也朝上了。他把证件递回给肖听风，然后转身朝着岗哨方向挥挥手。那边的日本兵把铁丝网拉开，露出一段可供汽车通行的路面。

车内的几个人长出了一口气，肖听风伸出袖子擦擦额头的冷汗，重新启动了汽车。煤渣胡同并不长，汽车很快行驶到了日军特务机关处门口，穆立民朝外望去，果然，这里和平常已经大不一样，大门两侧都有一排荷枪实弹的日本兵守卫着，全然不是过去几天只有一人站岗的样子。

"金科长，怎么办？"肖听风说。金观楼用胳膊肘捅捅穆立民，低声说："穆老弟，你看这——"

穆立民心想，德国领事馆牌照的汽车，肯定不能轻易驶入日军特务机关处。眼下唯一的办法，就是回到中央公园里的晚宴现场，找到来自日军特务机关处的汽车，然后藏身其中，再潜入特务机关处。他正要开口让肖听风返回，这时，两道刺眼的灯光从车后射来，而且这辆车丝毫没有在岗哨那里停顿，直接从自己这辆车旁超车，还在车前停了下来！

肖听风只得刹住车，和金观楼面面相觑，不知是怎么回事。那辆车的车门打开，一个女子走了出来。她走到车前，穆立民才看出来，这人一身女侍应生打扮，竟然就是罗明慧。

罗明慧走到后排车窗旁，穆立民摇下车窗，只见罗明慧弯下腰，轻声说："我控制住一个日本军官，让他下令打开大门，我们两辆车就能开进去了。"

说完，她就转身回到自己那辆车前，但她没有回到驾驶座，而是打开后排座，扶出了一个站都站不稳的日军军官。两排日本哨兵马上整整齐齐地敬起了军礼，这个喝醉了一般的军官指着大门怒吼着什么，一个哨兵深深鞠了一躬，马上打开了院门，然后回到自己的位置，和其他士兵一样向开进去的汽车敬礼致意。

两辆汽车一前一后进了院门，开到了车库。穆立民还没来得及下车，就看到罗明慧从怀里掏出一团东西蒙到那个日本军官脸上，他马上往后一仰，头靠在座椅上一动不动了。此时四周一片沉寂，金观楼也朝周围张望了一番，才压低声音对穆立民说："穆老弟，你看——"

穆立民做了一个把手往下压的动作，金观楼只好不再说了。穆立民看了看手表，一看是夜里十一点零八分，心想按照原定计划，到了这个时间，陈文蛟和文四方应该已经回到车库了。眼下看不到他们两人，最大的可能是他们还在楼里，暂时无法返回车库。穆立民分析着局势，这时，身旁的丹特森忽然大声呻吟起来。金观楼说："我们给他用的麻醉剂，有效的时间是一个钟头，现在差不多到时间了。"

穆立民点点头。这时，罗明慧跳出另一辆汽车，飞快地钻进了这辆汽车。她盯着呻吟中的丹特森看了看，不出声地看着穆立民，露出的神情仿佛是在说："看来他马上就要醒了，下一步怎么办？"

穆立民知道，必须马上决定下一步的行动，他想了想，目光慢慢扫视过车内的几个人——金观楼、肖听风和罗明慧，轻声说："目前，对我们来说最困难的，不是怎么把情报从日军那个保险箱里盗取出来，而是不能让日本人在明天早上因为打不开保险箱，知道这份情报已经泄露，从而放弃这份计划，改用另外的行动计划。因为日本人的保险箱有着非常特殊的结构，二十四小时内只能打开一次。现在，只有这个丹特森能够改变保险箱的结构。在这一个小时里，我们必须在丹特森醒来后，说服他帮助我们，修改日军那个保险箱的设置。"

"穆老弟，你的意思是，打开日军保险箱，取出那份情报已经不在话下了？"肖听风听完，琢磨了片刻说。

穆立民点点头。罗明慧双眼亮了，急切地说："咱们还有人在这里？"

穆立民说："他们应该很快就会出现，然后我会在日军警卫换岗时，混进前面这栋大楼。"

金观楼说："楼门的钥匙，存放保险箱那间办公室的钥匙，保险箱的密码，你们都弄到了？"

穆立民又点点头。金观楼和肖听风互相看了看，肖听风眼神中闪过一丝愧色。

这时，丹特森已经不怎么呻吟了，他伸手抹了一把脸，眼皮也在翕动着。金观楼说："此人既然是中国人，那么也是在蒋委员长领导下中华民国国民之一员，蒋委员长当初的庐山讲话，震动了全体国民，对他说不定也极为触动，就由我来做做工作吧。"

他话音未落，丹特森挣扎着身子，想往上靠一靠。金观楼赶紧对车里另外三人做出一个向外推的手势，穆立民朝罗明慧用眼神示意了一下，两人拉开车门钻了出去，肖听风也要出去，金观楼说："听风，你留下来，坐到他旁边。"肖听风答应着，从驾驶座里出来，到了后排座，坐到丹特森的另外一侧。

穆立民和罗明慧钻进另一辆汽车，一前一后刚一坐好，就马上把脸贴在车窗玻璃上，朝这边紧紧盯着。虽然是深夜时分，但两辆车紧紧挨着，还是能看到里面的情形。只见丹特森又重重抹了一把脸，然后身体离开了椅背，似乎坐了起来。他的头部缓缓转动着，似乎眼睛也睁开了。等他看清自己的处境，似乎吃了一惊，整个人猛地一震，还要伸手去拉车门。肖听风连忙按住他的手，金观楼则从怀里拿出了手枪。丹特森只得重新坐好，金观楼摸出了一盒香烟，肖听风则掏出打火机，打着了火。丹特森摇摇头，并未接过香烟。金观楼自己点着一支烟，吸了一两口，似乎还伸手拍了拍丹特森的肩膀，才慢慢说了起来。

穆立民看到，丹特森并没有要离开或者一句都不想听的样子，只是不断摇头，看起来对金观楼的话并不认可。他看看手表，已经晚上十一点十二分了。

又过了一会儿，肖听风也加入了谈话，只是他的神情看起来似乎格外狰狞，每次有话要说的时候，总是亮出一副恶狠狠的表情，有两次还要把手伸到怀里，显然是在用掏枪来吓唬丹特森。穆立民知道，这是国民党特务常用的审讯手段，一个唱白脸，一个唱红脸，一个威逼，一个利诱，被审讯对象如果心理素质不过硬的话，的确很容易就会动摇了。

借着外面朦胧的月色，穆立民看着手表，只觉得秒针在飞快地转动，时间也在高速流逝。终于，肖听风的情绪似乎按捺不住了，他猛地拍了一下椅背，从怀里抽出手枪，拉动枪栓打开保险，把枪口抵在了丹特森的太阳穴上。丹特森似乎不为所动，索性还往后一靠，闭上了双眼，表示再也不想说什么了。肖听风继续做出一副凶神恶煞的神情，丹特森仍然一动不动。

两人僵持了一两分钟，终于，金观楼似乎微微摇了摇头，他打开车门，和肖听风下了车，穆立民赶紧也从车里出来，同时也推了一下罗明慧。金观楼走到穆立民这边，说："穆老弟，看来需要你出马了。"他看到罗明慧，叹口气，神色严峻地对肖听风说："看到没有，共产党方面都已经打入到北平临时政府内部了。咱们呢，这方面一点儿进展也没有吧？就知道靠花钱开路。"

肖听风一脸惭愧，说："科长说得对。以后我们——"金观楼做了个停止的手势，说："以后的事情，以后再说吧。今天我们军统，在共产党地下党面前，真算是输了个心服口服了。"说完，他朝穆立民竖了竖大拇指，说了句"年轻人，前途不可限量"，就带着肖听风钻进了汽车。

穆立民站在两辆车中间，望着车库外漆黑空旷的靶场和远处的日军特务机关处大楼，不知道陈文蛟和文四方这会儿是否安全。一阵寒风从靶场中间席卷过来，他觉得脸上冷得像是刀割一样。他揉揉脸，低头看看车里的情况，只见丹特森还是刚才的姿势，抱着双肩，靠在后排座椅上。

"我们一起进去？"罗明慧说。穆立民摇摇头，说："我自己来吧。"罗明慧点点头，回到刚才那辆车里。她坐在前排，金观楼和肖听风则坐在后面。

穆立民进了车，丹特森听到有人进来，微微睁开眼，上下打量了一番穆立民，见他不过二十出头的年纪，似乎对他的年轻很意外，眼神里掠过一丝惊讶的神色。接着他就重新板起了脸，冷冷地说："换了一个人来游说我？无论来多少人，我的态度是不会变的。我是一个工程师，不懂政治，只懂得科技，而科学技术是无国界的，更何况我要对我的顾客负责，无论顾客来自哪个国家。你们把我绑架这里，想逼迫我出卖自己的顾客，这样的要求我是绝对不会答应的。好了，我要说的只有这些，除此之外，我一句话也不会再说了。"

说完，他又紧闭双眼，往后一仰，一副谁都不理的神情。对于他的反应，穆立民并不意外。他慢慢打量着丹特森，想找到一个和他开始交流的突破口。只见丹特森穿的是非常正式的欧式晚礼服，上衣是黑色燕尾服，系着一枚蓝莹莹的领结，下巴刮得光溜溜的，一看就是对自己的仪容非常在意。

在他的胸口，还别着一枚西姆隆公司的徽章。穆立民看着这枚徽章，说："丹特森先生在西姆隆公司已经工作多少年了？"

丹特森微微睁开眼，斜着瞥了他一眼，伸出五根指头晃了晃。

"看丹特森先生的相貌，似乎也有中国血统？"

"我的父母都是中国人，我父亲是在二十多年前，作为劳工被派到了欧洲的战场上，挖战壕，修工事，吃尽了苦头。战争结束后，他留在了欧洲，先后辗转了好几个国家，最后留在德国，把我和母亲也接了过去。我在德国上中学和大学，毕业后就进入了西姆隆公司。现在，我在血统上是中国人，但已经是德国公民了。对中国的事情，我当然很关心，但对我来说，占据第一位的，是我所在的企业的利益。"

"在丹特森先生眼中，西姆隆公司一定是一家非常受人尊重的企业了？"

丹特森哼了一声，眼睛还是微闭着，但嘴里说着："那当然。西姆隆公司的产品质量优异，门类众多，畅销全世界，不知道改善了多少人的生活。西姆隆公司的商标，完全就是完美品质的代名词。"

"贵国还有一家企业，也在世界各地有着崇高的声誉。"

丹特森又哼了一声，眼皮微微一翻，那神情显然是在说别的企业不可能和西姆隆公司相提并论。

穆立民继续说着："西门子公司，想必丹特森先生也很熟悉吧？"

这次丹特森连哼都没哼一声，表情越发冷淡了。

"西门子公司这段时间里，在中国人心目里的地位提升得很快，丹特森先生知道是何原因吗？"

丹特森重重打了个哈欠，紧闭双眼，似乎在说这家企业无论如何都无法和自己公司相比，所以自己对他们的情况也没有任何兴趣。

穆立民从怀里拿出一份英文报纸，在面前打开了。他说："我给丹特森先生念念这一段吧。"他不等丹特森回答，径直念了起来——

"约翰·拉贝于1882年11月23日出生，1908年8月18日到达中国，先后在德国西门子驻北京分公司、南京分公司工作。在1937年冬天发生的一切，毫无疑问将改变他的一生。1937年11月，日军向已经被中国国民政府放弃的首都南京进攻前夕，约翰·拉贝从中国旅游胜地北戴河赶回南京，被一些还留在城里的外国人推为南京安全区主席。12月13日，日军攻占了南京，随即在全城进行了屠杀。全城到处都堆满了被日军杀死的中国人。有数万名中国女性遭到强奸，儿童被日军刺刀挑起的场面也随处可见。陷入绝望和恐惧中的中国人涌入了安全区，拉贝设立的安全区，包括二十五个难民收容所，聚集了近三十万难民。在不足四平方公里的安全区内，他和他领导的十多位外国人，用尽全力阻止日军的恣意侵犯和屠杀。"

就在他读着报纸的过程中，丹特森慢慢睁开了眼睛。

穆立民把报纸递到他面前："丹特森先生，报道里的拉贝先生，可没有说过科学无国界这样的话，他是地地道道的德国人，是德国企业的员工，却在南京保护了近三十万中国人。"

丹特森接过报纸，看到报纸上还有一幅新闻照片，那是一名日军士兵正用刺刀把一个只有两三岁的儿童高高挑起，满脸得意的狞笑，在他的脚下，是一个衣服被彻底撕烂的中国女人尸体。在远处，一大片被焚烧的中国古代建筑正冒着滚滚浓烟。

"真是一群禽兽！"丹特森死死地盯着报纸，眼睛越瞪越大。

"丹特森先生，你说的科学无国界，我知道你的意思，是说人类拥有的科学技术应该为全人类造福，对不对？"

丹特森点点头。

"但是，任何一门技术，掌握在不同的人手里，后果是完全不一样的。掌握在爱好和平的人手里，就能够为人类做贡献。掌握在坏人、掌握在战争贩子手里，就是屠杀的工具。丹特森先生，你是炎黄子孙，这位拉贝先生，可是一名纯粹的德国人，他都能够选择留在战火中保护中国人。你知不知道，如果我们不阻止日军完成他们运输军火的计划，有多少中国军人会死在他们手里，又会有多少中国的国土被日军侵占，有多少无辜的中国人将死在日本人的刺刀下？"

丹特森慢慢把头靠在前排座椅的椅背上，头垂了下去，但还是一言不发。

穆立民把头低了低，看着他的眼睛，说："丹特森先生，我们知道，你从小离开了中国，但中国话却说得非常好，其中的一个原因，是您的父亲虽然只是一个普通工人，却有着非常深厚的爱国情怀，他自己文化水平不高，就在德国千方百计找到中文老师，教给您中文。在您家的客厅里，还悬挂着一幅中国的书法作品。"

"想不到你们对我的情况这么熟悉。"丹特森轻轻地说。

"怒发冲冠，凭阑处，潇潇雨歇。抬望眼，仰天长啸，壮怀激烈。三十功名尘与土，八千里路云和月。莫等闲、白了少年头，空悲切。靖康耻，犹未雪。臣子恨，何时灭。驾长车，踏破贺兰山缺。壮志饥餐胡虏肉，笑谈渴饮匈奴血。待从头、收拾旧山河，朝天阙。"穆立民慢慢地吟诵着，他说，"丹特森先生，您的父亲专门请国内的书法家把岳飞的这首《满江红》写出来，又不远万里地寄到德国，挂在自己家的客厅，平时他也给您讲过很多中国古代爱国英雄的故事，我想，他的目的，就是希望您无论在哪里都要不忘故土，时刻牢记自己是个炎黄子孙吧。"

丹特森用双手捂住脸，深深地叹着气。穆立民继续说："丹特森先生，请您设想一下，如果是您的父亲，面临着现在这样的局面，他会做出怎样的选择？"

"我的父亲？"丹特森慢慢抬起头，眼睛在遥望着车窗外某个地方，神情变得柔和起来，眼睛里渐渐泛起泪花。

"他会用自己所知道的一切，来帮助正处于苦难中的祖国，还是把在祖国里发生的一切，当作和自己无关的事情？"穆立民紧紧盯着他的眼睛说。

"我的父亲，他去世前，在病房里告诉我，让我无论什么时候，都要记得自己永远是中国人，身上流着中国人的血。"丹特森喃喃说着。

"他真是一位值得尊敬的老人。"

"是的。"丹特森挺直了胸，似乎下定了决心。"你说的日本人运输军火的计划，就藏在保险箱里？"他低声说。

穆立民点点头："是的。明天他们就开始运输军火，今晚是盗取这份计划，破坏他们行动的最后时机。"

"你们需要我做什么？"

"西姆隆公司的这种保险箱，我们其实能够打开，但这种保险箱有一种独特的功能，就是——"

"在确定的时间内，只能打开一次，对吧？"

"对。一旦我们打开，那么日军就无法打开，那么日军就会知道计划已经泄露，也就不会再用原来的计划了。"

"采用这项技术的保险箱，现在在北平只有两个，都是我安装的。好吧，我愿意帮助你们，在你们获取了情报内容后，我重新设置保险箱，明天上午，那些日本人仍然可以打开保险箱，按照那份已经被你们掌握的计划运送军火。"

说服了丹特森，穆立民看看手表，已经到了午夜十二点钟。八名日军士兵在靶场右侧出现了，穆立民知道，他们很快就会到这边来巡逻。虽然以前他们从未进入车库巡逻，但穆立民还是低声招呼车库里的几个人隐蔽起来。穆立民和罗明慧，各自躲到面前这辆汽车的后排座和后备厢。金观楼和肖听风用枪口紧紧抵住那个日本军官，和丹特森一起，躲到车库一个黑暗的角落里。

很快，一阵脚步声从远处渐渐逼近，穆立民知道，这是那八名士兵分成两排，大踏步绕着靶场巡逻起来。但他没想到的是，脚步声到了车库外停了下来。紧接着，一阵喑哑刺耳的吱吱呀呀的声音传入耳中，日本兵竟然拉开了车库大门，他们要到车库里巡查！

穆立民马上警觉起来。他和罗明慧所在的，是德国领事馆的汽车，悬挂的是外交牌照。日本兵一旦注意到这一点，肯定会纳闷儿，一定会仔仔细细搜查这辆车的！

还没等穆立民想到办法，就听到外面几个人惊诧的笑声。这声音是冲着这辆车发出的，看来，德国牌照已经被日本兵注意到了。紧接着，一阵脚步声朝着汽车这边走过来，几道手电筒的灯光从他的头顶划过。日本兵已经到了车外了。

这时，穆立民发现自己身旁的通往后备厢的隔板，竟然是可以活动的，他用力一滚，就滚进了后备厢，隔板又自动恢复了原位。后备厢里的空间非常狭窄，穆立民和罗明慧两人从额头到膝盖都抵到了一起。两人都很尴尬，穆立民低声说："罗姑娘，实在不好意思，形势所迫，不得不如此失礼，还请恕罪。"

罗明慧倒是比他大方，说："穆大哥，我懂，你快别说了，咱们少出声音。"

他们听到，日本兵们此时已经走到了车旁，好像有人正要打开后备厢盖。这时，忽然有人高声用日语说了句什么。这句话话音刚落，其他的人答应着，转身出了车库，还关上了车库大门。穆立民心想，刚才那个声音，说的肯定是"不要在这里耽误时间，还是回到外面去巡查吧"之类。

随着车库大门吱吱呀呀的关门声停止，藏在车库的几个人才纷纷长出了一口气。又过了一两分钟，日本兵的脚步声也彻底消失了，他们才从暗处出来。

穆立民走到车库门口，从门缝里看着靶场里的情况。按照原定计划，陈文蛟和文四方应该出现了。穆立民心想，既然丹特森愿意帮自己弄好那个保险箱，自己也有打开楼门和机要室房门的钥匙，那么如果陈文蛟和文四方再不出现，自己就在下一次鬼子换岗时潜入大楼。

他一次次看着手表，在死寂的午夜，手表秒针走动的声音都格外响亮。终于，一高一矮两个人影在楼侧出现了，又快步朝车库跑来。穆立民赶紧拉开车库门，就在两个黑影钻进车库的下一个瞬间，四名结束执勤的日本兵出现在远处的靶场。

第二十章 曙光

　　陈文蛟和文四方进了车库，见到面前竟然有六个人，都吃了一惊。穆立民告诉他们，金观楼和肖听风是国民党军统特工，罗明慧是自己人，丹特森则是德国西姆隆公司的贸易代表，愿意帮助自己重新设定保险箱。至于被肖听风用手枪顶着太阳穴的，则是日军特务机关处的军官。

　　陈文蛟一听说丹特森的身份，伸出大拇指，对穆立民说："穆老弟，真有你的，还真把他说服了！"他告诉穆立民，自己因为右腿残疾，行动不便，在十点钟潜入大楼后，没能按计划在七分钟内回到车库。为了避免被鬼子发觉，他和文四方素性在大楼里又等了两个小时，等午夜十二点，鬼子又一次换防时才离开。

　　他从怀里掏出一个拳头大小的微型相机，递到穆立民面前，说："我和文大哥已经把日军军火运输计划拍摄下来，都存在这部微型相机里。穆老弟，接下来你就把情报交给上级，我带领这位丹特森先生回到机要室，去弄好那个保险箱。"

　　金观楼轻轻咳嗽了两声，踱过来说："穆老弟，咱们不是说好了吗，情报弄到手后，由我们交给上峰。你可不能食言啊。"

　　穆立民把微型相机接过来，说："陈四哥，情报可以给金科长，当初高老师也说过，只要能完成任务，破坏鬼子的军火运输计划，确保台儿庄战役的胜利，无论是我们还是军统诸位，都是奇功一件。你放心，我和丹特森先生弄好保险箱就能出来，以后咱们有了新任务，再继续并肩战斗！"

　　陈文蛟正要把微型相机递给金观楼，忽然说："金科长，我那里把胶卷里的照片洗印出来还算方便，不如你们随我去舍下做客，稍事休息，我即刻洗出照片，然后当场交给你们。"

　　金观楼觉得也不好坚持让这几个共党特工马上就把情报交给自己，他眼珠转了转，说："那倒也行，只是惊扰府上了。"陈文蛟笑着说："我这府里，就我一人。"他把微型相机收好，继续对穆立民说，"穆老弟，我刚从楼里出来，里面的情况，我比你熟悉，还是我去吧！"

　　文四方往两人中间一站，说："你们都是文化人，还是我去，我会拳脚，临死也能拉几个鬼子垫背，我这条命，值了！"

　　穆立民微微一笑，说："陈四哥、文大哥，高老师不是说过吗，这次行动，我是负责人。咱们仨人如果有不同意见，你们两位，都得听我的。"

　　这时，一直在旁边观察着情形的丹特森忽然说："我明白你们的意思了。陈先生、文先生，今天虽然是我们第一次见面，但我已经知道，你们，还有这位穆先生，都是好样的。"说这番话的时候，他故意瞟了一眼金观楼和肖听风。他接着说，"对于穆先生的安危，你尽管放心，即使被日本兵发现，我的身份完全可以保护他。"

　　穆立民环顾了一下四周的情形，说："现在是十二点整，再过两个小时，我就和丹特森先生利用日军士兵在楼外巡逻的时机，潜入楼里，再潜入机要室重新设置保险箱。文大哥、陈四哥、罗姑娘，还有金科长、听风兄，你们带上这个鬼子军官，都马上乘一辆车离开，车上可能会挤一点，但这样最安全，给我和丹特森先生留下一辆车就可以。罗姑娘，还是由你控制着这个鬼子军官，利用他通过岗哨。等我和丹特森先生出来，就开这辆德国领事馆的车。他打开保险箱，再重新设置，花不了几分钟，我们很快就能从楼里出来。"

　　在场的几个人都琢磨着穆立民的话，金观楼反复推敲了几遍，都觉得毫无破绽，拍拍穆立民的肩膀，说："穆老弟，难得你在这么短的时间里，就想出如此天衣无缝的计划，我当了几十年特工，都没你这个头脑，真是后生可畏、人才难得！"

　　陈文蛟说："穆老弟，我们还是等你进去之后再离开吧。"

此时的北平，太阳落山后，气温会骤降到零摄氏度以下，如果再赶上常见的大风天，那刺骨的寒风，会让人觉得仿佛有一把把的刀子在割着自己的皮肤一样。这会儿，北风已经刮了起来，车库里也灌满了寒气。终于，凌晨两点到了，四名换岗的兵出现在靶场右侧，穆立民低声对丹特森说："走！"

两人出了车库，按照早就设计好的路线到了机要室。当保险箱出现在两人面前后，穆立民轻声说："就是它。"

丹特森微微一笑，说："你放心，两个月前，就是我安装的。"说着，他侧身蹲下，耳朵紧紧贴在密码锁上。他轻轻转动着表盘，手指灵活得就像在抚弄一匹光洁无比的丝绸一样。

短短二十几秒过后，一声清脆的"啪"，从保险箱深处传出，保险箱门轻轻弹开了。丹特森伸手从里面拿出一沓文件，封面是一串日文。穆立民不懂日语，但上面的"支那"两个字是看得出来的。他想了想，从怀里掏出一部微型相机。陈文蛟他们虽然已经拍下了文件，但为保险起见，穆立民还是重新拍摄了一番。拍完最后一页，他朝丹特森点点头，说："丹特森先生，请你重新设置吧，要让日本人在今天还能打开这个保险箱。"

"这对我来说很简单。"说着，丹特森重新蹲下来，又在密码锁表盘上操作了一番，然后站起身来，轻轻合上保险箱门，双手一摊，做出一个大功告成的姿势。

"咱们这就撤回车库！"

两人出了机要室来到一楼，从时间来看，只花了四分半钟，在靶场巡逻的兵还没回来。两人趁着这个时机，快步跑到大楼一侧，等士兵们进入楼中巡查，才飞快地跑向车库。

车库里，那辆挂着德国领事馆的汽车在等着他们。他们只需要发动汽车，凭借丹特森的外交身份，等开出日军特务机关处，穿过煤渣胡同里的岗哨，就彻底地安全了。但是，就在离车库越来越近的时候，穆立民觉得不对劲。他看到，车库门竟然是关闭着的。因为按照计划，刚才陈文蛟、文四方、罗明慧、金观楼、肖听风，还有那个日军少佐，应该已经乘车离开了，那么，车库门应该就是打开的。

到底是怎么回事？

他来到车库前，把门拉开一道一尺宽的缝隙，两人刚一进去，就闻到一股刺鼻的血腥味。他拧亮手电筒，看到了车库里的情形。

此时那辆原本已经开走的汽车，还停在原地。从车前看过去，只见有人趴在方向盘上一动不动，从衣着来看，这人是肖听风。副驾驶位置上也有人正仰头靠在座椅上，看衣着正是金观楼。汽车的后侧车门打开，一只胳膊从里面垂了出来，从胳膊上套着的棉袄袖子可以看出来，这是文四方。

"文大哥！"穆立民不出声地喊着，快步跑过去。果然，文四方正躺在车内的一片血泊中。他头顶上有一大片血肉模糊的地方，鲜血还在汩汩流淌，整张脸上都流满了血。他伸出手指，放到文四方的鼻孔前，感到他还有极其微弱的呼吸。

"文大哥，你醒醒，你醒醒！陈四哥呢？罗明慧呢？那部微型相机呢？是谁杀了车里这两个人？"他解下金观楼的围巾，裹住文四方头顶的伤口，低声说着。

"是那个鬼子军官，杀了他们——"文四方呻吟着说，一句话没说完，又昏了过去。

穆立民命令自己马上冷静下来，先是关上车库门，然后拧亮手电筒，在车库里找了起来。忽然，他听到一阵窸窸窣窣的声音，像是草叶之类在摩擦地面。他记得墙角堆着一些草席，赶紧跑到墙角，只见有人正用草席把自己从头到脚挡住，只露出一双眼睛。在墙角，还躺着两具尸体。其中一个是陈文蛟，他原本就干净白皙的额头，此时看起来更是毫无血色。他心口那里有一个黑洞洞的血孔，整个前胸的衣服都被鲜血染透了，他手里还握着一把短刀。这把刀，穆立民从前在他的扇子店里见过，是用来劈开扇骨的，颇为锋利。另一具尸体身穿日本军官制服，手里握着一把日军制式手枪，咽喉处是一道约莫半拃长的伤口，血从里面冒出来，把他一侧的军服都浸满了。

在两具尸体中间，是那部微型相机。相机看来是重重摔在地上的，零件散落着，一卷酒瓶盖大小的胶卷也掉了出来，松松垮垮地落在地上，还沾满了草叶。

毫无疑问，胶卷已经曝光，不管它原本拍摄了什么，现在都已经彻底失去了。穆立民顾不得庆幸自己还另外拍摄了一份日军情报，蹲下来慢慢拿开了罗明慧遮挡自己的草席。他看到，罗明慧死死地蜷缩在墙角，双手紧紧捂住脸，两行泪水正从手指缝里流出来。

"罗姑娘，是我。"他缓缓地说。

"穆大哥——"她向前一扑，扑到穆立民怀里。"陈大哥、文大哥，还有那两个国民政府的人，都死了——"她哽咽地说。

穆立民扳过她的肩膀，说："陈四哥已经牺牲了，文大哥还没死。你告诉我，陈四哥，还有那两个军统特务，他们是怎么死的？"

"他们——"罗明慧无神地看着远处，呆呆地一言不发。

穆立民说："是不是被那个日本军官杀死的？"

罗明慧点点头，说："你离开后，我们就准备开车离开。一开始，这个日本人不肯给我们引路，那个姓金的，就给他说，等过了外面的岗哨就给他打开手铐，放了他。这样他才答应。当时，姓金的和姓肖的坐在前面，姓肖的开车，我，还有那个日本人和文大哥、陈大哥坐在后面。但是，汽车本来要发动了，那个姓肖的，却偷偷往手枪上拧消音器，被这个日本人看到了。他身上藏有枪，他拿出枪连开两枪，打死了前面坐着的两个人，文大哥抢他的枪，两个人争抢中，文大哥被他用手铐砸晕了。陈大哥本来还没上车，被他追到墙角，就再也没地方可跑了。那个日本人朝陈大哥开了一枪，陈大哥也用刀子在他脖子上割了一刀，两人就这么都死了。"

"你当时在哪里？"

"我没上车，想留在这里等你回来。"

穆立民慢慢站起来，他打量着车库里的情形，按照罗明慧的话，推测着这里发生的一切。看来，是肖听风安装消音器这个动作引发了这个日本军官的怀疑，他觉得这几个中国人一定会在利用自己通过岗哨后就杀掉自己。所以，与其坐以待毙，不如舍命一搏。

穆立民把手枪从日本军官尸体手上拿出来，塞进怀里，说："把他们四个人都搬上车，咱们必须赶快离开。"

罗明慧点点头，他们一起把陈文蛟的尸体搬进德国领事馆那辆车的后备厢里，接着把文四方搬进后排，把金观楼、肖听风的尸体也搬进后备厢，又把那个日本军官的尸体用草席盖住了。

他拉开副驾驶位置的车门，对丹特森说："请。我们先送您回去。"

然后对罗明慧说："罗姑娘，你坐在后面。"

罗明慧拉开车门，却没有坐进去。她犹豫了几秒钟才说："穆大哥，陈大哥他们的胶卷已经曝光了。那获取日本人情报的任务，我们怎么完成？"

穆立民摇摇头，说："我们先离开吧，过一会儿日本兵说不定还会巡逻到这里。人死不能复生，凡事以大局为重。"

罗明慧只得点点头，迟疑着坐进了车里。穆立民驾车开出了日军特务机关处，到了外面的岗哨，丹特森出示了自己的证件，哨兵就放他们通过了。

车子从东单上了长安街，又在空空荡荡的路上一直往东开。这时，文四方渐渐苏醒了，他断断续续地告诉穆立民，自己的确是被那个日本军官砸晕的，那两个国民党军统特务也是被他打死的。穆立民细细听着，继续开车。他一直把车开到了东交民巷，在德国领事馆门口停下了。

穆立民说："感谢丹特森先生的鼎力相助，大恩不言谢，这笔情，我记下了。对了，这辆车子我还得再用用。"

丹特森点点头，想说些什么却又觉得无从说起，伸手拍拍穆立民握着方向盘的手臂，关上车门离开了。

凌晨时分的北平，还处于宵禁之中。东交民巷一带，此时也是一片死寂。穆立民想了想，掉转车头，朝北开去。汽车穿过长安街，向北到了西直门。这里的岗哨见到挂着德国领事馆牌照的汽车，不敢阻拦，打开城门让他们通过。出了城，眼看四周越来越荒僻，罗明慧看看窗外，说："穆大哥，我不想继续在北平临时政府里整天给那些汉奸端茶送水了，让我加入组织吧。这次的任务，就算失败了，下一次任务，我一定能完成！"

穆立民没有回答她，仍然安安静静地开着车，过了一阵子，才说："罗姑娘，你大概不知道，刚才陈四哥在临死前，在我耳边说了一句话。"

"陈大哥不是被那个日本军官给一枪打死了吗？"

"他说，他一直在装死，一直在等我回来。"

罗明慧眨眨眼，不大相信地说："他是在装死？"

"他说，朝他开枪的，是你。车里的两个人，都是那个日本人杀的。文大哥，也是被他打晕的。但是日本人和他，都是你杀的。他还说，你和那个日本人，其实是一伙的。"

"穆大哥，你肯定听错了。是那个日本军官杀了三个人后，又冲出来想杀陈大哥，结果被陈大哥用刀割断了喉咙。"

文四方听得莫名其妙，他左右看看穆立民和罗明慧，说："穆老弟，你把我搞糊涂了。听你的意思，你在怀疑明慧？明慧她如果是坏人，她只会杀陈老弟，不会杀那个日本人。如果她是好人，就不会杀陈老弟。而且，我姓文的，虽然不识文断字，但眼还不瞎，我看得清清楚楚，是那个你们带回来的日本人，杀了那个金科长和肖听风，我头上这一下，也是他打的。"

穆立民没有回答他，看了一眼罗明慧，说："你杀了陈四哥后，和那个日本人用日语说话时，没想到车库里除了昏过去的文大哥，还有活着的中国人吧？这个中国人不但听到这次你们的对话，她还听到，你在从临时政府宴会上来到这里的路上，就和那个日本人说了很多很多话。你的日语非常好，对不对？其实，你是一个日本人，是一个日本特务，对吧？"

罗明慧的神情更惊诧了，她瞪大眼睛，说："你是说那个死在车库里的日本人吗？我一句话都没和他说过！"

穆立民不说话了，他停下车，说："文大哥、罗姑娘，你们跟我来。"他下车打开后备厢，轻轻搬开金观楼和肖听风的尸体，一直躲在里面的潘慕兰坐了起来，狠狠地掐了一把穆立民的胳膊，说："刚才你还说尽快让我出来，结果过了这么久——"这时，她才发现身旁的两具尸体，尖叫了一声，从后备厢里跳了出来。

穆立民看着目瞪口呆的罗明慧和文四方，说："这位是我的一位邻居，硬要去参加那个临时政府的宴会，想不到还钻进车里，也到了日军特务机关处的车库里。"说到这里，他转向罗明慧，说，"你和那个日本军官的对话，她都听到了。我本来就怀疑你有问题，后来我知道了你也懂日语，就全部明白了。刚才，我在把两具尸体搬进后备厢时，看到这位潘小姐也在里面——"

潘慕兰得意地对他说："我还没等你问我，就告诉你，这个女人会日语，我还听到她和那个日本军官商量了好多话呢。"

穆立民盯着罗明慧，说："我当然不会全凭别人一面之词就对你下定论。"他说着，拿出那部已经摔坏的微型相机，说，"刚才，我从地上拿起这个相机的时候，就已经开始怀疑你了。当时相机是在一片血泊中，而且，它的底部也沾满了血。"

罗明慧睁大眼睛，一脸迷惑不解的神情。穆立民说得更慢了："这就说明，相机一定是地上已经流了很多血的时候，再被人故意放在那里的。如果相机一直放在地上，即使鲜血流过来，相机底部也不会沾满血。如果我没猜错，当时的事实应该是这样——"

穆立民把脸转过去，看着罗明慧，说："那个日本军官手里的枪，是你给他的吧？他在车里枪杀了金观楼、肖听风，打晕文大哥，然后他又逼陈四哥交出相机。陈四哥不肯，你们就开枪杀了他，还从他身上搜出了相机。你们又拿出胶卷，让胶卷曝光作废。这时，你又用从陈四哥身上找到的刀子，动手杀了那个日本军官。"

"穆大哥，事情怎么会是你说的这样？如果我是坏人，是和日本人一伙的，我为什么要杀那个日本人？"

"是为了彻底获取我的信任，让你加入地下党组织。这样，你就可以帮日本人破坏我们在北平的地下党组织了。"

"穆大哥，你想到哪里去了？我是罗明才的妹妹，我是为了给哥哥报仇，才混进临时政府的。我全家都被日本人害死了，我怎么会帮日本人？对了，你自己不是也说过，在我家里的一张照片上，见到过我吗？"

"那只是一个圈套。以日军特务机关处情报课的本事，伪造那么一张照片，不是很困难的事。我因为那张照片就信任了你，才连累陈四哥、文大哥他们，还有金科长他们两位丢了性命。在这件事上，我犯了错误，我一定会向组织请求处分的。"

说着，穆立民把手伸进怀里，慢慢握住了那把手枪。在穆立民的注视中，罗明慧的神色慢慢变了，由迷惑、慌乱变得镇静、嘲讽，眼角也扬了起来。她伸手理了理鬓角的头发，这才冷笑了一声，说："刚才车库里的现场，我以为已处理得毫无破绽，想不到还是被你发现了。支那人里面，想不到也会有像你这么高智商的人。"

"支那人？看来你真的不是中国人。那我明白了，你一定是被日本的情报机关训练了很多年，才能把中国话说得这么流利。"

"你猜得虽然没有全对，但也相差无几了。昭和六年，噢，也就是你们所说的民国二十年，我们大日本关东军不费一枪一弹，进占了东北。当时，御前会议向国民发出呼吁，鼓励国民到东三省定居。大日本帝国要在整个东亚建立共荣秩序，再成为亚洲的霸主、太平洋的霸主，首先就必须真正地掌握东三省，获得那里的资源。只有来到东三省的日本人多了，我们才能真正占领那里。那一年，我也随父母从北海道来到了沈阳。我真正的名字，是藤田泽美，那年我只有十三岁。当时，军部已经制订了以中国东三省为基地，灭亡中国的计划，开始在中国各处战略要地安插长线情报人员，北平、南京、上海、广州、武汉、长沙，都要派驻日本幼童，冒充中国人。我很幸运，被选中了，有了向天皇效忠的机会，被安插到了北平。我在这里已经生活了六年多了，我的口音，我的生活习惯，我对这座城市的了解，已经和从小在这里长大的孩子没有任何区别。这些年里，我不能和父母有任何联系，不能去看望他们，不能给他们写信，甚至不能使用日语。"

"小日本的心肠真毒，提前这么多年就开始安插特务，连孩子都不放过！"文四方咬牙切齿地说。

"想不到的是，我们付出了这么大的代价，一次小小的疏忽，就被你识破了我的身份。"

"你的计划，大概就是获取我的信任，最后把我们在北平的地下党组织一网打尽？"

"对。中共地下党，破坏了皇军那么多军火库，杀掉了那么多和皇军合作的中国人，盗取了大量的军事情报，给皇军造成极大困难。不彻底破坏中共在皇军占领区的情报网，大东亚共荣秩序根本不可能建立起来。眼下，皇军最重要的情报就是鲁南方向的军火运输计划。喜多诚一特务机关长和森本峤课长知道你们一定会全力以赴盗取这份情报，才让我利用这个机会，打入你们内部。现在，我的任务失败了。不过，幸好我们的军火运输计划还完好无损，那部微型相机的胶卷已经曝光，你们费尽人力物力，也没能把情报弄到手。在徐州方向，皇军的两个师团分别由板垣征四郎和矶谷廉介这两位威名显赫的常胜将军率领，他们得到这批军火补给后，一定能全歼支那部队。到时整个华北、华东都被皇军的兵威覆盖，灭亡中国也就为时不远了。"

"别做梦了，中国人是杀不绝的，中国也不会亡！你们就是想掠夺中国的资源，占中国人的土地，让中国人世世代代当你们的奴隶，还说什么建立共荣秩序，这种鬼话瞎话，谁都糊弄不了！"文四方拔出枪，打开保险，用枪口对准了藤田泽美的额头。

"你以为，我会怕死吗？"藤田泽美冷笑着，死死盯着穆立民和文四方说。她的眼神慢慢越过穆立民他们的头顶，似乎在望着遥远的夜空。

在她的记忆里，也是一个同样寒气逼人的凌晨，她被森本峤从沈阳的家里带走，从此，她再也没有见过自己的父母。那天，森本峤和两名日本兵踏进自己家门，给了母亲一套从内衣到棉衣棉裤的中式衣物。在卧室里，母亲流着眼泪，把自己身上原来的衣物一件件脱下，把自己的身体擦洗干净后，又慢慢地给自己换上中式服装。父亲原本在客厅里和森本峤聊天，一看到自己穿着一身中式棉衣出现，马上喊叫了一声，跑过来把自己紧紧搂在怀里。她知道，父亲一直在强作镇定地和森本峤聊天，心里一定在心疼自己小小年纪就要离开家，离开父母。这时，森本峤也站了起来，深深地朝自己父母鞠躬，嘴里也在不停地说着感谢父母把亲生女儿献给国家的话。终于；分别的时刻到来了，趁着邻居们还没醒来，森本峤拉着自己的手，走进了家门口的汽车。为了不引起别人的注意，父母都不被允许到门外来送别自己。她关于父母最后的记忆，就是当汽车启动的时候，自己从车窗看出去，看到父母都挤在门后，通过门缝看着自己。母亲整张脸上都是亮晶晶的泪水，为了不让自己哭出声，还用牙齿紧紧咬着手指。父亲黑黝黝的脸上，眼睛也通红了，头紧紧抵在门板上，仿佛在用额头的疼痛来减轻内心的伤痛。汽车启动了，她看到，母亲转过身，拼命捶打着父亲，仿佛在质问他为什么要从北海道搬来中国……

来到北平后，她被送到一户中国人家里。这户人家是日本派驻在北平的情报人员精心选择的，家中的男女主人都在日本留过学，对日本比较友好。在这户人家生活了一年后，她有一天在放学时，突然被日本情报人员接走，把她送到北平城的另一端，另一户中国人家里，她上学的学校，也换了一所。她的中国名字也改变了。她知道，那户中国人家肯定已经被杀掉灭口了。这一次，她还流下几滴眼泪。又一年过去时，当她又被换了一户寄养人家时，她冷静地接受了这一切，一滴眼泪都没有流。一年又一年的时间过去了，她的中国话越说越好，关于日本的一切，都在她脑海里淡去。在她身上，也找不到日本的痕迹了。

只有父母那两张在临别时痛苦哭泣的脸，还印刻在她的记忆深处，会在午夜时分的一场场噩梦里，出现在她的眼前……

此时，穆立民看到藤田泽美的表情在不断变化着，随着两行泪水流下，她的眼神变得异常诡异，嘴里用日语说着什么，接着下巴那里猛然收缩，好像在咀嚼什么难以下咽的食物。

"她牙里有毒药，她要自杀！"穆立民刚想到这里，只见藤田泽美的眼神已经涣散了，脸上的神色也松垮下来。

"为天皇陛下尽忠而死，是大日本帝国每一个国民至高无上的荣耀——"这句话她是用汉语说的，她马上又用日语说了一句。这句话话音未落，一缕鲜血从她的嘴角流出，她头一歪，死了。

穆立民和文四方对视了一眼，他们知道，藤田泽美的牙齿里，一定藏有毒性极其猛烈的药丸，这种药丸是专门用来供高级特工自杀的，当特工发现自己无法逃生时，就必须咬破药丸自杀。

站在一旁的潘慕兰吓了一跳，她不敢相信藤田泽美这么快就中毒身亡。

"穆老弟，她临死前说的日本话，好像是爸爸、妈妈，我想你们——"

文四方伸手试了试藤田泽美的鼻息，忽然，他手上的动作停住了。他看到，两行半干的泪水正挂在她的脸上。

她的生命，完全就是日本军国主义的牺牲品。她在临死前，想到的大概是年幼的时候，被日本特务从父母面前带走时的情形。穆立民心里想着，又看看手表，对文四方说："文大哥，天快亮了，距离高老师所说的最后时间，只有几个小时了，我们要尽快把情报送到接头地点。"

文四方点点头，两人刚把藤田泽美的尸体抬进后备厢。这时，已经有住在城外的洋车夫，正三三两两拖着洋车向城里走去。穆立民对文四方说："文大哥，你伤得不轻，你叫一辆洋车，带着潘慕兰回城里吧，你好好治伤，情报我一个人开车去送。按照纪律，也应该由我一个人去送。"

文四方也知道地下工作的纪律，没有再争什么。穆立民刚要拉开车门，文四方迟疑了一下，说："穆老弟，盗取日军情报这项任务，咱们算是完成了。你说，破坏日军军火运输计划，炸掉这批军火的事儿，组织还会交给咱们吗？我真想和鬼子再痛痛快快干一场！这次任务我一个鬼子没杀，还差点被鬼子给灭了！"

穆立民说："文大哥，咱们把情报交给组织，这次的任务就结束了，至于以后还会不会再有别的任务，咱们还是相信组织吧，组织一定不会忘了咱们。"

文四方和潘慕兰上了洋车离开了。穆立民一直看着他们沿着官道远去，直到隐没在北平城墙的黑影里，这才拉开车门，驾车开往西苑的那处接头地点。

此时，北平治安维持会所在的大楼里，十多个黑影握着手枪，隐藏在墙角的阴影里。他们的目光，都在紧盯着楼门处。这座楼对面的一处四合院里，还在两处屋脊上，各有两挺轻机枪，黑洞洞的枪口都指向楼前。如果楼前出现情况，这两挺轻机枪的火力，足够把这一带彻底封锁住。而在北平治安维持会的楼顶，又有十多个人影站着，都在紧张地望着楼前。其中一人身穿黑色呢料西式礼服，戴着礼帽，手里是细纱手套，整个人的衣着甚是考究。这人扶着楼顶的矮墙，腰杆笔直，眼神凶狠，死死盯着楼前，还时不时看看手表。眼看着东方露出了晨曦，他的表情越来越不耐烦了，"你们的消息到底可靠不可靠？军统的人，到底是不是真的来？"他扭脸对身旁一人说。

那人名叫关孚仁，是江品禄手下的一员干将。他连忙点头："处长，您放一百个心，我的消息绝对可靠。军统一个姓肖的特务，给了咱们那么多金条，就以为能让咱们给他卖命。我和他商量好了，他今晚会在中央公园的宴会上，绑架那个德国贸易代表，再来咱们这儿开保险箱，偷咱们的情报。"

这个被叫作处长的，就是北平治安维持会行动处副处长江品禄了。因为日军需要北平治安委员会协同运输那一批台儿庄前线两个日军师团急需的军火，北平治安维持会也有一份日军军火运输计划，这份计划就由江品禄负责保管。他知道国民党或者中共方面一定会来窃取情报，为了在日军特务机关处面前立一功，他就打算利用这个机会，设下圈套，一举破获军统或者延安设在北平的情报网。"天都快亮了，他们还没来，你们是不是露出破绽了？"他对旁边的关孚仁说。

关孚仁挠挠头皮，纳闷儿地说："不可能啊，我和那个姓肖的，都说好了，他在宴会上把丹特森弄到这里，拿我给他们的钥匙进去打开保险箱盗取情报。等事成之后，再给我十根金条。"

　　江品禄又铁青着脸等了一会儿，东方的晨曦已经越来越亮了，他再也按捺不住，用力一拍墙头，说："他们不会来了！"

　　关孚仁战战兢兢地说："处长，咱们这儿有您主持大局，一定不会有什么问题。就凭咱们这里的火力，要是真有人敢来，保准把他们打成筛子。但是，延安方面的特工，会不会已经把煤渣胡同那边的情报给弄到手了？"

　　江品禄转过身，顺着楼梯下楼，嘴里说着："煤渣胡同的守卫，不会比咱们这里差。我估计，延安方面的特工，大概也难有什么作为。"

　　关孚仁和几个随从紧紧跟着他，说："咱们虽然没逮着这两拨人派来的特务，但把绝密情报稳稳当当地保管了这么些天，这也是奇功一件啊。喜多诚一机关长那边，还有江市长，以后肯定更器重您了。处长，我提前给您道喜了！"

　　江品禄心里得意，脸上却继续板着，看不到一丝喜色，说："先别高兴得太早。今天上午，煤渣胡同那边就会发来命令，让我们按照那份计划配合皇军运送军火。咱们都打起精神，好好地把这件事办妥了，喜多诚一机关长自然心里有数。"

　　他离开了楼顶天台，并未回到办公室，而是一直到了地下室二层。地下室的走廊里，灯泡发出惨白色的光线，他踏出的每一声脚步，都会在走廊里回荡上一阵子。他一直走到走廊尽头的一个房间前。这个房间的门比别的房间厚实很多，门口还有两个端着冲锋枪的警卫。他从贴身的衣兜里拿出钥匙，打开了房门。这个房间里陈设非常简单，只有一张桌子、一把椅子，桌子上放着一个保险箱。除了天花板上的换气扇在嗡嗡地旋转着，这里因为深处地下，没有任何声音。江品禄在桌前坐下，死死盯了一会儿保险箱，脸上露出了得意的狞笑。由北平治安维持会负责保管的另一份军火运输计划，自然就存放在这个保险箱里。自己在地面精心准备的天罗地网般的火力，没能派上用场，虽然有些可惜，但自己毕竟完成了喜多诚一安排下来的保管这份绝密情报的任务。自己设计出来的这出"空城计"，可比马连良马老板的高明多了。

　　日军北平特务机关处机关长喜多诚一的宅子，位于紧挨着煤渣胡同的校尉胡同。这时，他按照从军多年养成的习惯，已经起床并洗漱完毕。就在他坐在桌边准备吃早餐时，一份来自东京大本营的密电也送到了他的桌上。密电里并没有新鲜的内容，仍然是催促他加紧向台儿庄运送军火。他根据密电里说的台儿庄前线的战况，断定这批军火运到后，一定会极大改善两个皇军参战师团的处境。

天已经快亮了，特务机关处里还没有任何消息传来，这说明，军火运输计划一直很安全，没有被中共方面或者国民政府派出的特工窃取。他相信，只要按照这份计划执行，一定能确保那一大批军火顺利运到台儿庄前线。这批军火对于战役最后的结果，有着至关重要的意义。到那时，自己在天皇眼里的地位，一定更高了。

他手下的情报课课长森本峤，则住在另一条相距不远的钱粮胡同里。这时，他已经练习了一番剑道，准备吃过早餐，就前往自己的办公室。他家和很多日本家庭一样，专门辟出了一个房间作为"和室"。他盘膝坐在蒲团上，从盘子里拿出饭团子，慢慢咀嚼着。他的早餐，只不过是两个最普通的饭团子而已。这个习惯，他已经保持了二十多年。他觉得这样不仅可以磨炼自己的意志，不让自己在饮食享受方面浪费精力，还可以在吃饭的时间里继续思考问题。这样一来，每天无形中就多出了一二十分钟的时间。

今天，到达办公室后，喜多诚一机关长肯定会在第一时间下令取出那份军火运输计划，开始向徐州方向的两个师团运送军火。这几天，特务机关处内外的一切都异常平静，难道真的没有任何意外发生吗？有没有可能是中国的特工已经得到了军火运输计划？这个念头在他脑海里一出现，他竟然颤抖了一下，心里一阵惊慌，那个饭团子也从他手里滑落到地面。这种惊慌的感觉，在他心里已经很久没有出现过了。他又把存放军火运输计划的存放方法反复琢磨了几遍，才相信，军火运输计划一定万无一失，中国人绝没有办法潜入机要室，打开保险箱窃取情报。而自己亲自唤醒的那把"匕首"，这时已经刺入了敌人的身体。想到这里，他心里稍稍安定了一些，慢慢拿起另外一个饭团子，重新咀嚼起来。

景山脚下的那个四合院里，国民党军事统计局驻北平情报站负责人马淮德在噩梦中惊醒。他猛地展开眼睛，只见院子里那棵大槐树干枯的树枝，正把黑影投映到卧室的窗户上，看上去就像是有一个魔鬼在向自己伸出了一只狰狞的巨爪。他抓过床头的毛巾擦着满头的冷汗，手抚着胸口，慢慢让自己急促的呼吸平静下来。

金观楼是他手下最能干的特工，但他和另一名特工肖听风已经整夜未归了。马淮德好歹有着多年的情报工作经验，他几乎可以肯定金观楼已经命赴黄泉。他不知道中共的特工是否已经窃取到日军情报。如果中共的特工也失手了，日军将会把大批军火顺利运到台儿庄前线的两个师团手里，那么台儿庄的那场大战，结果就很难预料了。如果国军输了，丢失了这个战略要地，全国舆论一定会掀起暴风雨般的谴责，蒋委员长一定会召开军事会议，彻底追查失利的责任。毫无疑问，自己的顶头上司戴笠戴局长，一定会因为未能在情报方面提供足够的支持被蒋委员长训斥，而戴局长也一定会拿自己出气。到了那时，戴局长会怎么对付自己？是革职查办，还是更严厉地处罚？毕竟，自己的官职、性命，一直都被戴局长牢牢地捏在手心。他知道，自己最难熬的时刻来了。

江品禄点燃了一根香烟，在吞云吐雾中看着那个保险箱。

喜多诚一走出宅子，钻进门口的汽车，在前后一共四辆汽车的护卫下，驶向了煤渣胡同。

森本峤把最后一块饭团子咽下去，系好军装上的一粒粒扣子。

马淮德走进四合院最绝密的机要室，向电报员口述发给军事统计局局长戴笠的密电。

穆立民沿着官道驾驶着汽车，即将抵达西苑的那一道外墙。虽然还是春寒料峭，整个天幕还是一片黑沉沉的，但是，朝东望去，在北平的城墙上空，已经有了一道深紫色的裂缝。那里将会放射出灿烂的阳光，阳光会把天边的乌云，把黑暗的天空，都涂上一片片红彤彤的朝霞。这朝霞，还会从那里向整个天空延伸，等到朝霞把所有的黑暗都驱赶得无影无踪，等到太阳跳出地平线，向大地和天空放射出金灿灿的光芒，那时，天就亮了！整个城市，将走出漆黑的漫漫长夜，迎来曙光，迎来光明的未来！

尾声

2008年，春。

我的家乡碱镇，是冀东平原上一座小镇子。这座镇子如今只是通州十几个镇子里普普通通的一个，但因为有京杭大运河流过，距离运河最北端的张家湾不远，在古时候颇有过那么几百年的辉煌。尤其是运河码头那一带，沿着河岸分布着几十家各种店铺，在从前几乎是仅次于张家湾的北京、天津之间最繁华的去处。从南方乘船进北京的客商，都要好好在镇上歇息上一宿，第二天在张家湾下了船，就可以打起精神进京了。有时赶上张家湾船只过多，货物一时卸不过来，后面从南方驶来的客船、货船，就在碱镇停下，歇上少则一两天，多则个把月，才继续北上。这样一来，码头上的酒楼饭庄各种店铺，就更是生意兴隆了。当然，这些毕竟是从前的事儿了，自从清朝末年，在上海成立了轮船招商局，漕运又由河运改为海运，京杭大运河的衰落就不可避免了。尤其是京津和南方之间修好了铁路，也就是大名鼎鼎的津浦线建成通车后，运河上千帆云集的场景彻底一去不复返。运河失去往日的功用，沿岸的各处商埠自然也都渐渐衰败了。

碱镇就是其中的一座。

后来，就在我去北京城里读大学的那几年，在老镇子北面几公里外，一座新的镇子建了起来，越来越多的人离开老镇子，搬进了新镇子。我父母也在两年前在新城区买了房，搬了进去。至于越来越萧条破败的老镇子，当地的规划是打造成一片沿岸旅游休闲风光带。

这年春节前，我终于写完这部三十集谍战剧的最后一个字。为了这个剧本，在两个月时间里，我每天都趴在北京三环边上一间狭小公寓里，无休止地敲打键盘。在这部电视剧里，我让几十个来自不同阵营、神通广大的特务，在20世纪40年代初的上海滩打得不亦乐乎。因为长时间挖空心思地编织那些不接地气的剧情，我的大脑已经一片空白，一看见键盘就犯恶心。我把剧本发到制片人的电子信箱后，大睡了三天，就返回了我的家乡。

我回到家后，从春节到十五，一直等了十多天，始终没等到制片人的任何态度，电邮、短信、电话一概没有。我知道，这意味着是剧本要么被毫不客气地毙掉，要么被毫无保留地接受。要知道，对于我这个北漂来说，这部电视剧的稿费是我接下来半年的生活来源啊。这天吃罢午饭，我赖在沙发上，攥着遥控器在各个电视频道中间迂回跳跃，脑子里想的还是那个前途未卜的剧本。母亲从厨房里洗罢碗筷出来，甩了甩手上的水滴说："老镇子已经快拆完了，看你在家里没着没落的样子，去老镇子那边散散心吧，那里没几天就要拆完了，你毕竟是在那儿长大的，现在去看看，以后也好留个念想。"我心里正有些烦躁，听了这话，也就起身洗了把脸，开车出了新城，朝南沿着运河河岸一路逶巡着。

老镇子此时已经被拆得差不多了。我站在记忆里是运河码头的地方，抬眼四望，已经看不到一间完整的房屋。码头变成了一片荒凉的河滩，四处是散落的砖块，还横七竖八长着一些经冬不死的枯草，草丛间则散落着鞭炮的纸屑。春节期间，因为新城区禁放烟花爆竹，人们不辞辛苦地驱车到这里来放。在远处的河堤上，几辆推土机虽然安安静静地停在那里，但也带着一种张牙舞爪的气势，仿佛随时都要冲过来，干上一番惊天动地的事情。

我下了车，走到了河边。此时，河水刚刚解冻，在靠近岸边的地方还有着薄薄的冰层。我正望着宽宽窄窄的河面出神，耳后突然传来一阵咳嗽声。我回头一看，只见一个裹着旧大衣的老头，脸上皱纹又深又密，年纪少说七十好几，他脚边放着一个流行于20世纪80年代的黑色塑料公文包，正坐在一根长长的石条上慢慢地吸着烟。老人把手里的烟抽完了，又把手伸进怀里摸索着，最后却只摸出一只空空瘪瘪的烟盒。我走过去递给他一根烟，又打着火给他点上了。

老人狠狠吸了一口烟，又在自己吐出的烟雾里打量着我。而我，同时也在看着他。我从小在老镇子上长大，这里上了年纪的人，我基本都认得，但对这个老人的相貌，却颇为陌生。而且，我离他近了些后，就闻到了一种似乎只存在于火车车厢和车站候车室，由桶装方便面、茶叶蛋、低档白酒构成的味道。这老人看上去有很多年都是在旅行中度过的，但他一开口，却是地道的本地口音。他看了我一阵，就问我，你是干什么的？

我说，我是编剧，写电视剧的。

老人说，电视上那些讲婆婆怎么和儿媳妇斗心眼儿的戏，就是你们这些人写的？

我说，我没写过这些家庭题材的，我写的是谍战戏。

老人说，谍战剧，不就是抓特务吗？

我说，对，差不多就是这类内容吧。

听说写电视剧挺挣钱的。这是你的车？挺贵吧？老人拿下巴指了指我那辆从北京开回来的SUV说。

我说，这车我买的是二手，不算贵，十多万吧。而我没说的是，过几天回北京后，我大概就得把它卖了，这样才有钱交房租。

二手都十多万，那得算好车了，算好车。老人点着头说，分不清是在对我说还是自言自语。过了十多秒，老人又重重吸了几口烟，缓缓吐出烟雾后，他看着手里的烟卷说，好烟啊，真是好烟。我看着老人脸上的皱纹，心里一动，掏出那盒烟塞到老人手里。老人瞅了一眼烟盒，又上下打量了我一番，说：好，不白抽你的烟，我给你说一件老故事吧。你要是觉得这个故事好，就把它写成电视剧吧——

我一听这话，心想这老人说不定真有什么来历。还没等我回答，他就接着说，现在的电视剧啊，都是三十集、四十集地连着演，我要说的这个事儿，其实不长，你要是觉得写不成电视剧，写成电影也行哪。对了，你写小说吗？写成小说也行。只要你写下来了，就算过几天这个地方全给拆了，以后还是会有人记得这个故事。

我嘴里嗯了一声，从兜里把手机掏了出来。

手机的录音功能打开了，但这时老人又沉默了，连烟都不抽了，开始愣愣地看着河水。在我已经有些心焦时，他终于开口说，当年，日本鬼子是哪年打到这里的，你知道吧？

不是37年就是38年，我说。我还记得以前在历史课上听老师说过。

对，是38年，我要给你说的这件事儿啊，就发生在那一年。对了，台儿庄战役你知道吧？

老头的啰唆本来已经让我很不耐烦，这时，他的嘴里说出台儿庄战役这几个字，倒让我吃惊不小。我说，台儿庄战役，是个中国人就应该知道，这是正面战场第一次重大胜利，消灭了两万多日本鬼子呢。

老人笑了，他说，我要说的这件事儿啊，就和台儿庄战役有关。

真的？我不由得矮了身子，蹲在了老人面前。

那可不。那年秋天，鬼子兵坐着海里的兵舰，从胶东一带登了陆，一气儿朝西杀来，杀退了蒋委员长的队伍，不但占了济南、泰安，还打算一口气打下枣庄、徐州。那时候，鬼子也在镇上留下了百十个鬼子兵，还在碱镇成立了维持会。

说到这里，老人又抬头瞟了我一眼，说，小伙子，维持会是干吗的，你知道吗？

我知道，是帮着鬼子管中国人的，里面的人都是汉奸。

对，当时的维持会会长就是镇上最阔的阔佬儿田玉年。

我说，田玉年这个名字我倒有些耳熟，我听家里人说过，他从前是碱镇最大的大地主。

老人说，是，碱镇外的地，凡是运河边上最上等的水浇地，从碱镇开始，往南三十里，往北三十里，都是他家的。你说他得多有钱！他还有个儿子，名叫田金来，听说是从日本的一个什么士官学校留学回来的，日本话说得比中国话还溜。他本来是在韩复榘的队伍里当一个排长还是连长之类的官儿，后来鬼子兵一打来，韩复榘吓得一枪不放，就逃到南边儿去了。这个田金来呢，直接就带着队伍投降了，日本人就赏了他一个皇协军自卫团副团长的官儿。

我说，这姓田的爷儿俩都当了汉奸啦？

老人点点头，说，这田会长上任头一桩大事，就是督促着运河码头上的三十多家商户重新开张。想当年，你脚底下这块地方可是不一般啊，沿着运河，那是一大溜的买卖铺子，有饭馆，有当铺，有卖布的，有卖大米白面的。那时候，整个通州最热闹的地方就是张家湾，除了张家湾，最热闹的就是碱镇运河码头这儿了。后来，鬼子占了北平，打进中原的消息传来了，整条街的商户都齐刷刷上了门板歇了业，背井离乡逃难去了。鬼子占了碱镇后，为了营造"共荣"的局面，自然要让这条街重新兴旺起来。于是，鬼子命令田玉年赶紧想办法，让这条街上的店铺重新营业。但这码头上的商户都已经当了难民，干买卖的人没有了，这买卖还怎么开？

我说，鬼子的要求实现不了，那他这个维持会长不就当不成了？

老人说，田会长能着呢，还能连这点事儿都办不好？有了鬼子的吩咐，田家就跟得了圣旨似的。他领着几十号二鬼子兵，朝人家铺面直接破门而入，又毫不客气地挂上了自家的招牌。其中三户商铺，直面着码头，位置最棒了，按现在的话说就是"黄金地段"。这三家店，一家是绸缎店，一家是粮食店，还有一家是南北杂货店。田玉年派人卸了这三家的门板，又把店里存着的米面、绸缎等，统统运上三辆绿漆大卡车，喷着黑烟运进了镇维持会，也就是他家。接着，他又找来了几个泥瓦匠，把三家店给打通了，又把一幅新招牌安了上去。

田玉年是把自己家的"永和宝当"搬这里来了！说到这里，老人一拍屁股下的那块石板，说，这个东西，就是当年"永和宝当"的石门槛。

我说，我听人说过，这个"永和宝当"是当初碱镇的一个大当铺。这个当铺不做一般老百姓的生意，经营范围仅限书画古玩、毛皮玉器和大宗货物。

这时，老人的神情变得郑重了很多，他的眼神从我身上移开，重新盯着河水，慢悠悠地说，对，我要说的这件事儿，就发生在"永和宝当"。那天也是刚开春的时节，晌午时分，一只黑漆客船在码头停下，一个穿着羊皮大袄、戴着棉帽子的中年汉子下了船，就上码头进了"永和宝当"。杨老朝奉——你知道朝奉是什么人吗？

我说，知道，不就是从前当铺里负责鉴别东西真假的人吗。

老人说，行，小伙子，看来你知道的东西不少，我不再问你了，就一直讲故事了。

我说，你讲吧，我不再插嘴了。

这时，老人的脸色变得越发凝重了，他掐灭了烟，把剩下的小半根烟卷放进上衣口袋里，这才面对着缓缓流动的河水，讲起了这个故事——

那天，这个杨老朝奉坐在高高的柜台上，眼瞅着这个汉子进了店门后，一眼都不朝柜台上扫，直接大刺刺地坐在椅子上，接着从自己怀里抽出一个碗口粗细、二尺多长的黑布卷，啪的一声拍在榆木桌上。

看着这汉子的气势，杨老朝奉朝自己身后正打算盘算账的小伙计低声说，去，倒杯茶！

那汉子呢，等喝了口茶，神色才缓了缓，朝杨老朝奉说，这儿你老说了算？

杨老朝奉说，贵客等钱用？我倒是管着看东西。

汉子点点头，说，是有件东西想让出去，你老给瞅瞅吧。他说完，就弯下身子把黑布卷打开了，先是露出了一层防水的黄油纸，打开后又是一层宝蓝色的细绫子布。他打开这层，一只画轴才露了出来。而杨老朝奉刚一看到那画轴，嘴里就轻轻地呀了一声。接着，那汉子慢慢把画轴展开，画露出得越来越多，杨老朝奉的脸色就越来越红亮了。等到整幅画面露出来，他整张脸上的皱纹都一起抖了起来。

这是董其昌的《林溪秋意人物》，又称"秋意图"啊！当时，杨老朝奉一拍脑门，喃喃说了这么一句。

汉子倒也直率，说如今世道不安稳，这家传的宝物无论是放在家里还是带在身上都不安全，索性就换成现钱。言下之意，就是他要把这幅画当作"死当"出手，不打算再赎回去了。老朝奉问他要当多少，他说起码两千块银圆。老朝奉心想，这个数目倒也合适，因为按照行情，董其昌这幅画值得了五千银圆，但如今毕竟是兵荒马乱的年月，字画古玩这类东西，基本都有价无市，要想真的出手东西，画价至少打个三折。他告诉这个中年汉子，说按店里的规矩，凡是超过五百银圆的东西，都得老板亲自拍板。汉子点头说，那就把田老板请来见一见吧。老朝奉不敢怠慢，连声打发小伙计去请田玉年，接着他又把汉子请进了内室。

片刻，田玉年赶到，和汉子寒暄了几句，就开始看那幅画。田玉年开当铺多年，论起鉴定功夫，虽然比不上古玩行里的那些顶尖高手，但也算有些眼力。眼前这幅画，他看得出是件大开门的真东西。他眼珠转了转，告诉那汉子，说东西可以收下，至于这价钱吗——说到这里，田玉年不言语了，斜斜盯着那汉子。

汉子被他看得有些发愣，半张着嘴不知该说什么。过了半晌，田玉年微笑一下说，就按你开的价走，两千就两千！

这时，杨老朝奉却给愣住了，他想，老东家这是怎么了，这件东西时下能值一千五百块钱就不错了。他慌忙给田玉年使眼色，田玉年却装作没看见，毫不理会他。

汉子对田玉年没有还价似乎挺满意，他说，行，那我就把东西留下了。接下来老朝奉取了两千块银圆来，汉子从怀里拿出一块大灰布包袱卷儿，把这一大堆银圆细细包了，朝田玉年和杨老朝奉一拱手，就拎着包袱朝门外大步走了出去。老朝奉嘴唇嚅动了几下，刚要说些什么，但他见田玉年笑眯眯地任由这汉子朝外走，自己倒有些发慌了。

那，他们是怎么发现上当的？我赶紧问。

上当？没上当啊，这幅画是真的。老人说着，他那张沟壑纵横的脸上荡漾起了得意的笑容。

画是真的？这么好的一幅古画，就真的给了这个汉奸？

是，给他了。老人笑得越发得意，他说，汉子出了门后，杨老朝奉还跟了过去，掀开门帘，眼瞅着这汉子下了码头，跳上船摇着橹走了。他回头看着田玉年，弄不明白一向精明的田玉年这次为什么要花这么大的价钱买这幅画。

是啊，这田玉年是为什么呢？我纳闷地说。

当时，这田玉年见了杨老朝奉的神情，就对他说，这汉子明摆着是下人打扮，手里却拿着这么贵重的一幅画来，杨老师，你说说这是怎么回事？

杨老朝奉说，莫非是他偷了主家的东西来卖？

田玉年说，此人虽然下人打扮，但神情老实忠厚，眉宇间还有那么一股子傲劲儿，我敢断定，这画绝非盗抢来的。我猜，他定是别人派来投石问路的。

听了这话，杨老朝奉这才说，东家，我知道了，你明知道这幅《林溪秋意人物》只值一千多块，却故意给他两千，为的是后面的人买卖？

正是！说到这儿，田玉年乐了，一脸得意地说，开战以来，皇军在各处势如破竹，那些名门大户，家里有不少藏了多少代的宝物，却看不透时局，不为皇军效劳，偏偏要舍家撇业当难民。于是，他就得把家藏的宝贝出手，这样才好逃难。他们不识时务，这对咱们倒是天赐良机，正好能少花钱就把好东西捞到手。等日后皇军平定了天下，这些宝物的价儿，还愁涨不回去？刚才这汉子拿了我这两千块银圆后，不出三天，他肯定还会再来的。

董其昌的画，就已经够了不得了，还会再来什么宝贝啊。这杨老朝奉自己嘀咕着，慢慢地转到了柜台后面。

这天晚上，到了掌灯时分，田金来从通县县城回到了碱镇，和他爹合计两件事。这第一件是给日本人津崎送礼的事。田金来满面喜色地说，自己本来的顶头上司、刚上任个把月的皇协军自卫团团长戴天理，两天前去逛窑子，正在兴头上，有两个戴着面罩的汉子闯进房里，先是一枪把他的腿打瘸，让他动弹不得，接着又把他五花大绑地给弄走了。皇军得到消息后，马上进行紧急大搜捕。可是，最后把全县城翻了个底朝天，也没找到这两个人。到了第二天早上，戴天理的尸首才在张家湾一个非常冷僻的水汊子里发现。他整个人被打得浑身都是窟窿眼儿，跟个血葫芦似的，身上起码中了二十多枪。

田金来说得兴高采烈，田玉年却被儿子唬得脸色发青，说话的音儿也跟着哆里哆嗦起来。他说，这个姓戴的，据说枪法如神啊，咋就让人给打成血葫芦了？

田金来不耐烦地挥挥手，说，这姓戴的是土匪出身，当初是带着三百多号人向皇军投诚，才捞了个团长当。他当了大半辈子土匪，得罪的人多了，谁知道这是哪个庙里的神仙想要他的命？他这一死，我的机会可就来了——

田金来告诉他爹，团长这一玩儿完，他和另一个副团长就都起了当团长的心思。而他能否当上团长，就看津崎这个在当地驻军的日军头头了。津崎是个中国通，对中国的文物古玩尤其喜爱，过一阵子就是他的四十岁生日，到时如果送他一件大礼，一定能给自己加不少分。听了儿子这番话，田玉年胸有成竹地告诉他寿礼早就备好了，接着派人去当铺库房取了那幅《林溪秋意人物》来。他们爷儿俩在灯底下一起看画，想着才花了两千，就买了值五千的东西，自然越看越得意。

田金来接下来又开始说第二件事。这时他换了一副神情，正儿八经地说，爹，我这回从通县回来，还有一件正式的任务，津崎长官要我在咱碱镇办件大事。这事儿要成了，咱家就算给皇军立了大功了，自卫团团长一职也就非我莫属了。见儿子说得郑重，田玉年忙问究竟是什么大事儿。田金来朝四周瞅瞅，又往他爹面前凑了凑，说出了一番话来。

田金来说，皇军打下泰安后，此时正在一路向南进发，但被李宗仁的队伍在枣庄一带阻住了，两军已经胶着了大半个月，皇军始终打不过去。眼下，一批军火正要运到前线去，但眼下津浦线铁路不安全，四处都有老百姓扒火车，皇军也分不出兵力来把守津浦线，所以，军火由火车运到了咱碱镇北边的张家湾后，就把军火卸车，接下来就走水路，也就是从运河里把军火运过去。

田玉年在做生意上精明，可对军事就一窍不通了。他听了一阵子，还没明白儿子说的到底是什么意思，就迷迷瞪瞪地问，皇军运送军火这事儿跟咱家有什么关系？

爹，你怎么看不出事儿来呢？你是镇上的维持会长，到时咱们爷儿俩只要把这保安工作做到位，让这批军火安安稳稳地出了碱镇的地界，你和我还不就算给皇军立下大功了？

田玉年忙问，军火啥时候运到？

这么机密的事儿，哪能提前告诉你？甭说你，我都不知道，整个通县，就津崎长官和那个死鬼戴天理知道！咱们呀，也用不着知道这么细，现在最要紧的是在镇上多派些人，凡是有可疑的，一律抓起来，这就叫防患于未然，其余的，就见机行事了！而且，到了正日子，津崎长官也会来亲自押运这批军火。到时船在河里走，他率领队伍在岸上，一直护送到枣庄前线，咱们碱镇他是一定会经过的。等军火平安过了境，津崎回到县城，咱再把董其昌这幅画给他这么一送，我这自卫团团长的职位，那就手拿把攥啦。

这天晚上，他们爷儿俩又合计了一宿，第二天一早，田金来就带着人马沿着运河两岸巡查去了。

这天，田玉年也没闲着，他把几个维持会副会长也找来，等他们一个个坐定了，这才把那幅《林溪秋意人物》拿了出来，说津崎长官马上要过四十大寿了，自己特意买了这幅画给他祝寿，虽然祝寿是大家伙儿的事儿，寿礼更是价格不菲，但自己毕竟是一会之长，干脆一个人出钱得了。

那几个副会长忙说此事岂能让会长一人破费，一个个都打发跟班小厮回家取钱，最后凑成一千五百块银圆交给了田玉年。

我说，这个田玉年，真滑头，合着他自己才出了五百块。

老人说，等副会长们都苦着脸走了，田玉年他正捋着胡子臭美，当铺里的那个小伙计又来了。那孩子说，大老爷，杨老爷请。田玉年一愣，心想，怎么，这么快又有好东西上门了？他问小伙计，得到的答案是昨天那个中年汉子又来了，但这次是和一个打扮得挺有派的年轻人一起来的。田玉年一听，心里一阵发热，脚底下快了很多，一路小跑就随着小伙计到了当铺。进了后堂，他只见上次那个穿老青羊皮袄子的汉子站在一旁，杨老朝奉和一个从没见过的年轻人在八仙桌两侧坐着。这年轻人，身形瘦长，穿着淡青色茧绸长衫，脸色白皙，戴着一副金丝眼镜，旁边的精壮汉子手捧的一匹黑狐大氅，则是他的御寒外衣了。

田玉年见这年轻人斯斯文文，气质不凡，正要拱手，可这时眼角余光已然瞥见八仙桌上的那幅画，就再也顾不得礼数了，两步就冲到桌旁，细细看了起来。

《游春图》，隋朝展子虔的《游春图》！只看了几眼，他心里已经闹腾着喊了起来。

说到这里，老人回头看了看我，那眼神是在说，年轻人，知道《游春图》吗？

我说，《游春图》号称隋朝大画家展子虔的作品，我记得一直在故宫里藏着啊。

要知道，现在的我，固然是一个江郎才尽的谍战剧编剧，但几年前古玩题材电视剧流行时，我好歹还写过几部这类电视剧呢。

老人点点头，继续说，这幅画从隋朝到现在，历朝历代都有画家临摹，故宫里那幅，其实是唐朝画家李思训的摹本。这《游春图》的各种摹本，田玉年不知道见过多少，这次他一眼就看出这幅画远非那些摹本可比，他虽然咬紧牙关不让自己嚷出来，但瞒不了人的是，他那三角眼都因为激动过度瞪得溜圆了。见他这副神情，那年轻人微微一笑，杨老朝奉也觉得东家的神态有些过了，赶紧说，东家，这位洪公子早就仰慕您的大名啦！

哦——田玉年这才回过神，咳嗽一声，朝那个年轻人抱拳，说，这位公子，田某失礼了——

杨老朝奉在旁边说，东家，这位是洪公子。

其实，对于当铺来说，有一条规矩，就是只管东西真假，至于来当东西的人，是绝不能问人家诸如姓名、籍贯、所当物品来历这些私事的。这些事儿，人家有兴趣说就说，如果人家不说，是绝不能问的。杨老朝奉既然如此说，看来这位公子已经对他自我介绍过了。

田玉年和那个洪公子见过礼后，又低头看起画来。田玉年一边低头看着画，一边大发感慨，说，想不到我老汉今生还能亲眼得见展子虔的《游春图》原作，菩萨保佑，菩萨保佑啊。过了片刻，他抬头问，洪公子，不知此画你索价几何呀？

那个洪公子微笑一下，伸出右手五根手指在田玉年面前一比画，接着就一转身，又坐回到椅子上。田玉年一看洪公子这手势，心里马上盘算开了。五万块银圆这个数目虽然惊人，但自己是拿得出来的。可这家当铺从他爷爷那一辈开始，开了六十多年，还没出过这么高的价钱。想到这里，他再次趴在那幅画前，仔仔细细看了起来。凭着在古玩行里摸爬滚打多年练出的眼力，田玉年觉得这幅画应当是真迹。但是，对方说的数目实在太大，他心里又有些拿不准。过了片刻，他笑眯眯地直起腰抬起头，说，洪公子，想必你也知道，传言此画一直藏于深宫，现在突然在我老汉面前出现，老汉还真的有些拿不定主意了。

那洪公子闻听此言，倒也干脆，立刻站起身来，作揖，说既然田老爷心存疑虑，那在下也不敢继续打扰，告辞！然后，他直奔到八仙桌前，就要拿画走人。

洪公子，且慢。田玉年伸出那只瘦不棱登的胳膊，按住洪公子的一只手说，三万银圆，如何？听了这话，洪公子把田玉年的手从自己的腕子上拿开，说，田老板是明白人，难道当真不知道这幅画价值几何吗？说着，他把画卷好，就递给了那汉子。那汉子接过画来，就塞进羊皮袄里，一主一仆两人扬长而去。

田玉年看看杨老朝奉，杨老朝奉看看田玉年，两人一起叹了口气。田玉年当然觉得这幅名画和自己就这么错过实在可惜，但如果真要他拿出五万块银圆来接手此画，他又怕自己眼力不够，万一打眼失算，这一大笔钱可就白扔了。他琢磨着，此画如果能以三万成交，这个险就值得一冒了。可惜，这洪公子看来就认定五万这个数了。

回到家里，田玉年闷闷地喝着茶，到了掌灯时分，田金来从外面沿河巡查完毕，也带着一身寒气回来了。田玉年把《游春图》的事说了，气得田金来直跺脚。他说，要当真把这幅画献给了津崎，再加上这次护送军火顺利离境，他的自卫团团长职位就十拿九稳了。那幅《林溪秋意人物》虽然也不错，但终归比起《游春图》来差得远。

田金来说，爹，你是不是为了省下几个钱，就不管儿子的前途了？

田玉年此时也是后悔不迭，连撞墙的心都有，可嘴里他还硬撑着，说做生意哪能不打价，还能由着别人说多少咱就给他多少啊？儿啊，你放心，你的前程是天大的事儿，只要能让你当上这个团长，就算把咱家的家底都给了这个津崎，爹也心甘情愿。

田金来见他爹说得郑重，这才说自己刚刚收到消息，皇军在枣庄的战事吃紧，只怕津崎也要带着队伍赶过去支援。所以，眼下只要自卫团团长的位置到了手，等津崎一走，整个通县，乃至北平和天津中间的这一大片地方就都是自己的地盘了。

田玉年父子俩又是懊丧了一整夜，可世界上的事情也总是柳暗花明，第二天一早，洪公子主仆又到了永和宝当。杨老朝奉不敢怠慢，慌忙请了田玉年来。那洪公子爽爽快快地说，画价就按田玉年说的那个数目就行，还说自己的乌篷船就停在店外码头，能今天交割最好。

那老人还要继续说下去，我再也忍不住了，抢过话头说，这个姓田的，既然那么缺德，他为什么不直接把那幅画抢走呢？不管这个姓洪的是什么来头，既然已经沦落到要出手传家宝的地步，恐怕也就没多大势力了。

老人哈哈笑了，说，你以为他不想白拿这幅画啊，他是不敢！他心里明白，他这个维持会会长，是靠着日本人才当上的。眼下日本人刚打进中原，还是立足不稳，能待多久还是没准儿的事儿。把码头上那几家无主店铺收归自己，因为有日本人的吩咐在先，毕竟还没什么。可要真是明抢豪夺，他也怕日本兵哪天走了，有人来跟自己秋后算账。再者说了，能有这

《游春图》的，绝非寻常人家，况且这个年轻人一表人才，气度不凡，必定出身名门，所以，他这么一盘算，也就不敢胡来了。

老人继续说了下去。那天，田玉年第二次见到这幅《游春图》，本来心里一阵狂喜，但转念一想，即使只是三万银圆，也不能就这么轻易拿出去。想到这里，他心里又是一通盘算，接着又抬起一张笑眯眯的老脸，说，此画作虽然在老朽看来，定是真迹无疑，但毕竟数目巨大，小号一时难以悉数筹措。明晚请公子来寒舍一叙，届时交割画价如何？

那洪公子听了这话，脸上现出为难的神色，但他犹豫片刻，也就同意了。

我说，你别总说画的事儿，不是还有军火要运吗，军火船到底是哪天来？打仗的事儿，可比字画古玩重要多了。

老人没有理我，自顾自地说，那天晚上，老北风刮了一夜，田玉年在床上没完没了地翻身翻了一夜，扯着喉咙咳嗽了一夜。

我说，那是为什么，画的事儿不是已经谈妥了吗？

老人说，你想想，田玉年是多抠门的一个人，他这是在盘算，给津崎送礼，是不是非得这《游春图》不可，还是用那幅《林溪秋意人物》就能打发了？琢磨了一整夜，好不容易到了天亮时分，他早早起身，按老习惯到运河边遛弯儿。这天北风刮了一夜都没停，四下里冷得厉害。他刚吸溜着鼻涕到了河边，却发现整个码头上到处是鬼子兵。甭管是在旱路上走的人和车，还是在河里划的船，都被命令赶紧离开，不得停留。这架势让田玉年看得心慌，赶紧跑回家找儿子问个究竟。田金来正在吃早点，听他老子这么一说，就说估摸着今天军火船要到。

田金来也无心吃饭了，他唯恐出事，又带着他那些皇协军自卫团的二鬼子兵在镇上到处转悠，抓了不少他觉得可疑的人。这一上午田玉年也一直提心吊胆，一会儿担心那幅画是假的，自己白花了一大笔冤枉钱；一会儿担心那个洪公子今天不来了，到嘴的肥肉又给飞了。到了中午时分，两个从保定、天津连夜请来的贵客赶来，他这才踏实了一些。下午三点，那只黑漆乌篷船在河面上出现了，那中年汉子摇着橹，到了岸边，还没等把船停稳，就有几个二鬼子兵端着枪上来，要他们赶紧走。那杨老朝奉早等在码头边，他告诉二鬼子兵们这是田玉年家的客人，二鬼子兵才作罢。

那汉子停好了船，又怀抱着那只裹得严严实实的画轴，跟着自己主家上了岸，进了"永和宝当"。

一主一仆两人进了后堂，这里的局面可和头一天前大不一样了。只见屋里除了田玉年和杨老朝奉，还坐着一老一少两个人。老的这位身材枯瘦，眼窝、面颊都瘦得凹了进去，就像一张人皮紧绷在一副骨头架子上，一看就知道是多年的大烟鬼了。那年轻的倒是浓眉大眼，面色红润，看岁数不过三十出头，可一双牛铃大眼看起人时，往外透着一股子逼人的精明劲儿。

主仆二人还看到，这房里不但多了两人，在田玉年所坐圈椅后面的屋角，还多了一只大号樟木箱子。这箱子足有三尺见方，虽然木色因为年深日久有些泛黑，四角包着的铜活却是保养得锃光瓦亮，一看就是大户人家用来装贵重物品的家什。

田玉年见那洪公子来了，赶紧相互介绍了一下。原来，这一老一少是他连夜到天津和保定请来的。因为担心北平城里古玩行和那主仆二人相识，他就特意没去北平请人。那个干瘦老人是保定府冀中大当铺的掌柜邬元圣，年轻人则是天津汇珍斋的少东家马道聪，都是华北一带古玩行里公认的顶尖高手。邬元圣朝洪公子哈哈一笑，说公子别见笑，我老朽岁数越大，就越沉不住气。一听说有好东西，就赶紧不管不顾地来开眼了。此时洪公子已然明白，田玉年显然对自己的眼力不放心，生怕上当打眼，就连夜请来了这两人来帮着掌眼。

几个人寒暄了一番，邬元圣轻轻咳嗽了一声，田玉年连忙说，洪公子，请现在就把那件国宝取出来，请大家伙儿一起观赏如何？洪公子一挥手，那中年汉子就从怀里取出画轴，铺在了那张八仙桌上。两位贵宾见状，就围了过来，先是用小伙计捧过来的热毛巾细细擦净了手脸，然后才站在桌旁，慢慢看起了这幅画。田玉年则在一旁陪着洪公子说话儿。那洪公子神情镇定，脸上带着一层客客气气的笑，自自在在地低头喝茶，抬脸聊天，八仙桌这边的情形一眼都不瞅。田玉年可就不一样了，他人虽然坐着，可时不时就一斜三角眼，朝这边飞快地盯上几眼。

房里开始还有这二人的说笑声，可他们渐渐也就无话可说，只得自顾自喝着茶，房里可就一点儿动静也没有了。只是窗户外的北风，刮得一阵比一阵紧，一阵比一阵响了。

　　过了半盏茶的工夫，邬元圣和马道聪这一老一少低声说着什么，说完两人对视了一眼，脸上同时露出一丝笑。他们然后又回头朝田玉年微微一拱手，就坐回了各自的椅子。洪公子见状，微笑着说，两位老师有何高见？

　　那邬元圣说，马公子乃业界后起之秀，请马公子说说吧。那马道聪当然不肯先说，他说自己只是后学晚辈，岂敢居于邬老前辈之前。邬元圣哈哈一笑，朝着田玉年正色道，田老弟啊，老朽我今天是托你的福，才有这偌大福气一睹这千古名画啊！前清宫里所藏的那幅《游春图》，虽然也算得笔法清劲，设色精微，但和此画一比，终究略逊一筹啊。如果老朽所料不错，宫里的《游春图》，当是唐代大画家李思训的临摹之作。李思训若非能以大唐宗室之贵，日夜观瞻，深得此画妙处，他日后的青绿山水，如《江帆楼阁图》《江山渔乐图》等，又焉能如此富丽明净、悦人眼目啊！

　　他刚刚说完，马道聪又放下茶碗，说，其实，刚刚这位仁兄——他指了指那汉子——打开画轴之时，我就可以确信此画是真迹无疑了。说着，他走到桌前，说此画画工如何，邬老前辈已经言之甚详，我一概附和，也就不再赘言了。只有一样，列位请看，此画乃是绘于绢帛之上，而这种绢，正是隋朝画家惯用的麻料绢。田老板啊，莫说是名家手笔，即便是随随便便隋朝的一张绢帛、纸片，到如今也值得了三万银圆啊！

　　听两人说完，那洪公子站起身来，拱手说，两位老师见识不凡，洪某受益匪浅！

　　这时，房里几个人都盯着田玉年看。只见他仍旧坐着，抬起头来看了看那只画轴，又朝那樟木箱子看了几眼，喉结上下滚动了几下，这才说，洪公子，如此宝物、神物，三万银圆的确物有所值，但如今这年景，我老汉实在为难。这样吧，我预备了两万银圆，你权且收下，待皇军扫荡了各处叛逆，天下太平了，剩下的款项，我一定如数奉上，不知公子意下如何？

　　说完，他朝杨老朝奉使个眼色，杨老朝奉连忙走到那只樟木箱子前，掀开箱子，露出了里面捆扎得整整齐齐、满满当当的银圆。

　　那洪公子冷笑一声，说，田老板要还价到两万的话，何不在昨日就言明？事到如今才说，太让人作难了吧。他说完，朝那仆人点点下巴，那汉子就到了桌前，蒲扇般的大手卷起了画，往怀里一塞。洪公子一拱手，说声告辞，就朝门外走去。

田玉年正想着赶紧把价抬上去，却看到那汉子只是略微动了动脚跟便停下了，并未随着洪公子一起出门。他知道事有缘由，也就暂且一言不发。这时，洪公子到了门槛处，已经探手掀开了门帘，正待出房门。他也察觉到那汉子并未跟上，皱着眉回头，低声一吼——庆福，快走！

原来这汉子名叫庆福，田玉年心想。

只见庆福还是站在原地一动不动，脸上却有两行泪水流了下来。田玉年正纳闷儿，只听庆福哑着喉咙说，少爷，咱们这一走，还去哪里卖画？北平、天津卫咱们都去了，画始终没能出手，可老夫人的病可不能拖了啊。

原来，是他们家有老人得了重病，定是要用到老山参之类的珍贵药材，这才要把家传古画出手。想到这里，田玉年就安心了，他不打算再把画价抬上去，而是坐回到圈椅中，一双三角眼在屋里来回扫着，他要看看这洪公子到底怎么办。

只见那洪公子，明明已经迈出了腿去，要跨过门槛，听了庆福这话，整个人就愣愣定在那里。过了片刻，那洪公子长叹一声，说，田老板，这幅画，我就让给你了！听了这话，田玉年暗地里长出了一口气，那中年汉子则苦着脸，把那幅画重新从怀里取出来，轻轻放在了八仙桌上。

接下来的事情就简单了，田玉年让杨老朝奉把画收入库房，又和洪公子一起点清了樟木箱中的银圆，最后派人把箱子搬上了洪公子主仆乘坐的黑漆乌篷船。

银货两清了，庆福搬动木橹，洪公子站在船尾，和码头上的田玉年、邬元圣、马道聪三人作揖拜别。见那船渐渐朝南远去了，邬元圣两人连连恭贺田玉年喜得国宝，接着也各自上马车回家了。田玉年回到了后堂，让杨老朝奉把《游春图》再取出来好好观赏。杨老朝奉把画拿来，就在八仙桌上慢慢展开。可画只打开一尺多，老朝奉手就停下了，两条腿也哆嗦起来。田玉年见老朝奉神情不对劲，赶紧快走几步，也过来看画。他越看越觉得不对劲，猛地一拍桌子，说，老杨，到底是怎么回事，你说！

此时，几滴老泪已经从杨老朝奉眼里滴了出来，他扯起衣袖擦擦眼，带着哭腔说，画，不是刚才那幅了！

怎么不是那幅了，这画不是从头到尾没离过你的眼吗？话刚出口，田玉年一拍脑门，说，哎呀，我知道了，画，让人调包了！我们让人给蒙了！

他这才想起来，一定是那个汉子早就在羊皮大袄里放了这一幅假画，他在佯装要走时把那幅真画放进怀里，等他再把画从怀里抽出来时，就已经换成这幅假画了。而那个洪公子站在门口时的一番做作，无非也是为了让人不去注意那汉子手上的把戏！

田玉年两只手疯了似的砸着八仙桌，扯着喉咙大喊，还不赶紧派人追！

追？他肯定追不上啦。我说，花两万银圆买了一幅假画，这回这一对汉奸爷儿俩还不得心疼死？

老人听了我的话，并没有回头，仍然盯着河水，过了一阵子，才摇摇头说，不，他追上了。你想想看，那只装着两万块银圆的小船，就在运河河道里，还能跑到哪里去？

真的追上了？我有些不信。

老人回过头来看了我一眼，脸上浮动着一层狡黠的笑意，说，对，追上了。田家派出的小船，没一会儿就在碱镇南边五六里的地方找到了那只黑漆小船。可田家的家丁跳过去一看，船里早就空无一人。

我问，那装银圆的樟木箱子呢？

老人说，还在船里啊。两万块银圆加一个大樟木箱子，加一块儿好几百斤，那一主一仆就两个人，怎么搬得走？几个家丁打开箱子瞅了瞅，里面的银圆虽翻动过，但大体上没见少。他们一时也顾不上细看了，七手八脚把黑漆小船系在自己船上，就开始往回划。

啊，那不是便宜了这个田玉年吗？

哈哈，别急。老人接着说，几个家丁发现，船上还少了样东西。你猜是少了个啥？

啥？

橹！

我说，橹？我知道了，一定是那两个人逃跑时，把橹摘下来扔了。可这有什么用，人家总有办法把船弄回去。

老人没理会我的猜测，继续讲着故事——

　　这时，在碱镇这边，田金来陪着津崎也到了码头上。那个鬼子兵指挥官津崎，个子比门闩高不了多少，骑匹高头大马，披着件大披风，后面跟着几十号鬼子兵。津崎一手提着马刀，一手攥着望远镜，盯着河道里那条突突冒着黑烟、从北边开过来的军火船。他的表情又凶又横，可瘆人哩。那条军火船更是不得了，足有六七米宽、二十多米长，少说也能装上百吨东西，比从前运河里那种最大号的运粮食的船，都要大好几圈。船头还架着一挺机关枪，两个鬼子兵在枪后面趴着，一个端着子弹链，一个端着枪托。这时，田家的船和那条黑漆小船也远远开过来了，津崎从望远镜里一看河道里又多了两条船，一扭脸问田金来是怎么回事。这田金来啊，哆嗦得都站不稳了，转身又去问他爹。田玉年正要说，津崎已经吼叫着下命令让军火船和那两条船都停止前进，于是那些鬼子兵和二鬼子兵呼啦啦一下子都站在码头边朝河里喊，这几条船还隔着十来丈的时候都停下了。

　　老人说到这里，我隐隐有些明白了，但还是不太确定。我说，大爷，你继续说吧，船到底撞没撞上？

　　老人没回答，反而把脸埋在胳膊肘里，整个肩膀和脊背都抖动了起来。我看着他，心里也一下子抽紧了。过了一会儿，老人才抬起头，胡乱抹了抹脸，说，几条船都停下后，津崎叫骂着让田玉年家那条船和那只黑漆小船上的人赶紧靠岸，还派几个鬼子兵下船去检查。眼看着这两条船就要挨上码头了，只听几声枪响，正准备跳进船的鬼子兵都惨叫着倒了，有的趴在码头上，有的打了几个滚就掉进运河里了。正当码头上的人——不管是中国人，还是日本人都惊慌起来，东张西望找枪声来自何处时，河里突然泛起两处水花，两个汉子从里面翻了上来，一个上了田家的船，一个上了黑漆小船。上了田家船的这人正是那个洪公子，他拿枪顶着那个划船的家丁，命令他继续划船。上了小船的那人，就是那个叫庆福的，他头上还包着一大块纱布，看样子头顶的伤还不轻。他手里紧紧握着那只船橹，一上船就拼命划起船来。这两条船一起动了起来，照着鬼子那条军火船就撞了过去。田玉年本来还一直迷糊着，这时候他看着自己儿子神情越来越吓人，再听见枪声，一下子也明白了。津崎下令岸上的鬼子兵朝洪公子他们开枪，这时，军火船上那挺机关枪也朝他们扫射起来。洪公子和庆福都中了枪，身上都有好几处在往外喷血，可他们的船还在往前冲。只一眨眼的工夫，三条船撞上了，只听一声巨响，先是那条装着银圆的黑漆小船爆炸了，火光一下子把一大片河面都盖住了，还把田家的船和鬼子的军火船烧着了。紧接着军火船就爆炸了，这一爆炸可不得了，整条船被炸得粉碎，炸飞起来的船上部件，当然还有各种枪啊炮啊什么的，整个河面上落得到处都是，这些东西落到哪里，哪里就烧了起来。当时的这个地方啊——老人说着，挥起胳膊来在自己面前画了一个大大的圈，到处是大火，到处是噼里啪啦的爆炸声！当时那么冷的天，可站在码头上的人，只觉得一阵阵热气从河里冲到自己脸上。鬼子整整一船要运到枣庄前线的军火，就这么报销了。

这时，已经是黄昏时分了，夕阳正挂在老镇子外田野尽头处的地平线上，把最后的几抹余晖洒向河面。老人还在面向河水定定坐着，摇曳不定的光线从水面映在他的脸上，他的皱纹似乎更深更多了，整个人看起来也更加苍老了。老人的故事似乎已经讲完，但我看到他的嘴还在轻轻努动着，似乎还要继续说些什么。

我琢磨了一会儿，说，是那洪公子和庆福两个人，把炸弹藏在那个樟木箱子里的吧？他们到底是什么人？他们后来活下来了吗？

老人摇摇头说，不知道，从那之后，再也没人见过这两人。他们也许一起被炸死了，也许在爆炸前跳进河里游走了。

我说，这故事真过瘾，我编过几百集的谍战剧，从没编出过这么精彩的情节。

老人说，那是因为这件事儿，是别人豁出命来干的。人啊，一旦豁出命了，就没有干不成的事儿了。你看看这个，说着，老人从怀里掏出了一个圆圆扁扁的东西，一抬手扔给了我。我接过来在手里一捏，竟然就是一块银圆。

银圆！我惊喜地喊。

是啊，当时炸弹这一炸，把上万块银圆炸得到处都是。

我点点头，说是这么回事，我小时候，时不时就听说有孩子在这儿附近游泳时，都从水底下捞起过银圆来呢。对了，你还没说那姓田的两个汉奸后来怎么样呢。

还用说啊，那个津崎当场就抽出马刀，左一刀，右一刀，把这爷儿俩的脑袋都给削下半拉来。津崎自己后来也接到命令火速南下支援，结果在台儿庄被李宗仁的队伍给毙了。

忽然，我想到了什么，说，对啦，那幅《游春图》呢？

老人摇摇头，说，和那两个人一样，再也没人见过。

我轻轻叹了口气，说，那可是国宝啊，就这么不知所终了。

老人朝我一扬脸，说，那幅画当然是宝贝，可咱脚底下的土地，更是咱中国人的国宝！每一尺，每一寸，都是！好了，我知道的都讲完了，也该走了。你可答应过，要把这个故事写下来，让别人看到，记住。老人说着，就站了起来，拎起脚边那只黑塑料包，顺着河岸朝远处走了。

在老人就要走出我的视线时，我忽然觉得自己明白了一些事情，朝他喊，我知道你是谁了！老人回头看了看我，露出一道诡异的笑容，就又继续走着，很快就走进昏黑的夜色里，消失不见了。我不甘心，朝他消失的方向大声喊着，你就是那个——话刚要出口，我忽然想到，我所以为的无论对不对，我都无权再去惊扰他的人生了。

我慢慢回味着老人的这个故事，回到了自己的车里。我凝视着车窗外老人刚才坐过的地方和他远去的方向，心想，很久没有遇到过这样的好故事了，是应该把它写下来。如果写成电视剧，制片人不同意就永远拍不出来，那就先写成小说吧。想到这里，我发动了汽车，朝家的方向驶去。

《夜北平 1938》创作谈

　　总有十多年了吧，谍战题材一直是文学、影视创作的热门，好作品层出不穷，读者、观众爱看，捧红的演员也不少。我总觉得，一部好的谍战题材小说，不仅在于剧情多么扣人心弦，内容还应该根植于真实的历史背景之中。这里的历史背景，不仅仅是一个轮廓式的、模糊的历史时期，比如抗日战争时期、解放战争时期等，还是更加具体、真实的历史时段。事实上，有的谍战剧，真的到了这种程度，就是把剧情中所设定的时间，往前或者往后移动一二十年，整个故事竟然不需要做太大的变动，剧情、人物关系仍然是成立的。这样的作品，其实并不来源于历史，而是完全出自创作者的想象。因为每一段历史，都是有着独特的逻辑的，这样的逻辑，势必也制约着发生在这段历史中的故事。如果整部谍战作品，讲述的仅仅是一出悬念迭出的故事，放到任何历史时期都可以，并没有和具体的历史建立起有机联系，故事里面找不到那种独属于某一段历史的气息，那么整个小说，也就变成了单纯尔虞我诈的心理游戏。只有依托于真实的、具体的历史，剧情才有更坚实的基础，读者才能够在剧情中感受到历史的回声。

　　甚至，一个有足够诚意的写作者，当他真正愿意为历史写些什么的时候，当他真的俯身于历史，在历史的河床中寻找河流真正的方向时，历史本身的复杂性、戏剧性，就会为他的创作注入足够多的动力和细节。所以，我更青睐于那种只属于某段特定历史的故事。这样的故事，人物不仅仅衣着打扮、生活起居有着鲜明准确的时代特征，其精神、心理更体现了时代的气息。更重要的是，故事内在的逻辑只在某段历史中才是合理的，脱离了具体的历史，故事将变得摇摇晃晃，乃至支离破碎。

北京，是我二十多年来一直生活的城市。我在这里度过了我的整个青年时代，在这里进入了中年，在这里成家立业、生儿育女。我自以为对这座城市已经很熟悉，这也是我当初计划写一部以北京为背景、发生在抗日战争时期的谍战故事的起因。在我的想象中，这将是一个只可能发生在北京的故事。这个故事，就它所涉及的历史来说，将只属于北京——北京是发生卢沟桥事变、抗战全面爆发的地方，这样特殊的历史，必然对一座城市会发生特殊的影响。这部小说的使命，就是写出发生在这里的谍战故事的特殊之处、唯一之处，就像"孤岛文学"只会出现在太平洋战争爆发前的上海一样。

接下来，我开始为这部小说寻找一个具体的地理背景和时间背景。这时，史料告诉我，卢沟桥事变后，日寇击败了北京——当时叫北平——守军后，耀武扬威地在多个城门举行了入城式。其中最主要的入城式，就是在永定门举行的。如果说卢沟桥事变是抗战全面爆发的起点，那么，日军入城，就是这座古城被侵略者所占据的那段历史的起点。

珠市口，就是永定门内的一处商埠集中地。

这个位置，如果一直往北，没多远就是前门、天安门这样的政治性地标；若往南，则是天桥这样北京民俗最集中的地方。这里极为典型地体现着北京这座城市的丰富性和包容性。如果一出故事发生在这里，那么，无论往哪个方向，故事都能够延伸出去，都能找到一大片开阔地。在这里，商贾云集，店铺林立，官、商、民各色人等俱全，每一处字号，每一条胡同，每一个穿行而过的人物——无论他是身穿长袍马褂还是破衣烂衫，都可以为故事注入绵长的动力。

其实，自从多年前来北京读大学，我就多次来这里。其中有一次，是从前门出了地铁站后，一路朝南，步行到先农坛体育场看球赛。那一次，因为时间充裕，除了从正面直穿前门大街经过珠市口外，还拐进了大街后的胡同，细细浏览了一番。这里沿街是热闹至极的店面，而仅仅一店之后，就是原汁原味的老北京民居。商业气息和人间烟火，在这里极细腻地交融在一起。遥想当年，这里街面上热热闹闹，胡同里安安静静，宛如两个各不相同却又相安无事的世界。刚刚在店堂里谈成了一笔大生意的掌柜，转身进了后面胡同里的自家房子，就能大口吃上一碗拌足了芝麻酱和蒜汁、清凉爽口的凉面条；四合院里大户人家的小姐，若是梳妆打扮时发现胭脂水粉少了，派个丫鬟上街，顷刻间就能到熟悉的店铺里买回来，顺手再买回时兴的手帕样子。这里和北京其他区域一样，既有属于老北京的共同的味道，又有只属于这一片的气息。

把珠市口作为小说中故事最主要的发生地后，我又一再来到这里，寻访历史教科书里那些大事件的痕迹，细究那些老字号动辄百年的历史。我渐渐发现，那些人们早已家喻户晓的历史事件，其实都没有走远，都在以某种方式留了下来。每一个事件，都像是树木的年轮，深深镌刻在历史参与者的记忆深处，更影响着他们后来的人生。每一个老字号，都像一个沉默多年的老者，所目睹的历史，所蓄结的恩怨，都在等待某个时机，只有当听众做好了准备，他才会捻着胡须，细细道来。

于是，我向前踏上一步，迈上那条青石台阶，准备叩响那扇早已漆色斑驳的店门……